Marni Bates

SOCORRO, MEU VÍDEO BOMBOU na INTERNET!

Tradução
ANANDA ALVES

1ª edição

Rio de Janeiro | 2016

Copyright © 2012 by Marni Bates
Publicado em acordo com a Kensington Publishing Corp. Nova York, NY, EUA. Todos os direitos reservados

Título original: *Awkward*

Texto revisado segundo o novo
Acordo Ortográfico da Língua Portuguesa

2016
Impresso no Brasil
Printed in Brazil

CIP-BRASIL. CATALOGAÇÃO NA PUBLICAÇÃO
SINDICATO NACIONAL DOS EDITORES DE LIVROS, RJ

B334s
Bates, Marni
Socorro, meu vídeo bombou na internet! / Marni Bates; tradução Ananda Alves. – 1ª ed. – Rio de Janeiro: Bertrand Brasil, 2016.
320 p.; 21 cm.

Tradução de: Awkward
ISBN 978-85-286-1686-6

1. Ficção infantojuvenil americana. I. Alves, Ananda. II. Título.

16-32363

CDD: 028.5
CDU: 087.5

Todos os direitos reservados pela:
EDITORA BERTRAND BRASIL LTDA.
Rua Argentina, 171 – 2º andar – São Cristóvão
20921-380 – Rio de Janeiro – RJ
Tel.: (0xx21) 2585-2000 – Fax: (0xx21) 2585-2084

Não é permitida a reprodução total ou parcial desta obra, por quaisquer meios, sem a prévia autorização por escrito da Editora.

Atendimento e venda direta ao leitor:
mdireto@record.com.br ou (0xx21) 2585-2002

Este livro é dedicado àqueles que já se sentiram esquisitos e/ou invisíveis.

Ou seja... praticamente todo mundo.
Isso passa.

Agradecimentos

Minha mãe, Karen Bates, me deu coragem, inspiração, apoio e passou horas a fio me ajudando a editar à base de frozen yogurt. Também riu comigo dos meus momentos embaraçosos e sugeriu que os transformasse em um livro, assim criando o meu meio de vida atual. E, o melhor de tudo, ela me ama, mesmo eu sendo esquisita. Obrigada, mãe! Ao restante da família: ainda assim não vou pagar a conta. Aceitem!

Também gostaria de agradecer à minha superagente, Laurie McLean, à minha fantástica editora, Megan Records, e a todas as pessoas incríveis da Kensington Teen. Obrigada pelo apoio!

Capítulo 1

Você provavelmente pensa que me conhece... e eu entendo o porquê. Com certeza já leu sobre mim na internet ou escutou Conan O'Brien ou Jon Stewart mencionarem meu nome em alguma piada. Tudo bem se não for o caso. Na verdade, prefiro assim. Mas sejamos sinceros: o mundo inteiro sabe sobre Mackenzie Wellesley e sua inaptidão social, sua esquisitice. Exceto, talvez, algumas pessoas na Birmânia e no Sudão... mas você entende o que quero dizer.

A questão é que, apesar de tudo que tem sido dito a meu respeito (e não é pouco), somente algumas pessoas de fato compreendem como eu consegui passar de uma aluna entediante a um ícone da cultura pop no intervalo de uma semana. É por isso que estou me dando ao trabalho de explicar. Não se preocupe: este livro não vai ser uma daquelas autobiografias idiotas de celebridades, na qual descrevo meu passado sórdido e reclamo sem parar — meu passado nem é tão sórdido assim, o que é um saco.

Vou começar dizendo que nunca quis ser famosa. Meu irmão mais novo, Dylan, esse sim, sempre desejou um Grande Momento. Você sabe a que me refiro: pegar a bola, já na prorrogação de uma partida de futebol americano, com apenas alguns segundos faltando para o fim do jogo, e marcar o *touchdown* da vitória. Apenas a ideia de ter um estádio cheio de gente me assistindo já me dá vontade de vomitar. Isso provavelmente é culpa do meu recital de balé no primário. Lembro-me de cada detalhe com perfeição. Minha mãe estava na plateia segurando o bebê Dylan no colo enquanto eu saltitava pelo palco e ficava esticando o pescoço, à procura do meu pai em meio ao público, com medo de que ele não aparecesse. Foi então que olhei para a coxia e o vi bem atrás das cortinas... agarrando-se com a minha professora de dança.

Temos o recital gravado em vídeo. Dá para ver claramente o momento em que o meu mundo implodiu pelo jeito como meus olhos castanhos se arregalaram e meu cabelo, na altura dos ombros, bateu no meu rosto enquanto olhava do meu pai para a minha mãe, que acenava feliz para mim. Mas a coisa fica pior — muito pior. Estava paralisada enquanto as outras menininhas rodopiavam e saltitavam ao meu redor. Saí da formação e — cega pelas luzes do palco — tropecei nos cabos de som, voando em direção às cortinas, que, imediatamente, caíram e revelaram o meu pai durante seu beijo mais do que caloroso. Foi nesse momento que decidi que seria melhor ser invisível do que cair de cara no chão usando um tutu cor-de-rosa ridículo.

Freud provavelmente diria que é por esse motivo que tenho medo de multidões e de atenção. E, nesse caso específico, acho que ele estaria certo. Sou paranoica desde o maldito recital — e desde o divórcio. Não gosto de me destacar. Acho que se pode dizer que procuro o anonimato. Mas estou feliz com a minha nerdice — totalmente tranquila com o fato de nunca ser convidada para festas. Pertenço a um determinado nicho da minha escola, a nerd, um papel que me esforcei bastante para criar. E, sim, mesmo que um dia normal para mim signifique três aulas de aprimoramento curricular, a coisa realmente não é tão ruim quanto parece.

Definitivamente estressante, mas eu gosto — especialmente porque vai fazer o meu histórico escolar parecer bem convidativo para o comitê de ajuda financeira, responsável por decidir quem receberá bolsas de estudo na universidade.

Portanto, sim, estou feliz com a minha vida. Tenho amigos, um emprego e um coeficiente de rendimento incrível que vai me garantir o ingresso em uma universidade de peso... ou, pelo menos, *tinha*, até me tornar famosa.

Capítulo 2

— Ei, Kenzie. Você nunca vai acreditar no que aconteceu! Minha melhor amiga, Jane Smith, diz isso para mim quase todas as manhãs no ônibus da escola há onze anos. Sim, para sua infelicidade, ela tem um dos nomes mais sem graça no mundo. É também a única pessoa que pode me chamar por qualquer outro nome além de Mackenzie. Tem que se fazer algumas concessões para amigos que estão ao seu lado desde a escola primária. Mas nem mesmo Jane pode me chamar de Mack. Esse é o único apelido que proibi terminantemente.

— Certo... o que aconteceu, Jane? — retruquei, revirando os olhos.

Ela sorriu e pôs uma mecha do cabelo castanho-avermelhado atrás da orelha.

— Então, eu estava sentada na biblioteca.

— Estou chocada. — Ela fazia Hermione Granger parecer desleixada com os estudos. Se não estava com a cara enterrada em um livro na biblioteca da escola, estava arrumando-os nas prateleiras do Sebo Paixão por Ficção.

— Engraçadinha. Mas então, eu estava lá terminando o dever de casa de cálculo quando Josh perguntou se eu já tinha assistido *Battlestar Galactica* — contou, suspirando. Não estou brincando, ela *suspirou*. — Isso quer dizer que ele gosta de mim, não é?

Revirei os olhos novamente e tentei ignorar o fato de que minha melhor amiga estava quase desmaiando por um garoto que gostaria de viver dentro de *World of Warcraft*. Ela não consegue evitar ser uma romântica incorrigível... assim como eu não consigo evitar meu cinismo.

— Aham.

— E aí discutimos por horas sobre os melhores seriados de ficção científica de todos os tempos.

— Certo.

— E isso significa...

— Que ele definitivamente gosta de você.

Eu sei todas as respostas que devo dar para ser a melhor amiga apoiadora. No entanto, não devo ter transmitido a quantidade certa de entusiasmo, pois dessa vez foi Jane quem revirou os olhos.

— Mal posso esperar até Corey voltar do Campeonato de Discurso e Debate.

Corey tem sido nosso melhor amigo desde o sexto ano. Então, quando ele nos contou que era gay, a primeira coisa que fizemos foi marcar presença em mais eventos de esporte com o propósito de observar meninos. E como tanto Jane quanto eu temos planos de estudo em vez de vida social, acho que faz sentido ela querer a opinião de Corey.

Eu ria no momento que chegamos à Smith High School. Não, o nome não vinha da família de Jane — era apenas uma infeliz coincidência, além de um nome extremamente sem graça. Por outro lado, sem graça era o adjetivo perfeito para Forest Grove, Oregon, um subúrbio fora de Portland e minha cidade natal. A escola era, na verdade, uma homenagem a Alvin e Abigail Smith, que planejavam ser missionários até descobrirem que aquelas doenças vindas da Europa haviam aniquilado os nativos. Nada como ter "Os Missionários" como mascotes da sua escola, especialmente quando simbolizam a destruição de toda uma cultura. No entanto, guardava essa opinião para mim mesma. Venho notando que dizer esse tipo de coisa em voz alta aqui em Forest Grove geralmente não é muito bem-visto.

Mas, continuando, Jane e eu caminhamos até os nossos armários, evitando cautelosamente a área do pátio que fica entre os edifícios acadêmicos, onde os Notáveis reinavam. Minha escola é dividida em duas principais classes sociais: os Notáveis (que vivem numa atmosfera de popularidade) e os Invisíveis (que, bem... dá para imaginar). Jane e eu não somos estúpidas o suficiente para circular no território da galera Notável. Quando você faz parte do esquadrão nerd, aprende a viver nas sombras e a andar em grupos. Então, estava fingindo não ter ouvido Jane reclamar quinhentas vezes sobre o cancelamento do seriado *Firefly* quando Chelsea Halloway, a garota mais popular dentre os Notáveis, tranquilamente balançou seus longos cabelos louro-escuros e fez contato visual conosco.

Na Smith High School, um olhar de Chelsea é o único prenúncio que se recebe antes da perdição iminente. Chelsea tem um dom especial para sutil e eficientemente fazer garotas se tornarem leprosas sociais. Ainda assim, quando se tem uma conexão com alguém como Logan Beckett (o garoto Notável mais popular da escola), geralmente se escapa dos piores trotes. Então, como professora particular de história dele, eu tinha uma relativa segurança. Chelsea costumava me ignorar. Esse contato visual não tinha precedentes.

— Hmm — disse Jane, desconfortável —, acho que Chelsea está olhando para você.

Então não era só eu que tinha reparado.
— O que eu devo fazer? — perguntei, baixinho.
— Não sei... Falar com ela, eu acho.
Nós nos entreolhamos, nervosas.
— Você vai até lá comigo, não é? — sussurrei. Então tive uma crise de riso desesperada como se ela tivesse dito algo superengraçado.
— Hmm... você vai ficar bem, Kenzie. Estarei esperando perto dos armários. Respire... encontre o seu caça-vampiros interior ou algo do tipo.
— Obrigada, grande ajuda a sua — falei, com sarcasmo.
Estávamos chegando cada vez mais perto de Chelsea. Era o momento de tomar coragem e falar com ela... ou sair correndo. Por alguma razão, na minha mente surgiu de repente a frase "inocente até que se prove o contrário" e pensei: *Não seria legal se eu pudesse ser "popular até que se prove o contrário"?* E então lembrei que:

1. Escolas não funcionam assim.
2. Eu já tinha provado ser uma nerd um bilhão de vezes.
3. Mesmo sendo professora particular, minha vida social não teria como ficar muito pior.

Tudo em que eu conseguia pensar era *ah, droga,* quando Jane me abandonou a alguns passos de Chelsea. Eu não podia culpá-la por não querer se envolver. Existem coisas que são demais para se pedir, até para a sua melhor amiga.

Balancei a cabeça, cumprimentando Chelsea de um jeito bem metódico, e estava prestes a dizer algo bacana (tipo "oi") quando minha boca inexplicavelmente disparou um monte de perguntas de uma só vez.

— Então — falei. Minha voz saiu uma oitava acima do normal. — Como é que vai? Alguma novidade? Planos para o fim de semana?

Os Notáveis olharam para mim com repulsa.

— Certo — disse Chelsea, suavemente. — Animados para o fim de semana. Escuta, preciso da ajuda com uma redação. Vou dar uma passada na casa do Logan no sábado... *se* você não tiver outros planos, é claro.

Eu odeio a forma como algumas garotas conseguem manter uma aparência de conversa civilizada mesmo enquanto acabam com a autoestima de alguém. O que ela *realmente* estava dizendo era: "Você é um zero à esquerda, tenho certeza de que não tem nada mais para fazer. Então estou reservando o seu tempo para o que eu precisar. Tchauzinho!"

E ela estava certa. Eu não tinha vida social, apenas dever de casa.

— Que ótimo! — respondi, entusiasmada. Então me dei conta de que só perdedores se animam em fazer o dever de casa dos outros. — Quero dizer, vai ser... conveniente, se passar na casa dele. Matamos dois coelhos com uma cajadada só — consertei, então fiz uma careta. Ditado popular clichê, blergh. — Se Logan concordar.

Tudo bem, era mentira. Não seria muito conveniente tê-la por perto em um momento em que Logan precisava manter o foco na Revolução Americana. Provavelmente ela iria desconcentrá-lo com suas jogadas de cabelo e seu decote... e não estou dizendo isso porque, tábua que sou, tenho inveja de peitos grandes.

Chelsea se virou para olhar para alguém, fazendo biquinho com os lábios. Quando notei, senti meu estômago embrulhar. *Claro* que Logan Beckett estaria bem ali para assistir a sua professora particular de história ficar nervosa por conta de um simples pedido. Porque é assim que a minha vida funciona.

— Na sua casa às duas? — perguntou Chelsea a ele, quase ronronando. — Está bom para você?

Logan a encarou como se pudesse enxergar através daquele olhar sedutor. O que foi bastante estranho, pois eu sabia que eles haviam namorado nos tempos de ginásio. Todos ficaram muito surpresos quando o casal, que era a realeza dos Notáveis, se separou no sétimo ano. Obviamente, aquela decisão fez muito mais sentido quando o novo namorado de Chelsea — um aluno do colegial — a acompanhou no baile de formatura.

Assim que esse rapaz partiu para a faculdade, começaram os rumores de que ela e Logan reatariam. Corey e Jane até fizeram uma aposta sobre o desfecho.

Então eu estava ali parada que nem uma idiota quando a boca de Logan se curvou em um sorriso malicioso. Eu deveria estar aliviada por ele estar concentrado demais no flerte de Chelsea para prestar atenção em mim, mas aquilo era um tanto ofensivo. Fora tirada de perto da minha amiga, da minha zona de conforto, e coagida a dar aulas de redação de graça (sim, aquilo era coerção. Tanto Chelsea quanto eu sabíamos dos boatos que ela seria capaz de espalhar por aí caso eu não concordasse), apenas para ser meticulosamente ignorada.

Era por esse tipo de falta de consideração que eu via Logan Beckett somente como uma ferramenta para minha segurança social e um pagamento no final do mês. Não que isso importasse. Garotos como Logan não prestam atenção em garotas como eu — e se o fazem, é por um interesse passageiro que só dura até aparecer alguém com pernas mais longas ou um decote mais avantajado. É deprimente, mas é a realidade. Por outro lado, eu não era obrigada a tentar decifrar os sorrisinhos tortos dele. Sentiria pena de Chelsea se ela não tivesse uma personalidade tão delicada quanto a de um brontossauro, sem nenhum dos fortes de uma criatura dessas.

Logan Beckett, por outro lado, tinha tudo: beleza, dinheiro, posição social, era o capitão do time de hóquei da escola... Mas vocês me desculpem por eu não me sentir impressionada. Nascer em uma família rica e com os genes de um supermodelo não são exatamente conquistas. E a única coisa que o hóquei prova é que ele consegue bater em um disco. Inserir reviradas de olhos aqui. Não que já tivesse falado essas coisas para ele. Freud provavelmente diria que sou reprimida.

Mas, nesse caso, eu era literalmente paga para me reprimir. Precisava do trabalho como professora. Nessa altura do campeonato, os pais dele, ambos médicos, estavam pagando por meu laptop e meus livros. Portanto, estava determinada a não estragar tudo.

— Tudo bem, sem problemas — disse Logan, com aquele sorriso ainda estampado na cara.

Chelsea olhou para ele fazendo uma expressão de fofura. O movimento fez com que seus cílios parecessem ainda maiores, um truque que eu nunca conseguiria repetir.

— Você não se importa com a interrupção?

Pensei ter visto um sorrisinho divertido em Logan, como se Chelsea tivesse sem querer topado com algo bem engraçado.

— Acho que vou sobreviver — respondeu ele.

— Tudo certo, então — falei. A sensação era de que eu estava parecendo mais palerma a cada segundo. — Vou dar aula para Logan no sábado, de meio-dia até as... três? — perguntei. Chelsea assentiu com seu ar aristocrático, de modo que, em seguida, me afastei um pouco, quase tropeçando ao sair apressada. — Ótimo! Vou marcar na minha agenda. Vejo vocês depois.

Foi aí que notei Patrick ouvindo tudo. Pude praticamente escutar todo o meu sistema interno começando a sobrecarregar. Logan não me impressionava muito, mas eu nutria uma paixão secreta por Patrick Bradford havia anos — desde os tempos de ginásio quando ele, todo tímido, me pediu vinte dólares emprestados para pagar a multa da biblioteca. Nunca me importei com o fato de ele não ter me devolvido o dinheiro — não quando ele olhava para mim com aqueles olhos da cor de chocolate derretido.

Ver Patrick tão próximo me fez entrar em pânico. Virei abruptamente e minha mochila acabou atingindo *com força* um jogador enorme do time de futebol. Alex Thompson investia bastante na imagem de fortão — uma imagem que quase foi destruída quando uma garota atrapalhada, medindo 1,73 metro, o derrubou. Só para constar, foi o peso de todos os meus livros de aprimoramento curricular o culpado por atirá-lo nos degraus de concreto da escada que separava os Notáveis dos Invisíveis. Mas, sinceramente, duvido que a reputação fosse a maior de suas preocupações quando o fiz voar e ele aterrissou com um baque de deixar qualquer um enjoado.

Fiquei completamente histérica.

Eu me enfiei no meio das pessoas, tropecei e quase caí em cima dele. Não vi nenhum traço de sangue, mas ele estava pálido e não se mexia. Tudo em que conseguia pensar era *Ah, meu Deus! Eu tenho que fazer ALGUMA COISA!* Não percebi que as palavras estavam de fato saindo da minha boca.

Passei uma das pernas por cima dele, ajeitei o seu corpo e comecei a pressionar o seu peito. Não conseguia lembrar se aquilo era exclusivamente para ataques cardíacos, mas continuei a martelar seu tórax. Alternava entre gritar pela enfermeira e berrar "ALGUÉM sabe se estou fazendo isso corretamente? SERÁ QUE ESTOU MATANDO ELE? ALGUÉM pode se certificar de que NÃO ESTOU MATANDO ELE NESTE EXATO MOMENTO?".

Estava completamente fora de mim quando duas mãos agarraram os meus ombros e me afastaram de Alex. O mundo era um borrão ao meu redor, como uma câmera fora de foco, e eu não conseguia respirar. Mal percebi quando alguém colocou minha cabeça entre os meus joelhos trêmulos, como a protagonista fracote de um insípido romance, dessas que podem desmaiar a qualquer momento. Normalmente, esse tipo de ajuda me deixaria um bocado irritada. Sou bastante autossuficiente, muito obrigada. Mas aquela não era exatamente uma situação que pudesse ser considerada normal.

Alex Thompson não estava se mexendo. Não parecia estar respirando. *Eu o matei*, pensei, estarrecida. *Eu o matei com a minha esquisitice!* Meus órgãos pareciam que haviam sido pulverizados em um triturador enquanto eu aguardava por um pequeno sinal de vida.

Então, fiquei chocada quando ele se sentou. Acho que deve ser bastante difícil se mexer quando cerca de sessenta e cinco quilos de uma garota se jogam sobre você e começam a socar o seu peito. Pode não parecer, mas sou bem forte. Uma característica que Alex Thompson descobriu da forma mais difícil... e que não exatamente apreciou.

— O que diabos tem de errado com você? — explodiu ele, assim que recuperou o fôlego. — Jesus, você é louca!

Estava tão aliviada por escutá-lo falando que suas palavras não me atingiram.

— Lamento muito. Lamento muito mesmo. Sério. Você está bem? Desculpe. Foi um acidente. Não vi você até a minha mochila derrubá-lo... na frente de todo mundo. Foi realmente uma péssima escolha de localização. Não que haja um local *certo* para se derrubar alguém. — Decidi me calar quando ficou dolorosamente claro que não diria nada inteligente naquele momento. — Você precisa de alguma ajuda? Ou devo ir embora? É melhor eu ir, não é?

Alex simplesmente me ignorou, ficou de pé e se virou para Logan, que devia ser o dono das mãos misteriosas que deram fim à minha primeira tentativa de reanimação cardiopulmonar.

— Como foi que você acabou arranjando uma louca como professora, cara?

A pergunta de Alex me fez desejar que ele não tivesse se recuperado, mas, antes que pudesse dizer qualquer coisa, meus olhos encontraram os de Jane. Ela estava parada perto dos armários, com uma das mãos sobre a boca, e eu sabia exatamente o que ela estava murmurando, porque é sempre a mesma coisa quando faço um papelão daquele tipo.

— Ah, Kenzie.

De alguma forma, Jane conseguiu temperar aquelas duas palavras com pena, descrença, solidariedade e indulgência, como se não pudesse acreditar no que eu acabara de fazer, mas tivesse conseguido prever tudo que aconteceu.

Ai.

Capítulo 3

Não fiquei por perto. Ouvir Logan e Alex me insultando não era exatamente o que chamo de diversão... então, fugi do local. O sinal que indicava o início das aulas tocou enquanto eu repassava os últimos cinco minutos mentalmente. Tinha conseguido tagarelar uma série de coisas sem sentido, derrubar (e montar em) um jogador de futebol, aplicar uma massagem cardiorrespiratória muito malsucedida e, por último, tagarelar algumas besteiras a mais. Havia sido um estrago social considerável... mesmo para mim.

A aula foi uma distração bem-vinda para afastar da minha cabeça a imagem de Alex — chocado e dolorido — atingindo o chão. Apesar de, após ele ter me chamado de louca, eu estar decididamente me sentindo menos culpada. Fiquei imaginando o que Logan teria respondido a ele. Talvez tivesse dito algo como: "Ela é útil, cara." Ou então culpou os pais pela situação, explicando a todos que era uma forma de tirá-los do seu pé. *Ou talvez*, pensei com amargura, *ele apenas tenha dado de ombros.*

Foi Logan quem me pediu para ser sua professora particular, na primeira semana de aulas do ano. Ele já estava atrasado nas leituras e ficou lá, parado, com seu cabelo castanho-escuro bagunçado caindo sobre os olhos azul-acinzentados, esperando até que eu terminasse de arrumar a minha mochila. Isso me confundiu bastante, porque não é nada normal o cara mais gato da escola esperar *por mim*.

— Hmm... posso ajudar em alguma coisa? — perguntei como uma bibliotecária, como se tivesse que questioná-lo sobre quaisquer livros atrasados.

— Talvez — disse ele.

Olhei cuidadosamente para um lado e depois para o outro, imaginando se os demais Notáveis estavam observando. Eles costumavam andar em bandos.

— Tá. Agora? Porque eu tenho outra aula depois dessa... e acho que você também. Então... é alguma coisa que vai demorar? Porque, se for, talvez agora não seja o melhor momento...

— Você pode me dar aulas particulares? — interrompeu ele, para o meu alívio.

— Agora? Porque história americana não tem como ser tão reduzida assim. Quero dizer, é claro, não é tão extensa quanto história europeia, mas...

Ele me encarou como se eu fosse uma completa idiota, o que, dadas as circunstâncias, era compreensível.

— Meus pais estão dispostos a pagar para que me dê aulas particulares... se você topar.

Meu queixo literalmente caiu, e essa não era uma expressão facial das mais atraentes.

— Seus pais vão *me* pagar para dar aulas a *você* da mesma matéria que *eu* estou cursando? — perguntei, incrédula.

— Exatamente. — Ele me lançou um daqueles olhares de desprezo. — Você consegue andar e olhar para mim ao mesmo tempo?

Fiquei de pé sem dizer uma palavra e coloquei a mochila nos ombros. Tinha a desconfortável sensação de que não estava captando alguma coisa. Suspeitava de uma armadilha. Sério, qual era a pegadinha? Garotas normais como eu (cabelos lisos castanhos, olhos castanhos, manchas marrons em camisetas de brechós caseiros) não são convidadas para andar com os Notáveis. Usadas e dispensadas por eles, sim, mas não contratadas para um trabalho semipermanente.

— Então simplesmente ensino história a você — perguntei para me certificar — e recebo dinheiro por isso?

— Você estava esperando outro tipo de pagamento? — perguntou ele, sem conseguir disfarçar que se divertia com a situação.

— Porque se for isso...

— Dinheiro está bom — interrompi, rezando para que os meus genes irlandeses e italianos não deixassem transparecer nas minhas bochechas que eu havia ficado sem jeito. — Mas por que precisa de aulas particulares? Você me parece razoavelmente inteligente.

— E só os atletas realmente burros precisam de tutores, certo? Seu divertimento se transformou em repulsa. Eu me senti mal.

— Não foi o que disse — murmurei, embora o pensamento tivesse passado pela minha cabeça. — Por que você quer aulas particulares?

O rosto de Logan se suavizou.

— Eu não quero. Mas vai ser legal se você aceitar o trabalho. Então, o que acha?

Tá, sei que você deve estar imaginando por que eu considerei a oferta. Mas aulas particulares significavam que eu poderia parar de trabalhar como babá. E, mesmo com todos os defeitos do mundo, pelo menos Logan conseguia ir ao banheiro sozinho.

— Mais do que salário mínimo?
— Sim.
— Qual seria a frequência?
— Vamos trabalhar de acordo com os meus compromissos do hóquei. Alguns dias na semana e aos sábados.

Não pude evitar ficar encarando-o mais uma vez.

— Está falando sério?

Logan suspirou, e seus lábios formaram um sorrisinho sinistro.

— Pareço estar brincando?

Balancei a cabeça; nunca tinha me sentido tão constrangida. Quero dizer, Logan Beckett é um Notável. E um garoto. Não costumo passar o meu tempo ao lado de pessoas com qualquer uma dessas características.

— Tudo bem. Fechado.

Talvez eu não devesse ter me apressado tanto, mas sabia que Corey e Jane ficariam loucos se eu negasse a proposta de dar aulas particulares para Logan ai-meu-deus Beckett. Esse tipo de coisa era capaz de salvar a vida social de uma pessoa na Smith High School.

Isso tinha acontecido havia dois meses. Não foi uma jogada tão ruim para uma nerd como eu, levando em consideração tudo o que me fora proposto. Mas esperava que fosse demorar mais tempo antes de os Notáveis começarem a zombar de mim. As coisas estavam prestes a piorar... e muito.

Capítulo 4

Tentei alcançar Logan depois que o sinal tocou e nos liberou da aula de história americana. Não para falar sobre o que acontecera com Alex, ou para escoltá-lo pelo corredor, mas por causa da avaliação estúpida do sr. Helm — aquele que supostamente nos mostraria quão prontos estaríamos para o exame nacional caso o fizéssemos amanhã. Se Logan tivesse se saído bem, eu não teria que me preocupar com Chelsea aparecendo durante a nossa próxima aula particular. Se, por outro lado, ele não tivesse pegado nos livros, teria que pensar em uma solução — e depressa.

Logan andava bem mais rápido do que eu, provavelmente porque não era desengonçado ou atrapalhado e não carregava um monte de livros. Na verdade, raramente aparecia com uma mochila, preferindo levar um caderno espiral com uma caneta enfiada dentro. De vez em quando, a caneta sumia, e ele tinha que pedir uma emprestada para alguém — o que provavelmente virava assunto em vários diários de meninas nerds, que deviam escrever coisas tipo: *AH, MEU DEUS! Minha mão tocou a dele! Elas se tocaram!*

Patético.

De qualquer forma, ele já estava caminhando pelo corredor abarrotado de gente quando saí da sala e fui obrigada a gritar "Ei!"

para chamar sua atenção. Talvez eu devesse ter sido um pouco mais específica, porque uma dúzia de pessoas olhou para mim, e nenhuma delas era Logan.

— Hmm... Logan! — tentei novamente. Ele enrijeceu ao escutar a minha voz, como se estivesse andando depressa para me evitar. O que fez com que me sentisse superbem. Só que não.

— Ei — falei, sem convicção, ao chegar perto dele. — Então, como foi na avaliação? — Eu conseguia sentir os olhares dos outros alunos em mim, fazendo com que a minha pressão começasse a subir. — Achei as questões bem pesadas. A parte de múltipla escolha não estava nada fácil. Ainda bem que a prova de verdade é só daqui a um bom tempo...

É, eu sei. Estava tagarelando. Estou trabalhando nisso.

Logan não me interrompeu, porém. Pareceu achar aquela situação um tanto quanto divertida — como se eu fosse algum experimento científico ambulante lutando para controlar as próprias funções motoras. Decidi me interromper sozinha.

— Então... e aí, como foi na avaliação? — perguntei de novo, desajeitada.

Ele deu de ombros e continuou a andar pelo corredor.

— Espere, isso quer dizer que você foi bem? Dar de ombros é um bom sinal? — Eu achava que não, mas não custava perguntar.

— Foi uma avaliação. Fui avaliado.

— Isso é óbvio, mas preciso ver o resultado.

Logan assentiu, apontando na direção da sala de aula que estava vazia.

— O sr. Helm nos disse para não nos sentirmos pressionados a dizer as nossas notas — respondeu ele, em tom solene.

— Certo. Sem pressão para contar aos outros alunos. Mas sou sua professora particular. Isso faz com que seja o meu trabalho saber como você está indo na matéria. Então, posso dar uma olhada?

Não foi minha intenção fazer dessa última frase uma pergunta, mas dizer a Logan Beckett o que fazer não pareceu natural para mim. Outra coisa na qual eu deveria trabalhar.

Ele segurou o teste fora do meu alcance. Sou alta para uma garota, mas ele era mais, além de muito mais forte. De forma alguma eu conseguiria ver o papel a menos que Logan o entregasse a mim ou eu o chutasse com força na canela. Decidi guardar o chute para uma ocasião mais importante do que uma mera avaliação.

— Ou vai fazer o quê? — perguntou, feito uma criança. Legal, exatamente como se eu estivesse no maternal de novo.

— Ou conto para os seus pais?

Droga.

Logan riu da indecisão na minha voz.

— Até parece. Você mal fala com as pessoas daqui da escola, mas vai contar tudo para os meus pais.

— Tá, provavelmente não faria isso. — Decidi tentar uma manobra arriscada, baseada em um raciocínio disfarçadamente ilógico. — Mas se você não me mostrar, não saberei no que ajudar, o que quer dizer que não serei uma boa professora. Daí o exame de aprimoramento curricular vai ser mais difícil ainda para você. E as consequências *disso*...

— Tá — disse ele, provavelmente para calar a minha boca. — Eu mostro o meu e você mostra o seu.

Ótimo, agora passamos para o primário.

— Por que simplesmente não me mostra logo isso?

Logan balançou a cabeça, fazendo sua franja cair nos olhos. Bastante atraente.

— Não. Por que não quer me mostrar o seu? Não conseguiu gabaritar? — Seus olhos dançaram ao pensar na ideia de eu não ter ido bem no teste.

Não havia sentido continuar com aquilo. Abri a minha mochila, puxei o papel e o segurei bem perto do meu corpo.

— Tudo bem. No três.

Logan ignorou a minha contagem e trocou os testes. Ele havia acertado vinte e nove por cento. E eu, noventa e oito. Não sei qual dos dois se sentiu mais constrangido com os resultados.

— Noventa e oito por cento. — Ele não parecia surpreso, só impressionado e um tanto divertido. — Como é que você conseguiu tudo isso?

Fitei a ponta dos meus All Star pretos.

— Hmm... estudei? — Pelo amor de Deus, não dava para soar mais nerd do que isso? — Muito. Estudei bastante. História sempre foi a minha matéria preferida, então... — Voltei minha atenção para o teste dele nas minhas mãos e disse: — Acho que devemos marcar uma aula extra, talvez tentar um novo método de estudo ou...

Ele devolveu o meu e assentiu.

— Que tal no domingo?

Não havia nenhum traço de sorriso em seu rosto.

Normalmente eu tentava deixar os meus domingos livres; não estava exatamente animadíssima para passá-lo falando sobre os colonizadores... de novo.

— Ótimo! — respondi. Burra, burra, Mackenzie. — Parece... totalmente... hmm... ótimo. Então aulas no sábado e no domingo. Um fim de semana cheio de história.

Em meio à conversa, andamos na direção dos armários. Quanto mais próximo chegávamos do lugar em que se dera a minha fatídica e vergonhosa cena com Alex, mais sem jeito eu ficava. Era como se estivesse sofrendo outro surto de crescimento, que me jogava cada vez mais para as alturas. E, acredite, já sou alta o suficiente. E, como se não bastasse, as pessoas estavam começando a reparar. Bem, não muito em mim, mais em Logan. Uns Notáveis o cumprimentavam pelo caminho, e ele acenava com a cabeça casualmente enquanto eu tentava não ficar paralisada ou tropeçar.

Meu entusiasmo em relação às aulas particulares me garantiu mais um olhar de Logan do tipo "você é uma aberração bem divertida". Me senti cada vez mais vermelha. E isso não era nem um pouco atraente. Meu rosto ficava mais corado, o que tornava minhas sardas bem discretas, mas, fora isso, não havia mais nada de positivo nesse aspecto.

— Bem — tentei reparar alguns prejuízos da minha esquisitice —, quero dizer, ninguém se empolga com dever de casa no fim de semana. Mas acho que posso te encaixar...

Por que os adolescentes populares têm o dom de aparecer magicamente quando algo pode ser tirado de contexto e levado para um tom sexual? Spencer, outro jogador de hóquei, membro dos Notáveis, passou por nós, a tempo de interromper o meu falatório e dizer:

— É isso aí!

Confesso que achei engraçadinho — infantil e fora de moda, mas ainda assim, engraçado. Meu rosto foi tomado por outro tom de vermelho, agora cor de tomate, enquanto Logan sorriu e incorporou o espírito masculino.

— E aí, Spence, como vai?

Instantaneamente me senti sobrando. Não conseguia conversar sobre hóquei ou festas ou qualquer outro assunto inerente aos Notáveis. Seria melhor se ficasse quieta.

— Acabei de levar bomba numa prova de geometria — respondeu Spencer, sem se abalar. — Talvez na próxima dê para você me emprestar sua amiga aí.

O garoto sorriu enquanto me avaliava de cima a baixo.

— Duvido que ela seja o seu tipo — disse Logan, como se eu não estivesse *bem ali*. — Você não vai querer a Mack aqui reclamando sobre as suas notas. Os seus pais já servem para isso. Além do mais, não sei se você lidaria bem com a pressão. Acabamos de conseguir aumentar as suas notas em carpintaria para B pra você conseguir continuar no time, afinal.

Eu poderia aprender a detestar Logan Beckett de verdade. E, só para constar: estava mais para "você não faz o tipo *dela*". Spencer era um aluno medíocre e, se não fosse um ótimo atleta, já teria sido expulso da escola. Bem, os pais dele terem doado o correspondente a um prédio para o colégio ajudava, também. Colégios particulares não são os únicos a responderem bem quando ganham dinheiro. Mesmo em Oregon, um bom suborno pode ser útil para garantir qualquer coisa, desde uma plástica no nariz até notas mais altas. Não que eu conhecesse o assunto a fundo, mas já tinha ouvido histórias... e vejo TV a cabo.

A postura de Spencer ao caminhar havia se tornado claramente mais desleixada.

— Você sabe que eu odeio acordar cedo para aula. Oito da manhã? Isso simplesmente não está certo.

— Não quando se está de ressaca da noite anterior.

— Com certeza. Você vai à festa do Kyle amanhã? O final de semana começa na quinta, cara.

— Hoje é quinta — corrigi, tentando ajudar. *E não, não começa*.

— Isso é ótimo! Mais um motivo para você vir. E aí, está a fim?

Eu esperei, rezando para ele dizer: "Foi mal, cara, mas tenho muita coisa para estudar."

Não tive essa sorte.

— Estarei lá.

Estava ao lado da minha próxima sala do dia (aula de política) e tive que me afastar educadamente, o que é difícil fazer quando os Notáveis mal notam que você está por perto, para começo de conversa.

— Vejo você no sábado — falei a Logan.

— Até, Mack — respondeu ele, mal olhando para mim e desaparecendo na curva do corredor com Spencer, antes que eu pudesse reclamar do apelido. Odeio quando as pessoas me chamam de Mack. Odeio muito, *muito*. Fui deixada para trás sem Notável algum a meu lado, junto a meus companheiros nerds, murmurando para mim mesma: "Mackenzie, não Mack."

Patético.

Capítulo 5

O jantar na residência dos Wellesley aquela noite não foi agradável. Não importava que eu tivesse conseguido sobreviver o resto do dia sem mais encontros estranhos com os Notáveis — o estrago já estava feito. Quando cheguei em casa, exausta após um dia inteiro de atividades acadêmicas e humilhação social, dei de cara com um irmão irado me esperando.

— No que raios você estava pensando? — gritou Dylan.

— Oi para você também, *irmãozinho* — respondi, dando ênfase ao diminutivo só para deixá-lo com mais raiva. Esse é o meu dever como irmã mais velha. Mas ele já estava tão fulo da vida comigo que nem notou a provocação.

— Por que você estava falando com Chelsea Halloway? Não sabe que ela está fora do seu alcance?

— Você quer dizer do *seu* alcance, Dylan? Eu não tenho o menor interesse em fazer parte do mundinho dela. Sem dúvida, *você* precisa frequentar a academia e perder alguns pontos de QI para se enturmar. Eu também recomendaria esteroides. Tenho certeza de que o seu futuro melhor amigo Alex Thompson pode conseguir uma receita para você.

— Alex Thompson NÃO usa esteroides! — gritou Dylan, defensivamente. — Só... não estrague isso tudo para mim. Suas atitudes me afetam. Então por que não anda com Jane e Corey? Deixe a popularidade para aqueles que conseguem formular frases que façam sentido em público. E, pelo amor de Deus, não pule em jogadores de futebol!

Tá, admito que essa doeu. Ser repreendida por minha falta de habilidades sociais pelo meu irmão, que está no ginásio, era mais do que vergonhoso.

— E como foi que você soube disso? — perguntei, fingindo não me importar com o que tinha acontecido.

Ele me olhou de cima a baixo com repulsa.

— Está brincando, não é? Toda vez que você passa vergonha, as pessoas me mandam mensagens contando. Faz ideia de o quanto você me custa? Devo quinze dólares para a mamãe todo santo mês por ultrapassar o limite do celular, graças à minha querida irmãzinha.

— Você só precisa das mensagens para comentar com os seus amiguinhos sobre as minissaias da Chelsea. Não que você tenha alguma chance — falei, bagunçando os cabelos dele. — Não acho que ela esteja à procura de um homem mais novo no momento. Ser do ginasial não é exatamente uma das características que ela busca em seus brinquedinhos.

Dylan empurrou a minha mão e me encarou.

— Eu tenho mais chances com Chelsea do que você com Logan Beckett.

Balancei a cabeça, concordando.

— Certo. Mas a diferença é: não estou interessada nele. Ou em qualquer outro garoto do grupo dos Notáveis. — Com exceção de Patrick, mas meu irmãozinho *realmente* não precisava saber disso. — O que significa que posso me humilhar ou humilhar você na frente deles ou de quem quer que seja.

Dylan olhou para mim, assustado.

— Você não vai dizer uma palavra sobre mim, está me entendendo? Nem umazinha sequer!

Minha mãe escolheu aquele momento para entrar no quarto. Nossa gritaria (bem, era mais ele gritando comigo) tinha chamado sua atenção.

— O que está acontecendo aqui? — perguntou ela, hesitante, como se não quisesse de fato saber. Para falar a verdade, ela provavelmente não queria.

— Nada de novo. Mackenzie pagou mico hoje. Mais uma vez. Será que você pode fazer com que ela pare com isso ou enviá-la para algum outro lugar? Ou *qualquer outra coisa*?

— Não há nada de errado com a sua irmã, Dylan — respondeu nossa mãe com firmeza. — Ela é apenas especial.

Não era isso que esperava ouvir.

— Retardada, talvez — murmurou Dylan, aborrecido.

Nós duas olhamos para ele.

— Bem, é verdade! — defendeu-se Dylan. — Por isso ela frequenta tantas aulas. É péssima socialmente, tem o QI de um...

No entanto, minha mãe não o deixou terminar a frase.

— Vamos todos ficar calmos antes do jantar. Dylan, sua irmã não vai a lugar algum, conforme-se. E Mackenzie... — Ela hesitou. — Por que você não tenta... hmm... se misturar um pouco mais na escola?

Você sabe o quanto é esquisita quando até a sua *mãe* aponta sua falta de traquejo.

— Caramba, mãe, obrigada — falei, sendo sarcástica. — Misturar, é? Quer saber? Por que não começo a me "misturar" e desapareço agora?

Subi correndo as escadas para o meu quarto e bati a porta. Mas eu não conseguia guardar rancor da minha mãe. Então, tentei, ainda rabugenta, concentrar-me no dever de casa por uma hora, até que decidi descer e arrumar a mesa, esvaziar a cesta de lixo, varrer o chão da cozinha e limpar as bancadas. É assim que a vida funciona na casa de pais solteiros — cada um faz a sua parte. Minha mãe não era obrigada a chegar em casa do trabalho e ainda precisar lidar com briguinhas idiotas.

Ela também não estava de todo errada. Acabei me "misturando" mais na escola no dia seguinte. Apenas fugi para a biblioteca quando alguém perguntou sobre todo o fiasco Alex Thompson/ressuscitação — era bem legal da parte da bibliotecária me deixar ficar nos fundos, com os novos exemplares recebidos pela escola. Imaginei que a coisa toda iria se acalmar. Pensei que, se nada pior acontecesse até sexta-feira, então lá pela segunda eu não precisaria mais me manter invisível. As pessoas simplesmente voltariam a me ignorar.

A manhã de sábado e todo o resto parecia perfeito. Acordei cedo, coloquei os meus patins e dei umas voltas até que minha cabeça estivesse maravilhosamente vazia. Os únicos momentos em que a minha mente desacelerava eram quando eu dormia ou patinava. Por isso, pelo menos uma vez por semana, eu dava um jeito de visitar o asfalto da escola. Se não o fizesse, jamais seria capaz de manter a minha vida bem organizada e estruturada.

Em seguida, tive que me arrumar para um encontro do tipo Notável. Tentei reunir coragem enquanto vestia o meu jeans mais confortável. Fiquei repetindo a mim mesma que não importava que Logan Beckett fosse um atleta metido, arrogante e irritante porque eu era uma mulher forte, confiante e capaz de dar aulas particulares até ele não aguentar mais. Que nunca ficaria presa a um emprego de garçonete na porcaria de um subúrbio em Oregon, tentando criar dois filhos sozinha... como a minha mãe. Faria tudo dar certo na faculdade até que, um dia, olharia para trás, para os meus tempos de escola, e pensaria *Deus, como odiava dar aulas para Logan Beckett. Mas valeu a pena.*

Foi isso que disse a mim mesma enquanto esperava do lado de fora da casa dos Hamilton Logan aparecer para me buscar. *Não que eu tenha vergonha da minha própria casa*, garanti a mim mesma enquanto caminhava sobre o meio-fio como uma equilibrista. Mas se Logan Beckett pensasse que a residência vitoriana dos Hamilton era minha... não seria nada mau. Não queria vê-lo com pena ao olhar para a minha casa esteticamente desagradável, cheia de mato e com pintura descascando. Se havia uma coisa que detestava era a compaixão exagerada que todos passaram a expressar depois do divórcio. Era sempre "Ah, que horrível! Ele se mandou com a professora de balé! O que vocês vão fazer? Pobrezinhos". Cheguei muito perto de berrar na cara das velhinhas que apertavam as minhas bochechas e diziam "O papai vai voltar, querida". Não, ele não ia voltar, e eu precisava dele tanto quanto preciso de um olho roxo.

Eu poderia ter um carro. Assim, não precisaria esperar que Logan me buscasse — atrasado — com cara de que a festa acabara naquele momento. Mesmo exausto, era atraente — sensualmente cansado. Em seu lugar, minha aparência estaria péssima, quase como se eu tivesse esbarrado na morte. As poucas noites que passei em claro estudando para as provas de aprimoramento curricular no ano passado me ensinaram que, se eu não quisesse as pessoas me sugerindo uma visita à enfermaria, precisaria de, no mínimo, seis horas de sono por noite. Menos que isso faria as pessoas me perguntarem se eu estava doente.

— Quer alguma coisa? — perguntou Logan enquanto parava no estacionamento do Starbucks. Fiquei um pouco impressionada por ele ter sido educado o suficiente para perguntar.

Procurei pela minha carteira dentro da mochila.

— Um frappuccino mocha seria ótimo.

— Qual tamanho?

— Hmm... pequeno?

Tá, realmente não entendia como os tamanhos do Starbucks funcionavam. Não é minha culpa todos parecerem enormes.

Assim que encontrei minha carteira, Logan abriu a porta do carro.

— Espere! — gritei, contando o dinheiro para pagar a minha parte.

O humor dele pareceu oscilar entre o divertimento e a irritação enquanto eu procurava pelas moedas.

— Não se preocupe.

O que mostra o quanto ele me conhecia. Sempre pago o que consumo.

Mas antes que pudesse protestar, Logan já estava a meio caminho da cafeteria. Considerei ir atrás dele e enfiar as minhas notas de um dólar junto às moedas todas no balcão quando fosse a vez dele, mas lhe entregar o dinheiro mais tarde pareceu menos embaraçoso. E foi então que vi Patrick Bradford vindo em minha direção e perdi a capacidade de raciocínio.

Patrick. Ele estava se aproximando, e me enchi de esperança, com cada fibra patética do meu ser, de que pudéssemos conversar para que ele finalmente percebesse quão perfeitos ficaríamos juntos. Era uma oportunidade que eu não poderia perder. Reunindo toda a minha coragem, abri a porta do carro de Logan e pulei para a calçada.

— Oi, Patrick!

Não, não fui eu quem o chamou.

Virei-me para ver Chelsea Halloway sentada com suas duas melhores amigas do lado de fora do Starbucks. Jane e eu havíamos apelidado a dupla de Falsificada e Cozida, já que Steffani Larson era uma produção da Clairol Blonde, dos cosméticos da MAC e (segundo boatos) de um cirurgião plástico muito discreto, e Ashley McGrady vinha frequentando camas de bronzeamento artificial desde o sexto ano. Perguntei-me se o Starbucks seria um ponto de encontro tradicional pós-festa dos Notáveis para neutralizar o álcool da noite anterior.

Eu não sabia o que dizer. Nenhum garoto preferiria passar um tempo comigo a desfrutar do brilho da atenção daquelas garotas — nem mesmo Patrick. Não que Chelsea e Steffani se jogariam em cima dele como faziam com os outros garotos Notáveis (cof, cof, Logan), mas isso era o esperado. Afinal de contas, Patrick ainda estava no limiar da popularidade entre Notável e comum. O que explica ele ter simplesmente acenado com a cabeça na minha direção e continuado a andar sem dizer uma palavra. Ou talvez ele pensasse que seria melhor para mim não chamar a atenção de Notáveis.

As garotas riram de alguma coisa que ele disse, e não pude deixar de rezar para que engasgassem com os cafés ou tivessem um choque térmico. Eu me senti uma idiota, colada na lateral do carro preto e brilhante de Logan, enquanto olhava pelo canto do olho para os Notáveis. Não havia a menor possibilidade do Trio do Mal não ter me visto. E, mesmo assim, nenhuma delas ao menos acenou na minha direção. Ainda estava lá parada quando Logan voltou segurando as bebidas.

— Logan!

De novo, não fui eu. O gritinho veio de Chelsea, e, uma vez que ela traria sua redação para a casa dele em algumas horas, pensei que aquilo já era exagero. Não que ele se importasse. Apenas levantou uma sobrancelha ao vê-la cumprimentá-lo com tanto entusiasmo. Talvez fosse assim que garotas como ela conseguissem namorados: mostrando bastante animação e decotes.

— E aí, cara.

Isso foi o Patrick. Tentei não rir. Parecia tão... forçado, como se ele quisesse dizer "Fala aí, meu irmão. Tudo na boa?", mas sabia que ia soar como um imbecil, então estava tentando maneirar. O que, na minha opinião, era adorável.

Respirei fundo. Tá, disse a mim mesma, *chegou a hora de parar de ser tão banana*. A qualquer momento Logan iria me entregar a minha bebida, e os outros Notáveis não poderiam fingir não terem me visto.

Sendo assim, agi primeiro. Caminhei até o grupo, mantendo os olhos no frappuccino mocha o tempo inteiro para ficar tranquila. Não funcionou tão bem quando peguei o copo.

— Hmm, obrigada — murmurei. — Depois te pago.

— Não se preocupe.

Acho que quando o dinheiro para a sua faculdade já está garantido, você não tem que ser pão-duro. Não pude evitar sentir um pouco de inveja. Parecia muito legal poder gastar sem se perguntar o quanto cada item atrasaria seus planos de comprar um laptop para a faculdade.

— Depois te pago — insisti.

— Ei, vocês dois estão juntos ou coisa do tipo? — perguntou Patrick, em dúvida.

Engasguei com a bebida, mas não porque estivesse rindo.

— Boa. — Chelsea gargalhou. — Como se esses dois fossem namorar! Ela era realmente um doce. Sério.

— Hmm, não. Não, não, não. — Talvez eu devesse ter parado no primeiro "não".

Patrick sorriu e eu senti meus joelhos enfraquecerem. Ele parecia tão meigo com seus olhos castanhos, da cor de chocolate derretido — como o frappuccino que eu estava segurando. Cheguei um centímetro mais perto dele. Não consegui resistir, seu sorriso me puxou.

— Só comprando um café — disse Logan.

— Sim — confirmei. — Porque aumenta o estado de alerta e é ótimo para os estudos. Vocês sabiam que o café já foi usado como moeda de troca muito tempo atrás?

Patrick balançou a cabeça lentamente para me dizer em silêncio que eu estava cometendo uma enorme gafe. As garotas olharam para mim, incrédulas, enquanto Logan bebia seu café, aparentemente entretido.

— E por que gostaríamos de saber disso? — questionou Chelsea, em tom agressivo.

— Hmm... porque é interessante?

Mantive os olhos em Patrick para que meus órgãos não congelassem sob os olhares frios do Trio do Mal, o que certamente aconteceria se eu encarasse uma delas. Logan colocou a mão no meu ombro (fazendo com que me calasse instantaneamente) e disse:

— Vejo vocês mais tarde.

Então ele me guiou até o carro. Esperei até que ambos colocássemos os cintos de segurança antes de me virar para ele.

— Seria legal, não seria?

— Sim, seria legal.

Não esperava que ele fosse concordar comigo. Olhava para mim concentrado, avaliando-me com seus olhos cinzentos, e tentei não me encolher no assento.

Às vezes parecia que ele era o professor, e eu, a aluna que falhava nos testes.

Capítulo 6

— Eu não fazia ideia de que você gostava do Patrick. A voz de Logan saiu inexpressiva, com uma pontinha de divertimento.

— O qu... o que te passou *essa* ideia? — perguntei, gaguejando.

— O jeito como estava babando por ele meio que sugeriu isso.

Eu o encarei, mas não consegui interpretar sua expressão. Ele tinha visto um pequeno momento de constrangimento meu e o exagerado imensamente, mas, ainda assim, parecia tão complacente. Uma tentativa de sedução? *Comigo?* Do que ele estava falando?

Não consegui deixar isso passar.

Quando paramos no sinal vermelho, olhei para Logan bem dentro de seus olhos.

— Não é daquele jeito que eu flerto. Além disso, tenho coisas mais importantes a fazer com o meu tempo. — Rezei para que isso tivesse soado cortante e inteligente. — Agora, você pretende usar o cérebro ou vai simplesmente deixar que atrofie?

Silêncio tomou o carro. E admito: levei para o lado pessoal... e, então, fiquei irritada. Não foi como uma brincadeira entre amigos porque nós NÃO SOMOS AMIGOS. Ele é um Notável, e eu, uma Invisível, e, se de alguma forma me esqueci disso, sua análise sobre o que acabara de acontecer no Starbucks fez o favor de me lembrar.

— Tá, o que está acontecendo? — perguntei. Não aguentava mais o silêncio.

Ele deu de ombros. Não tem como ficar mais incomunicável do que isso.

— O que tem de errado com você?

— Estou bem — respondeu ele, seco.

— Ouça, não sei qual é o seu problema, mas lide com isso sozinho! Não tenho como te ensinar nada se você não falar comigo. E preciso desse emprego para comprar um MacBook.

— É por isso que está me dando aulas? — perguntou ele, incrédulo. — Um laptop?

— Hmm... sim — respondi. — Por que achou que topei ser sua tutora? Por um prêmio Nobel?

Logan ignorou a minha pergunta e pareceu pensativo.

— Faz sentido. Tem até seu nome nele — disse. Ele sorriu ao ver que eu não havia entendido. — Mac-kenzie juntando dinheiro para um MacBook.

Senti minhas mãos se fecharem em um punho instintivamente e tive que me esforçar para manter a calma.

— Muito esperto. Nunca tinha escutado essa antes... Ah, não, espere, já escutei sim. E não gosto que me chamem de Mack.

Não achei que ele estivesse me ouvindo enquanto estacionávamos o carro na entrada da garagem. Alguns minutos depois, estávamos sentados na cozinha com os nossos livros abertos.

— Então, a Guerra Franco-Indígena — tentei novamente — foi entre...?

Logan passou uma das mãos nos cabelos em sinal de frustração e olhou para os rabiscos ornados que fizera no caderno.

— Os franceses e os índios?
— Não exatamente.
Dava para ver em seu rosto que estava exasperado.
— Então por que se chama Guerra Franco-Indígena?
— Bem, porque os ganhadores são os que escolhem o nome.
— Então quem ganhou, os franceses ou os índios?
— Nenhum dos dois. — O lampejo de repulsa nos olhos de Logan me fez continuar rapidamente: — Os britânicos e os colonos venceram. Seria muito longo chamá-la de Guerra dos Britânicos e dos Colonos Contra os Franceses e os Índios.

O comentário rendeu um meio sorriso, então não parei por ali.

— Os britânicos venceram com os colonos. Eles chamaram a guerra de Franco-Indígena apenas porque foi contra quem eles que lutaram.

Logan estava prestes a dizer alguma coisa quando seus pais entraram na cozinha.

— Olá, Mackenzie — disse sua mãe, cumprimentando-me calorosamente. — Como vão os estudos?

— Olá, sr. e sra. Beckett — respondi, pensando se deveria me referir a eles dois como dr. e dra. Beckett ou se isso apenas tornaria as coisas muito confusas. — Acho que estamos indo bem. Só repassando alguns pontos importantes.

Tentei soar como se tudo estivesse sob controle quando, claramente, não estava. Logan havia acertado vinte e nove por cento da avaliação. Isso não era estar "bem" de forma alguma. Nada da aula parecia estar sendo absorvido. Tudo que ele fizera até então fora criar um fichário cheio de desenhos. Vi rabiscos de colegas, navios em perigo e girafas com pescoços longuíssimos amontoadas nas margens. Sensacional.

— E como vocês estão? — perguntei, tentando afastar a atenção deles dos estudos.

— Ah, estamos ótimos — respondeu a mãe de Logan enquanto tirava um peru fatiado de dentro da geladeira e começava a fazer um sanduíche. A casa dos Beckett era imaculada, cara e cheia de classe. Acho que é esse o resultado de dois médicos e um filho único em vez de uma garçonete criando duas crianças e dependendo da pensão do ex-marido infiel.

— Algo de interessante no hospital?

— Não muito. Alguns jovens bêbados precisaram de lavagem estomacal. Aparentemente houve uma festa ontem à noite.

Até os adultos sabiam mais sobre as festas do que eu.

— Não soube disso — respondi honestamente, como a garota estudiosa que sou. — Não bebo. Não faz muito o meu estilo.

Logan me fitou nos olhos.

— Não brinca. Jamais teria adivinhado.

Babaca.

— Ora, que legal — disse sua mãe, alegremente. — Você conhece as suas limitações e é fiel a elas — completou, virando-se para o filho. — Isso não é ótimo?

— Sim — respondeu ele. Olhou para mim como se estivesse se contendo para não rir. — Muito legal.

Ambos sabíamos por que eu não bebia: não dá para beber quando não se é convidado para essas festas.

Quase disse alguma coisa, mas a campainha tocou.

— Eu atendo — disse o pai de Logan, que abriu uma lata de Coca Diet e foi até a porta.

— Olá, sr. Beckett.

Reconheci a voz como uma puramente maligna — um tom feminino acostumado a traições e deboches. Mentira. Tudo que eu podia dizer era que pertencia a Chelsea Halloway. O resto foi meramente uma hipótese bem informada.

— Logan, tem uma *amiga* sua aqui querendo ver você.

A ênfase que seu pai deu sugeriu que "amiga" não era o melhor termo para descrever a relação entre os dois. Não que isso fosse da minha conta.

Fechei o livro de história americana e me preparei mentalmente para lidar com Chelsea. Não sei o que essa garota tem (talvez sejam os cabelos perfeitamente arrumados ou a maquiagem sem falhas), mas ela sempre me intimidou. Não importava se eu a visse na escola, no Starbucks ou na cozinha de Logan Beckett, ela exalava superioridade. Ou qualquer que fosse a última fragrância da Victoria's Secret.

— Oi, Chelsea — falei, casualmente, quando ela entrou na cozinha.

Levantei e fui até os bolinhos de banana. Os Beckett haviam me dito para ficar à vontade desde o primeiro dia de aula particular, o que significava que eu não precisava pedir permissão toda hora que quisesse pegar alguma coisa na geladeira. E tenho mania de fazer uns lanchinhos durante a tarde.

— Oi — respondeu Chelsea antes de virar-se abruptamente para a sra. Beckett com um sorriso deslumbrante que dizia: *Eu sou linda e o tipo de garota que você deseja que o seu filho namore.*

Puxa-saco.

— Como vai, sra. Beckett? — perguntou, fazendo-se de boazinha.

— Estou bem, Chelsea. E você?

A garota jogou os cabelos atrás do ombro. Moviam-se como na porcaria de um comercial da Pantene.

— Estou ótima.

— Você e Logan têm planos para mais tarde, quando Mackenzie terminar a aula particular?

Fiquei surpresa por meu nome ser mencionado. Eu estava quase me mesclando à geladeira enquanto afanava uma Coca Diet. De todo modo, a sra. Beckett não parecia o tipo de pessoa que esqueceria o nome de uma nerd assim que uma garota popular aparecesse.

— Na verdade, Mackenzie está me ajudando com uma redação — respondeu, confiante. Tudo que fazia era cheio de confiança. Ela e Logan teriam filhos cheios de si.

— E você concordou com isso, Mackenzie? — perguntou a sra. Beckett. — Não está cansada?

— Estou bem — falei. O que mais eu poderia dizer? A verdade? "Desculpe, Chelsea, mas o meu cérebro está fritando. A redação fica por sua conta. Acho que isso quer dizer que você vai criar um boato maldoso sobre mim no banheiro feminino. Eu deveria ter ligado para cancelar, mas você não costuma dar o seu número para Invisíveis como eu."

Claro. Funcionaria perfeitamente.

— Estou bem. Logan pode tirar uma folga, talvez dar uma olhada em alguns cartões de anotações, enquanto eu ajudo a Chelsea. E, depois, atacaremos os livros de novo — acabei respondendo, em vez daquilo que pensei.

A sra. Beckett assentiu, terminando de fazer seu sanduíche.

— Então tá. Bem, boa sorte.

E, assim, puxou seu marido para a piscina, deixando-me sozinha com dois Notáveis. Eu iria precisar de toda a sorte possível.

Capítulo 7

— **E**u não sei se posso ajudar você com isso aqui.
O que, considerando todas as realizações que podiam vir daquilo, era uma droga. Simplesmente não é justo que a garota mais bonita e mais popular de toda a escola também seja inteligente. Quer dizer, *para, né?* Chelsea devia ter alguns defeitos (além de sua tendência a ser odiosa) ou eu suspeitaria que secretamente fosse um robô de outro planeta. Mas até agora... nada. Nem sabia por que Chelsea queria que eu desse uma olhada em sua redação, a menos que isso fosse uma desculpa para passar mais tempo com Logan.

— O que tem de errado com o meu texto? — perguntou, na defensiva. Sentou-se toda empinada na cadeira, interrompendo a vista de seu decote que Logan parecia estar apreciando.

Eu poderia ter dito: "Não tem nada de errado! É uma redação muito boa. Não se preocupe, Chelsea, seu professor de inglês vai adorar." Mas isso não era toda a verdade.

— Bem — apontei para o livro que estava à minha frente. — Você acha que a personagem principal, Janie, encontrou o verdadeiro amor em *Their Eyes Were Watching God*, certo?

— Certo.

— Mas, quando eu li o livro, não achei que fosse de fato sobre o amor.

Aquilo definitivamente chamou sua atenção.

— Como assim? — perguntou Chelsea, aborrecida. — É sobre como ela se rende aos homens errados antes de encontrar o certo. Essa última parte era claramente dedicada a Logan, por debaixo de longos cílios. Até eu percebi a cantada.

— Achei a personagem patética — falei. O meu comentário fez com que Chelsea fechasse a cara e Logan sorrisse, entretido. — Ela se sujeita a relacionamentos abusivos até que resolve atirar no marido enraivecido. Na minha opinião, a verdadeira mensagem era... homens são uns cachorros.

Logan levantou as sobrancelhas ao escutar a última parte da minha crítica.

— Ei — disse ele calmamente —, não é bem assim.

— Às vezes é. Nem todos os caras são desse jeito, lógico, embora a atual companhia talvez não seja uma dessas exceções.

Os olhos de Chelsea me perfuraram, mas Logan sorriu.

— Bem, obrigada — disse ela, deixando implícitas as palavras "por nada".

— Desculpe, não posso ajudar mais do que isso. Então, Logan, como vai a Guerra Franco-Indígena?

— Emocionante — respondeu ele, olhando impassível para mim. — Imagino como deve terminar.

Dou um sorriso.

— Aposto que os colonos ganham.

— Não vale me contar o final.

Logan fechou seu livro, então tive que abrir o meu no capítulo certo.

— Na verdade, é bem legal. Se você der uma olhada na Batalha de...

Mas ele não estava me ouvindo. Chelsea havia se inclinado para a frente enquanto fingia se concentrar na redação. Aham, os homens não são cachorros. Sei.

O restante da aula particular foi bem desinteressante. Principalmente porque todas as vezes que ele começava a prestar atenção em mim ou no livro, Chelsea derrubava seu lápis e tinha que se inclinar *bastante* para pegá-lo. Ou jogava os cabelos longos para trás para que eles caíssem suavemente de volta em seu rosto. Estava bem claro que a redação era a última coisa que passava pela sua cabeça e que Logan não se incomodava com o show.

Com ele tão concentrado quanto um peixe e ela fingindo ser uma figurante de *Barrados no Baile*, a aula particular foi para o saco. Eu me sentia um fracasso. Estava bastante óbvio que nada estava sendo assimilado. Logo, era realmente positivo que tivéssemos aula novamente no domingo.

Ele me deixou em frente à residência dos Hamilton e fui para casa assim que o brilhante carro preto virou a esquina. Dylan estava esperando por mim do lado de fora.

Parecia que alguém tinha morrido. Sério. Vi que estava pálido e comecei a correr, ignorando o barulho que meus livros faziam dentro da mochila ao bater nas minhas costas.

— Dylan, o que aconteceu? A mamãe está bem? — gritei.

Ele não disse nada até que eu o alcançasse e, então, agarrou o meu braço e me puxou para dentro de casa.

— Você tem que ver isso.

Dylan me levou direto para o computador da família. O troço tinha um bilhão de anos e demorou horrores até ser religado. Meu irmão mexeu no mouse, e a proteção de tela exibindo nós três felizes, rindo na praia, sumiu. O que vi na tela me fez querer vomitar todo o pão de banana que havia comido.

Um vídeo no YouTube, com uma enorme legenda, anunciava:

Mackenzie Wellesley: A garota mais esquisita do mundo!

Só aquilo fez com que eu quisesse me enrolar que nem uma bolinha até meu cérebro desligar. O vídeo logo abaixo, então, me fez sentir pior ainda. Era a cena inteira, bem ali, gravada para o entretenimento de milhões de pessoas. Tudo que Dylan teve que fazer foi clicar, e pude reviver o momento quadro a quadro; assisti a mim mesma nocauteando Alex Thompson com a mochila, entrando em pânico quando ele não se mexeu, e, então, jogando a minha perna por cima de sua barriga para tentar reanimá-lo. O pior de tudo foi que, enquanto eu estava pressionando o seu peito, Alex me olhava com horror e surpresa... e tentava se livrar de mim, mas sem muito sucesso.

Como não percebi aquilo? Estava tão dedicada no salvamento que não notei que ele estava tentando me tirar de cima dele. Todas as vezes que se mexia para eu sair, a força das compressões ritmadas que eu fazia o jogavam de volta ao chão. As caixas de som reproduziam as minhas desculpas desesperadas, em alto e bom som.

— Você está bem? Desculpe. Foi um acidente. Não vi você até a minha mochila derrubá-lo... na frente de todo mundo.

Senti meu rosto ficar pálido. Não havia percebido o quanto eu tinha arruinado tudo. Não queria mais sequer chegar perto de Alex Thompson em toda a minha vida.

Abaixo do vídeo havia um monte de comentários. O primeiro dizia simplesmente: *Hahaha! Que doida.*

Encarei a tela em silêncio enquanto as palavras ecoavam na minha mente. Quedoida, quedoida, quedoida. Mal conseguia respirar e sabia que, a qualquer momento, iria começar a chorar.

— Só tem uma solução — disse Dylan, baixinho. — Você tem que se mudar daqui. Talvez possa ficar com... alguém.

Não continuei por perto para ouvir mais nada. Fui direto para o meu quarto, me joguei na cama, puxei as cobertas por cima da cabeça e fingi que estava bem longe. Não ajudou. Se eu tivesse ideia do que estava por vir, jamais teria saído do meu quarto novamente.

Capítulo 8

Minha mãe me disse que aquilo não era grande coisa. Não sei se ela, de fato, acreditava no que estava dizendo, mas afirmou que as crianças populares só se sentiam intimidadas por minhas capacidades intelectuais e que não era para eu levar para o lado pessoal.

Ela havia acabado de me dizer que ninguém acessava o YouTube quando Jane telefonou para me avisar. Não que fosse preciso, porque eu corria o tempo todo lá para baixo a fim de checar quantas outras pessoas haviam assistido. Quando vi o número disparar para quase trinta mil, parei. Toda vez que o via aumentando ou rolava a página para checar os novos comentários, podia sentir minha pressão indo às alturas.

Foi bom ouvir a voz calma de Jane.

— Hmm, Kenzie — disse ela quando atendi ao telefone. — Ouça, a gente precisa conversar.

— Deixa eu adivinhar. Já sou a grande piada da escola?

Ela hesitou, escolhendo as palavras com cuidado.

— Bem, sim...

Eu sempre podia contar com a honestidade da minha melhor amiga.

— Então, o que faço? — perguntei, indo direto ao ponto.

Mais hesitação.

— Tente se esforçar mais para encontrar a sua caça-vampiros interior?

Olhei para o telefone.

— É isso? Esse é o seu conselho? Era para você pensar em um jeito de consertar tudo! Se liga.

Jane riu.

— Desculpe, Kenzie. — Sua voz ficou séria. — Como você está lidando com isso tudo?

— Ficando escondida na cama. Vou ficar bem, é só mais um episódio de humilhação para adicionar à lista.

Ela riu de novo.

— Ah, Kenzie. E nem é o pior de todos. Você se lembra de quando peidou durante a aula de yoga no ginasial?

Esse é o problema de ter amigos que conhecem você desde sempre: eles sabem de todos os seus deslizes.

— Ou de dois anos atrás quando você ficou nervosa ao falar com o aluno de intercâmbio e acabou cuspindo na cara dele toda?

— Sim — respondi, seca. — Muito obrigada por esse tour maravilhoso pela minha galeria de momentos embaraçosos.

— Só estou dizendo que isso também vai passar.

Sorri.

— Obrigada.

— Então, como foi a aula particular hoje? Nenhum dos Notáveis mencionou o vídeo, mencionou?

— Não — dei um sorriso. — Eu vi Patrick no Starbucks.

— Ah, Deus. Pela madrugada.

O que não era justo, já que eu a escutava o tempo todo falar sobre suas paixonites. Sempre pergunto o que ela tem contra Patrick, mas a resposta é sempre a mesma: "Ah, nada não."

Então, decidi ignorar seu comentário.
— Depois fui estudar com Logan. O que foi... estranho.
— Uma conversa entre você e um Notável foi estranha? Não me diga!
Eu ri.
— Tem razão. Mas dessa vez foi diferente... Tá, vou contar desde o início. Ele fez um comentário sarcástico sobre eu estar dando em cima do Patrick.
Jane deixou escapar um suspiro de surpresa.
— Eu não dei em cima dele! Mas o estranho foi que surtei.
— Como assim? — perguntou Jane, em tom sério. — Você está bem?
— Sim. Eu deixei que ele pensasse o que queria. Por um momento, esqueci que ele era um Notável e agi como se estivesse perto de você.
— Ah, sim, como um pé no saco?
Sorri.
— Obrigada. Isso é tão legal da sua parte. Mesmo.
— Mas e daí, ele ficou surpreso?
Pensei um pouco.
— Mais ou menos. Parecia estar se divertindo. Acho que isso até quebrou um pouco da tensão entre nós.
Houve um silêncio do outro lado da linha.
— Não sei o que isso quer dizer
Eu ri.
— Não quer dizer nada.
— Só tenha cuidado, tá, Kenzie? Porque você não pode ir para outra escola. Corey e eu não sobreviveríamos sem você.
E é por isso que Jane e eu somos melhores amigas desde o primário.
— Não se preocupe. Vou ficar bem. A menos que Dylan me mate enquanto durmo...

O que, na verdade, era bem provável. Meu irmão se recusava a falar comigo. O único motivo pelo qual minha mãe lhe dera algum espaço foi porque ele estava se segurando para não me xingar. Disse que a situação era humilhante, uma desgraça para sua vida social, mas nenhum palavrão fora proferido.

Então decidi dar-lhe o domingo para esfriar a cabeça. Fiz meu dever de casa, dei aula particular para Logan e esperei meu irmão se acalmar. Mas, na segunda-feira, ele não conseguia sequer me encarar durante o café da manhã.

— Bom dia — falei, só para quebrar o gelo.

Dylan grunhiu sem a menor boa vontade.

— Olhe, não é como se eu tivesse alguma coisa a ver com essa zona toda. Então você pode agir como uma criancinha petulante de cinco anos de idade, crescer e me dar um desconto.

Ele olhou para mim com raiva, sem saber o quanto seu rosto contorcido lembrava o do nosso pai. Dylan era tão novo quando ele nos abandonou que não tinha noção de quantas coisas tinham em comum. E, na nossa família, nada insultava mais do que ser comparado ao papai. Lembro-me do dia em que prometi assistir ao jogo de futebol do meu irmão e não pude ir. Sua expressão facial fora da raiva à mágoa, e ele afastara a franja suada do rosto, dizendo "Perfeita imitação do papai, *Mack*". Aquilo me fez sentir como lixo por um mês.

Então não disse ao Dylan que ele estava parecendo o nosso pai. Apenas notei a semelhança e fiquei quieta.

— É claro que não teve nada a ver com isso porque você é tão perfeita — disse ele, surtando. — Quer saber o que eu quero? QUE ME DEIXE EM PAZ, PELO AMOR DE DEUS!

Não há nada como uma família que dá apoio e amor a você durante tempos difíceis. Deixei Dylan sair furioso da cozinha.

Não devia ser fácil ter a piada da escola como irmã mais velha, e eu era uma piada. Soube disso no dia seguinte. O vídeo do YouTube me seguia pelos corredores, zumbindo como um enxame de moscas malvadas. Algum idiota até puxou um amigo enquanto eu passava e gritou "Ai. Meu. Deus. Será que estou matando ele?", fazendo uma voz fininha. Não achei que tivesse sido uma boa imitação. Apenas abaixei a cabeça e considerei passar a estudar em casa — pelo menos até que eu deixasse de ser considerada a pessoa mais idiota da escola.

A única coisa boa foi que Corey voltou do Campeonato de Discurso e Debate. Jane correu para contar a ele sobre a minha mais recente (e maior) vergonha, e ambos estavam determinados a me distrair durante o almoço.

— Eles não estão olhando para você — disse Jane, irritada, quando eu observei meus arredores de novo no refeitório.

Olhei para ela.

— Hmm, sim, eles estão.

— Bem, só um pouquinho — afirmou Corey, dando de ombros e fingindo indiferença. — Nada de mais.

Recostei-me na cadeira.

— Para você é fácil falar. Ninguém fica te oferecendo aula de técnicas de reanimação.

Ele deu de ombros de novo.

— Podia ser pior.

— Ah, é? Como?

— Podiam escrever comentários maldosos sobre você nos banheiros. Trancá-la no vestiário. Atirar lama em você ou algo do tipo.

Corey tem visto bullying demais em seriados, mas decidi não contrariar. Em vez disso, procurei me concentrar em comer meu sanduíche.

Quando cheguei em casa, estava exausta, cansada de alternar entre tentativas de ouvir os sussurros e bloqueá-los completamente. Estava prestes a ter uma síncope até durante as minhas aulas de aprimoramento curricular, sem deixar em momento algum de me sentir como um inseto sendo examinado sob as lentes de um microscópio. Pelo menos não tinha que dar aula particular para Logan.

Era bom estar em casa sozinha. Dylan estava ocupado com o treino de futebol, e minha mãe, com o trabalho, então fiz um lanche, coloquei música alta na cozinha, fiz algumas tarefas domésticas e comecei o dever de casa. Não pude resistir e criei uma pequena e agradável fantasia.

Começava comigo me formando naquele inferno que é a Smith High School. Em seguida, partiria para a faculdade com uma bolsa de estudos maravilhosa e retornaria sem a minha inaptidão social para a reunião de dez anos. Encontraria Chelsea Halloway ainda fazendo cursos preparatórios em instituições de pouco prestígio. Era uma fantasia, afinal. Na reunião, estaria conversando com todo mundo, e Patrick se daria conta do quanto sentira minha falta. Então chegaria perto de mim com um drinque e aqueles olhos que me faziam derreter e sussurraria um convite para uma caminhada. Eu sorriria de forma angelical, e partiríamos de mãos dadas. E mais tarde, naquela mesma noite... bem, não seria nada esquisito.

Minha mãe chegou em casa quando eu já estava fazendo o dever de casa de política havia uma hora. Estava exausta, mas começou a fazer uma caçarola gigante que nos proveria com várias sobras por uma semana. Ela odiava cozinhar, e eu tentei fugir para o meu quarto, sabendo que em cinco minutos o CD do ABBA começaria a tocar no volume máximo, ingredientes seriam espalhados por toda a cozinha e, caso ela me visse, minha ajuda seria requisitada. Uma vez que sou um desastre na cozinha ainda maior do que minha mãe, tentei sair de fininho.

— Mackenzie — gritou ela —, você se importa de picar a...

O telefone tocou e nos interrompeu.

— Eu atendo — falei. Arrumo qualquer desculpa para não ser arrastada para as tarefas culinárias. — Alô?

— Posso falar com Mackenzie Wellesley?

Olhei para o aparelho sem acreditar. Quase nunca era para mim.

— Hmm, sou eu.

— Olá. Estou ligando do Jornal da AOL. Gostaríamos de ouvir sua opinião acerca do seu vídeo no YouTube.

— Hmm — respondi —, não sei bem o que dizer sobre isso.

— Você achou que foi constrangedor?

— É óbvio.

Que pergunta estúpida. Como se eu pudesse assistir à minha tentativa de reanimação sem querer me enterrar. A lembrança daquele vídeo fez com que o meu estômago se embrulhasse novamente.

— O que, especificamente, deixou você mais constrangida?

Comecei a falar rapidamente.

— Não sei. Provavelmente o jeito como Alex começou a se contorcer quando eu...

O som de uma risada abafada me fez calar a boca.

— Perdão — disse o homem. Ele tossiu. — Só mais algumas perguntas. Como você se sente sendo a nova cara da inaptidão social?

— Desculpe, eu sou *o quê*? Não acho que seja a nova cara de nada.

Ouvi uma risadinha ao fundo.

— Tudo bem, então como é saber que o seu vídeo foi assistido um milhão de vezes?

Olhei para o telefone com a certeza de que havia entendido errado.

— Agora quem pede perdão sou eu — falei, educadamente.

— Você disse *um milhão* de vezes?

— É claro. Desde que o vídeo chegou ao YouTube, ao FAIL Blog, ao Facebook e ao Twitter, tem recebido bastante atenção.

Tentei respirar fundo. *Oxigênio*, pensei, sentindo-me fraca, *faz bem*. Só precisava me certificar de continuar respirando.

Falei, mais rápido.

— Não sei se estou confortável com isso.

— Só mais algumas perguntas.

Dessa vez não pareceu um pedido, mas eu não sabia como terminar a conversa.

— Como é ser famosa?

Minha boca se escancarou. Eu não podia acreditar.

— Não sei. Nunca aconteceu comigo.

— Bem, você é.

— Não — insisti —, não sou.

— Tudo bem — disse ele, suavemente. — Então como é ter o Ashton Kutcher tuitando sobre você?

— ASHTON KUTCHER FEZ O QUÊ?

Não tive a intenção de gritar. E, especialmente, não quis dar motivo para Dylan vir correndo ao nosso minúsculo escritório.

— Isso é alguma pegadinha? — perguntei.

— Você não sabia? — O cara da AOL ficou surpreso, mas se recuperou bem rápido e continuou: —Como é ser a nova sensação do momento junto com a Susan Boyle?

— Eu NÃO sou a Susan Boyle. Nem sou inglesa.

Liguei o computador para verificar o que ele tinha dito sobre o Twitter e, enquanto esperava o computador ligar, minha boca tomou a frente.

— Eu não sou NADA como a Susan Boyle. Ela tem um talento inegável. Mas qualquer um pode derrubar um jogador de futebol.

— Cliquei no Internet Explorer. — Enfim, eu NÃO sou famosa ou importante. Isso tudo é só uma grande piada, e não vou cair nessa.

— Mackenzie, o que está acontecendo? — gritou Dylan.

O único som que conseguia ouvir do outro lado da linha era o *tec, tec, tec* de dedos digitando ferozmente tudo que eu falava. Escrevi "Ashton Kutcher, twitter" no Google e, em seguida, gelei ao ler as palavras: *Uou, esse vídeo é hilário. Minha esposa e eu não conseguimos parar de ver.* E, junto, um link que levava a... mim.

— Ah, meu Deus.

O telefone escorregou da minha mão, e saí correndo para o banheiro. Estava tão perturbada que quase vomitei. Ainda bem que Dylan não veio atrás de mim. Ele desligou na cara do jornalista da AOL e esperou, segurando um copo d'agua.

— Você está bem? — perguntou, nervoso.

Olhei para o meu reflexo no espelho do banheiro e poderia certamente dizer que vi a morte de perto. Meu rosto estava tão pálido e abatido que era capaz de fazer Evan Rachel Wood na sua época de Marilyn Manson/Gótica parecer saudável. Havia gritos de pânico na minha cabeça e nada fazia sentido. Tentei esmiuçar e analisar tudo o que tinha acontecido, criar um plano, mas acabei agarrada ao vaso sanitário. Meu ataque de nervos parecia estar diretamente ligado ao meu estômago.

Peguei o copo que estava na mão de Dylan, derrubando metade em mim, mas consegui beber um gole grande antes de me jogar no chão do banheiro. Não podia encarar o meu irmão.

— Eu estou. O que eu vou... tem alguma. Não. Eu estou morta.

Eu sequer conseguia terminar as minhas frases. Ele hesitou, mas se sentou ao meu lado e segurou uma das minhas mãos.

— Vai ficar tudo bem, Mackenzie.

— Não. Não vai.

Então ele ficou sentado no chão do banheiro, segurando a minha mão e me dizendo a única coisa na qual ambos não acreditávamos: vai ficar tudo bem.

Capítulo 9

Foi a partir daí que a coisa toda explodiu. Minha mãe nos encontrou ainda no chão do banheiro ao ir nos avisar que o jantar estava pronto. Estávamos propositadamente ignorando o telefone, que não parava de tocar. Ela tentou atender, mas Dylan a impediu, puxando-a e contando o que havia acontecido. A situação toda era tão ridícula, tão impossível, que, se eu não parecesse estar com os dois pés na cova, ela jamais acreditaria. Ainda estava tendo problemas em processar tudo que tinha acontecido. Aparentemente, eu agora era famosa.

Não queria me mexer. Nunca mais. Não queria comer, dormir ou respirar. Mas sabia que não poderia ficar no banheiro para sempre — certamente não sem assustar minha mãe, que já tinha problemas o suficiente. Assim, me juntei a Dylan e a ela para jantar, engasguei com alguns fios de macarrão e fingi estar bem. Em seguida subi para o meu quarto, tirei os sapatos e deitei embaixo das cobertas sem sequer tirar a roupa.

Não gritei na manhã seguinte quando me lembrei de tudo. Decidi fingir que nada havia acontecido. Vesti normalmente a minha calça jeans, meu All Star preto e uma camisa marrom sem estampa. Estava determinada a manter tudo calmo e normal. Funcionou até o momento em que entrei no transporte da escola e dei de cara com Corey olhando para mim. Me senti instantaneamente culpada por não ter atendido o celular na noite anterior, a única razão que explicava Corey ter sequer chegado perto do ônibus. Desde que havia aprendido a dirigir, não andava mais de transporte público.

— Por que você não me ligou? — exigiu ele. — Estava tão ocupada assim dando entrevistas e sendo FAMOSA?

Eu realmente gostaria que ele não tivesse berrado a última parte.

— Que entrevista? — perguntei a ele.

— Mackenzie, você está na AOL. Dizendo alguma coisa sobre não ser como a Susan Boyle. Eu só passei o olho. Também está no Facebook, no Twitter e no YouTube. Todo mundo nos Estados Unidos já viu aquele vídeo. Minha *avó* achou hilário.

Afundei no assento.

— Fantástico.

— Mas a fama não é a questão — disse ele, com a voz exasperada. — Por que você não me ligou?

— Porque eu realmente não queria que nada disso estivesse acontecendo.

Corey pausou por um instante ao ouvir minha resposta e assentiu.

— Certo. É, acho que isso estraga essa sua coisa de não querer chamar a atenção.

Jane subiu no ônibus e me entregou um boné de beisebol.

— Tome — disse ela, colocando-o na minha cabeça. — Ninguém presta atenção em pessoas usando boné da UCLA e jeans. Isso deve ajudar.

— Ajudar no quê? — perguntou Corey.

— A ficar invisível.

Eu sabia que ela queria adicionar um "Dã!", mas se controlou. Afinal de contas, quem ainda fala isso?

— Por que Mackenzie deveria se esconder?

Jane e eu olhamos para ele, confusas.

— Tá, prestem atenção — continuou. — Sei que ela costumava ser invisível, mas e se não fosse? E se usasse isso a seu favor?

— Como assim? — questionou Jane, cética.

Corey nos lançou o seu sorriso que dizia "tenho um plano".

— Veja, então idealmente ela continuaria invisível, mas como o vídeo dela se tornou um dos mais acessados do YouTube, as coisas não vão voltar ao normal. A mídia vai vir atrás de você, Mackenzie. Então precisa se esconder bem debaixo da vista deles. Misture-se com os Notáveis, de verdade dessa vez, e as pessoas vão parar de prestar atenção em você. Caso contrário, sejamos honestos, você vai acabar na lista nacional dos Mais Malvestidos.

Olhei para a minha calça jeans, gasta e confortável.

— O que há de errado com o que eu visto?

Corey sorriu.

— Nada. O combo calça larga nem um pouco feminina e camiseta lisa é última moda em Milão.

— Cala a boca.

— Ouça, a questão é a seguinte — prosseguiu Corey, claramente me ignorando — você precisa mudar. Se continuar se comportando feito uma garota normal, as coisas vão piorar, Mackenzie. Lembra quando assistimos *Ela é Demais*? Depois que o cara popular se mostrou interessado pela artista nerd, ela teve que ajustar o seu estilo para se encaixar.

— É sério que você está tirando sua lição de vida de um filme do Freddie Prinze Jr., produzido nos anos noventa? — protestou Jane. — Pense em *O Diabo Veste Prada*. A garota boazinha se torna materialista e desagradável e descarta todas as pessoas mais importantes da vida dela.

— Sim, mas quão maravilhosa ficou Anne Hathaway depois que começou a usar roupas bonitas? Aquela podia ser a Mackenzie!

— Vou pensar no seu caso — falei a Corey, só porque era a única maneira de fazê-lo calar a boca.

O ônibus parou em frente à escola e foi bem ali que recebi o primeiro choque da manhã. O lugar estava abarrotado de repórteres segurando microfones e olhando para os estudantes à procura de um rosto em particular: o meu.

— É, acho que deve fazer isso — disse Corey assim que começamos a sair do ônibus. — Não creio que o boné de beisebol vá ajudar você a escapar daqui.

Tá, passar pela barreira de jornalistas não era fácil. Agora eu entendia por que as celebridades estão sempre de cara fechada e enxotando os paparazzi. É perturbador quando todo mundo está em cima de você tirando fotos e perguntando coisas como "Mackenzie, você vai se inscrever em aulas de técnica de reanimação?", "Mackenzie, como é ser famosa?", ou até "Mackenzie, qual é o seu seriado de televisão preferido?".

Eu sei que, nos filmes, quando o presidente está sendo incomodado pela imprensa, ele sempre continua andando com a cabeça baixa, dizendo :"Sem comentários. Sem comentários." Mas aquilo parecia estúpido para mim. Por que simplesmente não responder às perguntas e acabar logo com isso? Só que eu estava aprendendo rápido que não é fácil lidar com a imprensa. Então, tentei passar pela muvuca de repórteres e responder ao mesmo tempo.

— Hmm, não, sem aulas de reanimação — murmurei, o que os deixou mais ariscos ainda.

— E a sua vida amorosa? — gritou alguém.

— Que vida amorosa?

— SEM COMENTÁRIOS! — berrou Jane, e o jeito como ela me puxou certamente fez com que o time inteiro de futebol americano se sentisse humilhado.

Escoltada pelos meus amigos, consegui correr para dentro da escola, deixando uma tremenda bagunça atrás de nós. Todos olhavam e tiravam fotos com o celular do meu encontro com os paparazzi. Uma beleza.

Virei-me para Corey, que ofegava ao meu lado.

— Como vou sobreviver a isso?

Ele sorriu.

— Ah, vai, foi divertido!

— Ah, é — resmunguei —, sempre quis ser escoltada para dentro de prédios.

Jane me cutucou com o cotovelo.

— Hmm, Mackenzie. O sr. Taylor está vindo.

O sr. Taylor, diretor da escola, era engraçado. Ele é grande, tem o pescoço roliço e uma risada que reverbera nos corredores. O orgulho que sente dos times esportivos da Smith High School é imensurável, e é por isso que caras como Spencer podem ficar na equipe de hóquei independentemente de suas notas. Nunca precisei formar uma opinião em relação a ele antes, já que sempre fui ignorada.

Ele se virou para Jane.

— Mackenzie, precisamos conversar.

Corey abafou o riso.

— Então você provavelmente deveria estar falando com ela — disse ele, apontando para mim. — Você sabe, a famosa.

— Mackenzie, claro — disse ele, com atitude um tanto arrogante. — Venha comigo.

Corey bateu continência. Ele nunca foi muito bom em lidar com figuras de autoridade, especialmente aquelas que davam mais valor ao time de futebol do que à equipe de debate.

— Sim, senhor — disse, com sarcasmo. E então sussurrou "boa sorte" na minha orelha antes de arrastar Jane para longe.

Pois é, não era assim que havia planejado o meu dia.

O sr. Taylor me levou até o seu escritório em silêncio enquanto o resto dos alunos assistia à cena. As pessoas continuavam tirando fotos com os seus celulares, e eu me encolhia. O diretor ordenou à secretária que colocasse todas as suas chamadas em espera.

— Bem, Mackenzie, parece que temos uma, er, situação aqui.

— Eu queria responder "não diga, Sherlock", mas fiquei calada.

— Francamente, estou um pouco preocupado com a sua segurança — disse ele.

O sr. Taylor deixou cair um exemplar do jornal *The Oregonian* no meu colo. A manchete dizia: Você Pode Dizer "Esquisita", Mackenzie Wellesley? Comecei a ler o artigo.

Aos dezessete anos, Mackenzie Wellesley não fazia ideia de que, ao tentar aplicar uma técnica de reanimação em um colega de escola, inseria sua vida em novos ciclos. O vídeo do incidente recebeu milhões de acessos desde sua estreia no YouTube. A ascensão da srta. Wellesley ao holofote nacional teve a ajuda de algumas celebridades através do Twitter, como Ashton Kutcher e o comediante do seriado *The Office*, Rainn Wilson. E não esperem que essa garota desapareça tão cedo. "Eu não sou a porcaria da Susan Boyle", diz a srta. Wellesley, reafirmando sua individualidade. Parece que ainda vamos ouvir sobre ela e seu vídeo por muito tempo.

A maior parte dessas informações não era novidade. De todo modo, ler sobre mim mesma no jornal fez a minha cabeça girar. Tentei não surtar, de verdade. Lembrei-me de respirar e puxei o ar com força.

— Então, o que quer fazer sobre isso? — perguntei ao sr. Taylor.

Esperava que ele fosse dizer: "Bem, em casos como esse, temos um procedimento padrão cujo objetivo é minimizar os estragos na sua rotina." Mas não foi que ele fez, porque não há procedimento algum. Não há plano ou cenário hipotético só para o caso de um aluno acidentalmente se tornar superfamoso no intervalo de um mero final de semana. Essas coisas não acontecem assim.

Até que aconteceu comigo, acho.

O sr. Taylor se recostou na cadeira com ar de importante. O que era ridículo, porque obviamente ele não tinha nenhum controle da situação.

— Sua mãe estará aqui em breve para nós três conversarmos sobre isso.

Instantaneamente me senti culpada. Minha mãe trabalha nesse restaurante pequeno e bonitinho por horas a fio para conseguir nos sustentar. Sempre me sinto mal quando ela é interrompida no emprego.

— Você não tem que fazer isso — falei. — Vou ficar bem. Vamos pensar em alguma solução, e depois repasso tudo para ela.

No instante em que terminava de falar, minha mãe entrou no escritório como um furacão, de uniforme preto e salto alto.

— Você está bem, querida? — perguntou, ignorando completamente o sr. Taylor. Ela sempre foi assim. Sua prioridade não é preencher os egos inflados; é manter Dylan e eu a salvo.

— Sim, mãe.

O sr. Taylor limpou a garganta.

— Sra. Wellesley.

— Srta. Wellesley, na verdade — corrigiu minha mãe.

Ele decidiu aceitar a correção sem maiores problemas.

— Bem, sua filha está em uma situação delicada, srta. Wellesley. Considerei esse o eufemismo do século.

— Sim, está mesmo — concordou minha mãe, calmamente.

— O que faremos em relação a isso?

O sr. Taylor se inflou como um baiacu.

— Bem, acredito que o mais importante em jogo aqui seja a segurança de Mackenzie. Portanto, teremos que considerar a qualidade de seus estudos. Por agora, providenciarei a restrição da imprensa no terreno da escola, mas teremos que avaliar outras opções.

Minha mãe assentiu e o deixou continuar.

— Devido aos, er, eventos recentes, talvez fosse melhor se Mackenzie alterasse um pouco sua grade escolar. Ela pode continuar nas mesmas aulas, mas fazer seus trabalhos na biblioteca, em privacidade, onde não será distraída... ou será uma distração.

Olhei para ele.

— De jeito nenhum! — falei, bruscamente. — Você faz ideia de quantas matérias de aprimoramento curricular estou cursando esse ano? Três. Se quiser me tirar de educação física, ótimo, mas perder as outras aulas está fora de cogitação. Eu nunca conseguiria acompanhar a turma. E daí não seria capaz de gabaritar os exames nacionais. E daí não teria dificuldades em conseguir uma bolsa de estudos. E daí...

O sr. Taylor me interrompeu:

— Vejo o quanto você está dedicada. No entanto, não sei se compreende no que está se envolvendo. É muita atenção, Mackenzie. Tem certeza de que não prefere ficar na biblioteca?

Sentei ereta na cadeira. Sabia o que estava por vir. Pessoas tirando fotos minhas com seus iPhones. Sussurrando sobre a minha vida amorosa e as minhas roupas. Mas, pela faculdade, valia a pena... e eram as provas de aprimoramento curricular que me fariam chegar lá.

— Estou certa disso — respondi, com firmeza. — Essa... situação não vai me impedir de viver uma vida normal. Os mesmos amigos, o mesmo emprego, as mesmas matérias.

Ouvi o sinal tocar com atraso e me levantei da cadeira.

— Ligo para você depois da aula, mãe. E obrigada pelas sugestões, sr. Taylor, mas agora tenho que estudar.

E, assim, deixei o escritório. Andei pelos corredores vazios, determinada a agir como se nada tivesse mudado. Eu não estava enganando ninguém. Isso ficou óbvio quando todas as cabeças na sala de aula se viraram para mim boquiabertas assim que entrei — inclusive a de um tal Logan Beckett.

Capítulo 10

Tudo pareceu estranho na aula daquele dia, principalmente porque todos estavam olhando para mim em vez de prestar atenção no sr. Helm. Era como se *esperassem* por alguma coisa, talvez contando os minutos até eu começar a chorar. E como o meu objetivo de vida era manter distância dos holofotes, não posso dizer que estava radiante por estar sendo monitorada por todo mundo. Cada movimento meu era avaliado e analisado. Quando a aula terminou, estava exausta. Fiquei fingindo por tanto tempo que a energia no meu corpo se esgotou. Queria dizer ao diretor Taylor que ele estava certo — era atenção demais — e ir para casa tomar sorvete.

Mas não podia. Não queria admitir derrota. Desse modo, tentei não sair correndo quando vi Logan do lado de fora da sala de aula esperando por mim.

— Ei — disse ele.

Não foi um "está tudo bem com você?" ou um "então me diga, Mackenzie, qual a sensação de saber que Ashton Kutcher acha você engraçada?". Foi somente um "ei".

— Oi — balbuciei. Nós nunca nos falávamos na escola ou, quando acontecia, era raro. Por que conversaríamos? Eu era a rainha da sala de aula e ele reinava nos corredores. Não tínhamos muito em comum. — Tudo bem?

— A nossa aula particular ainda está de pé hoje? — perguntou ele, casualmente, quando começamos a andar com um bando de alunos.

— Claro que sim. — Parei de andar de repente. — Não posso perder esse emprego. E, realmente, isso não vai... hum, nos falamos mais tarde — parei de falar, ao ver que estávamos indo para salas diferentes.

— Tudo bem. Do lado de fora da sala do Helm.

E, assim, ele se foi. Seus cabelos castanho-escuros e seu corpo delineado no jeans foram engolidos pelo mar de garotos com roupas parecidas, deixando-me obcecada com o que ele poderia falar comigo durante a aula particular. "Desculpe, Mackenzie, não é você... espere, é sim. Não quero que a minha professora seja a garota esquisita do YouTube."

Ainda estava pensando sobre isso uma hora e meia depois do almoço. Cutuquei o meu burrito e rezei para que o gosto fosse melhor do que a aparência — o que não seria difícil, já que tinha um aspecto de impossível de se comer. Corey e Jane se sentaram nos seus lugares de sempre, ao meu lado, e era como se a nossa conversa continuasse de onde havia parado assim que nos reencontrávamos.

— Tá, então a primeira coisa que temos a fazer é renovar o seu guarda-roupa — disse Corey. Ele pegou o seu caderno. — Desenhei algumas coisas durante a aula de química. Aqui, temos você usando um jeans que delineia o seu traseiro adorável, uma blusa de gola canoa e, note o detalhe, os cabelos soltos.

Apontei para o meu rabo de cavalo.

— Qual é o problema em usar o cabelo preso?

— Estraga o look — explicou ele, passando as páginas até outro desenho. — Agora, neste, temos você usando um vestido azul-marinho.

Jane bufou.

— Porque Mackenzie realmente vai usar um vestido assim na escola... ou em qualquer outro lugar. — Olhou o desenho de perto. — Mas que ficaria superbonito, ficaria.

— A Velha Mackenzie não usaria. Mas a Nova Mackenzie pode receber convites para boates ou algo do gênero — respondeu Corey, fazendo um gesto amplo com os braços na direção da janela. — Moramos a quinze minutos de Portland, uma cidade com cultura e boates. Já perdemos um montão de shows porque somos menores de idade. Bem, agora podemos ir a esses lugares — disse ele, tão animado que soava quase como um pássaro histérico. — Você acha que a Miley Cyrus tem algum problema para entrar nas boates? Não. Ela sempre entra, como se não fosse grande coisa.

— E de acordo com você, eu sou a Miley Cyrus nessa situação? — perguntei, sem conseguir acreditar.

— *It's a Party in the U.S.A.*, Mackenzie. O que estou querendo dizer é que deveríamos estar preparados para qualquer possibilidade.

— Bem, estou preparada para me livrar disso aqui — falei, depois de morder o meu burrito. — Vou pegar um bolinho. Alguém quer?

— Sim — respondeu Jane. — Um de aveia e canela para mim.

— Vou pôr na sua conta — disse a ela com um sorriso enviesado. Jane e eu alternávamos quem buscaria os bolinhos já fazia uns dois anos, tornando impossível manter o controle das nossas dívidas.

Sorri o trajeto inteiro até a fila de comida e mais ainda ao pegar o meu dinheiro. Os bolinhos do refeitório eram supergostosos, e é difícil ficar deprimida com uma delícia daquelas em cada mão. E foi por isso que não notei que haviam derramado refrigerante no chão. Nunca teria percebido de fato se eu não tivesse sido empurrada — com força — para fora da fila enquanto me atrapalhava para pagar ao caixa.

Tudo aconteceu em câmera lenta. Meus pés deslizaram, meu corpo balançou e eu caí. Minhas mãos, por instinto, se lançaram à frente para que eu não desse de cara no chão, mas isso só serviu para destruir os bolinhos. Minha carteira explodiu com o impacto e encheu o piso grudento com moedas de um, cinco, dez centavos, além de um monte de vinte e cinco centavos que estavam juntas para o caso de alguma necessidade. Não me levantei de prontidão. Minha cabeça bateu no piso com força quando caí, e o mundo estava girando. Por um momento, tudo em que eu conseguia pensar era na dor. Deus, como doeu. Meu cérebro parecia ter sido revirado como se estivesse dentro de uma máquina de lavar roupa ou na roda de uma bicicleta ergométrica. Senti braços me levantando do chão e, lentamente, me dei conta de que eram Corey e Jane.

— O quê? — comecei, mas fui interrompida por ela.

— Vamos até a enfermaria.

Mas Corey não iria a lugar algum sem uma boa briga.

— Seus imbecis! — gritou ele para o grupo de jogadores de futebol, que ria ao redor de Alex Thompson.

Foi aí que me dei conta de que eu não havia sido vítima de um acidente embaraçoso no refeitório: tudo tinha sido planejado. E julgando pelo sorrisinho satisfeito na cara de Chelsea, ela sabia de tudo e não abriu o bico. Nada de um: "Ai, meu deus!

Cuidado, Mackenzie!" Até onde eu sabia, Alex Thompson e os Notáveis haviam tramado isso juntos. Meus olhos examinaram as expressões dos rapazes em volta de Chelsea enquanto eu tentava não pensar na dor. A maioria das mesas estava rindo e provavelmente pensando *Lá vai a Garota Esquisita de novo. Que idiota.*

Esfreguei a parte de trás da cabeça por um tempinho, e, pela primeira vez, meus olhos se encontraram com os de Logan. Ele já estava no meio do refeitório, vindo em minha direção. O fato de que não estava sentado na mesa com os outros Notáveis foi estranho. Na verdade, eu não lembrava se o tinha visto. Sentia a enxaqueca pulsando no ritmo dos passos dele conforme cruzava o refeitório.

Entrei em pânico... de novo. Admito. Eu o vi e tive a *certeza* de que ele vinha para me demitir. Analisemos os fatos, OK?

1. Ele é um Notável.
2. Eu havia me humilhado publicamente de novo.
3. Ele tinha uma reputação a manter.
4. Eu não me encaixava em sua reputação... de jeito nenhum.

Eu não podia deixar que me demitisse. Tinha que escapar antes que isso acontecesse ou que meu melhor amigo se metesse em uma briga com um jogador de futebol americano. Agarrei o ombro de Corey.

— Não tem importância — falei, fracamente. — Vamos sair daqui.

— Como assim não tem importância? — retrucou ele, fervendo. — Eles pensam que podem agredir você e sair ilesos?

Ele xingava de forma bem intensa e eloquente, na minha opinião.

Alex Thompson apenas sorria.

— Estou dando o troco. Embora talvez eu devesse passar um tempo em cima dela para ficarmos quites.

Eu me senti enjoada, e não só porque a minha cabeça estava latejando e cada movimento meu provavelmente estava sendo gravado. Alex de fato pensou que estaria tudo bem em me derrubar e fazer piadinha sobre ficar em cima de mim... tudo por causa de um mero acidente. Era esse o seu jeito de provar sua masculinidade.

Fui em direção a ele com cautela.

— É bom que você *nunca* mais pense em encostar um dedo em mim ou nos meus amigos de novo — falei, em um tom de voz que consegui manter tranquilo e sereno... por pouco.

— Ou então? — desafiou Alex, rindo.

— Ou vou mostrar a você o prejuízo que uma garota de verdade pode causar — respondi, sorrindo. — Acredite, posso te ferir sem nem mesmo tocar um dedo em você.

Virei para Corey e Jane, que olhavam para mim boquiabertos.

— Vamos?

Meus amigos assentiram, e nós três saímos de lá. Pela primeira vez nos últimos dois anos que passei no ensino médio, eu me senti vagamente legal.

Pena que a sensação durou pouco.

Capítulo 11

— **V**ocê mandou bem.
Tentei entender sobre o que raios Logan estava falando quando saímos da frente da sala de aula do sr. Helm no fim do dia, onde combinamos de nos encontrar, em direção ao estacionamento.
— Mandei bem? — perguntei, esfregando a têmpora, tentando afastar as pontadas de dor de cabeça que pioraram desde que eu saíra do refeitório.
— Alex e os amigos dele.
Notei que ele não disse "meus amigos" e não sabia o que pensar disso. Se o meu cérebro não parecesse ter sido cortado em pedaços, moído e tostado, definitivamente analisaria aquilo em busca de um significado social oculto. Em vez disso, dei de ombros.
— Eu poderia ter feito pior.
Ele sorriu, para a minha surpresa.
— Não brinca.
Foi impossível não sorrir também.
— Dei a palavra final. Você notou? E, na verdade, fiz uma ameaça bastante convincente. — Tentei não reparar no jeito como seu cabelo escuro caiu em seus olhos quando destrancou o carro e eu entrei. — Soou convincente, não soou?

Ele manobrou para fora da vaga.

— Claro... mas eu duvido que você pudesse machucar o cara.

Recostei no assento.

— Foi a primeira coisa que passou pela minha cabeça. Eu poderia fazer *alguma coisa* e me safar. Teria sido difícil acreditar que a aluna com a pontuação mais alta da escola, ou melhor, que a futura aluna com a pontuação mais alta — corrigi — foi quem deu início a algo do gênero.

Ele batucou o volante no ritmo da música.

— Acho que sim.

— Funcionou porque deixei a ameaça no ar; assim, ficou tudo por conta da imaginação. Será que eu faria alguma coisa com o armário, boletim ou histórico escolar dele? Impossível saber. O que imaginamos é geralmente bem pior do que a realidade. Guerra psicológica.

— Então você o assustou. Pessoalmente, prefiro ir direto ao ponto.

— O quê? — perguntei. Sacudi a cabeça e me inclinei para a frente. Estive distraída me perguntando como deveria ser ter suas mãos na minha nuca ou levantando o meu queixo em um ângulo perfeito para um beijo. Eu não deveria ter esse tipo de pensamento com um Notável, ainda mais quando se tratava daquele que ia namorar Chelsea (de novo), casar com ela e aparecer na reunião de dez anos do colégio com seu bebezinho perfeito de seis meses.

— Brigar — esclareceu ele. — É só dar uns bons socos na cara de alguém e eu me sinto bem melhor.

Eu me imaginei avançando em Alex no refeitório, com os meus punhos cerrados e franzi a testa. Aposto que conseguiria fazer algum estrago... antes de ser enviada para a enfermaria.

— Sou uma boa lutadora — comentei. — Tive que aprender a brigar... ou sempre teria que assistir ao futebol nas noites de segunda-feira.

— Irmãos mais velhos? — perguntou Logan, e percebi quão pouco, na verdade, sabíamos um do outro.

— Irmão mais novo. Dylan. É quarterback no ginasial e idolatra qualquer cara que use ombreiras.

Logan pensou por um momento.

— Um magrinho? Cabelo avermelhado?

Olhei para ele.

— Isso.

Logan deu de ombros.

— Bom garoto. Eu o treinei no acampamento de esportes no verão. Ouve atentamente às instruções.

— Suas instruções, talvez. Ele não se empolga muito em fazer favores para mim. Embora tenha sido bem legal comigo ontem à noite, quando eu recebi a ligação da...

Deixei minha frase morrer assim que percebi o que faltava: a imprensa. Passei o dia inteiro com medo das perguntas dos repórteres insistentes, mas não havia nenhum por perto. Tive literalmente quinze minutos de fama antes de virar notícia antiga.

— Eles foram embora! — Eu poderia ter flutuado o resto do caminho até a casa de Logan.

— Quem?

— O pessoal do jornal e da televisão. Eles não estão mais aqui — comemorei. Recostei no assento em sinal de alívio. — Posso voltar a ser uma ninguém. Que beleza! — E eu não estava sendo sarcástica.

Logan entrou com o carro em sua enorme e elegante garagem — a vida inteira dele era surreal de tão perfeita.

— Você quer ser ignorada? — perguntou, incrédulo.
— Bem, sim — respondi, declarando o óbvio. — Entre ser ignorada ou ridicularizada e agredida na fila do refeitório, a escolha não é muito difícil.
— E a terceira opção?

Olhei para ele.

— A gente é da a mesma escola, certo? Para mim, não há uma terceira opção, e é por isso que estou estudando tanto para entrar em uma faculdade.

Logan não disse nada enquanto saíamos do carro.

— Quais são os seus planos? — perguntei, curiosa.
— Faculdade. Em algum lugar. Meus pais querem que eu vá para a mesma que eles foram, a USC, mas não sei se faz o meu tipo.

Assenti.

— É estranho, não é? O jeito que os adultos esperam que a gente tenha tudo em mente. Assim que eu entrar na faculdade, acabou. Tenho que me graduar em história e, depois, me tornar uma historiadora. E, sei lá, posso acabar me apaixonando por sociologia e me mudando para a Austrália para de estudar culturas aborígenes.

— Culturas aborígenes, é? — perguntou ele. — Você não pensa pequeno.

— Não mesmo — concordei enquanto entrávamos na casa. Peguei meu livro e o deixei aberto à nossa frene na mesa da cozinha. — Então, onde paramos?

Capítulo 12

Acordei exausta na manhã seguinte. Dar aula para Logan sobre história americana acabou entrando no meu horário de fazer o dever de casa das outras matérias. Eu tinha um montão de trabalho de política e estava funcionando com apenas cinco horas de sono. Não sou uma pessoa matutina. Acordo cedo fisicamente, mas sempre fico prestes a explodir. Então, quando desci as escadas e descobri que Dylan havia acabado com todo o leite, meu mau humor piorou. Peguei alguns waffles e os enfiei na torradeira.

Foi aí que ouvi o grito.

Parecia que Dylan havia quebrado a perna, estirado um ligamento e esmagado todos os metatarsos do pé — tudo ao mesmo tempo.

— Dylan? — berrei. Todos os meus instintos estúpidos de irmã mais velha ficaram à flor da pele. — Dylan, o que aconteceu?

Quando o encontrei sentado na sala do computador, apontando para a tela, eu poderia tê-lo matado.

— Está de sacanagem? Você quase me matou de susto, seu idiota.

Para a minha raiva, ele apenas olhava fixamente para a tela, absorto, e continuava a apontar.

— Eu não dou a mínima para o que falam de mim, tá? Acabou. Depois de hoje, vão me considerar águas passadas. Entendeu?

Mas Dylan balançou a cabeça e clicou na tela.

Por um segundo, fiquei confusa. Meu irmão estava assistindo a alguma coisa no YouTube, mas, em vez de mim, a tela mostrava o último videoclipe da banda de rock ReadySet.

Presumo que você já tenha ouvido falar deles. Quero dizer, *pelo amor de Deus*, é o ReadySet. Suas músicas têm sido um *sucesso* desde que a banda começou a usar clipes criativos para se popularizar. No mínimo, você já ouviu falar sobre o vocalista, Timothy Goff, o garoto de dezoito anos que conquistou a indústria musical.

Ainda estou impressionada pela forma como fizeram as filmagens — o jeito brilhante em que eles me incorporaram ao videoclipe da música cheia de energia chamada "Going Down", que significa "caindo". A velocidade da câmera diminui com Alex suspenso no ar, antes da bateria começar a tocar assim que ele atinge o chão. Tudo era tão artístico: a mudanças das cores de fundo, a edição, os closes... tudo. Era como se o meu Incidente de Reanimação tivesse sido coreografado para a música. Sério, a letra se encaixava perfeitamente. Especialmente os versos:

> Você caiu como uma menina de um espelho.
> Você jurou que sempre estaria de volta.
> Mas eu tenho um documento rabiscado.
> Que diz que você foi embora.

Minha expressão, o pânico estampado na minha cara, deu à música profundidade e humor. Uma mistura perfeita e um hit instantâneo.

Eu estava tão ferrada.

— Is... isso não significa nada — falei para Dylan. Mas eu sabia que estava errada. Eles até haviam incorporado à música o meu "SERÁ QUE EU ESTOU MATANDO ELE?". E soava perfeito.

Dylan olhou para mim. Talvez fosse aquela coisa de irmã mais velha protetora novamente, mas ele parecia tão pequeno — apenas um nanico magrelo, com um tufo de cabelo avermelhado e um monte de sardas salpicadas no rosto. E eu estava sistematicamente acabando com a sua vida.

— Mackenzie — disse ele, lentamente, como se ensaiasse cada sílaba. — Um vídeo qualquer no YouTube pode ser esquecido, mas isso... isso é outra história.

Eu queria dizer que já tinha dado um jeito na imprensa, muito obrigada. Mas mesmo que odiasse admitir, ele estava certo. Minha vida já era um caos antes da maior sensação musical do país me usar como algum tipo de musa. Agora todos que haviam perdido o meu momento de máxima vergonha poderiam vê-lo passar repetidamente na MTV-2.

E o povo iria querer saber sobre mim. Você não vê um clipe incrível sem se perguntar quem são aquelas pessoas. Foi por isso que aquele casal de noivos dançando pelo corredor se tornou tão famoso. Primeiro, foi o YouTube, depois a AOL, até que, do nada, *The Office* estava fazendo uma paródia, e o casal estava sob fogo cruzado por ter feito uso de uma música do Chris Brown depois de ele ter espancado Rihanna. Então os recém-casados tiveram que ir ao programa *Good Morning America* e doar uma quantia para a prevenção contra a violência doméstica. Isso tudo porque alguém filmou sua noite de núpcias e postou na internet. Loucura, mas verdade.

— E-eu preciso ir para a escola — falei, sem transmitir qualquer emoção. Empertiguei os ombros e fui direto para a cozinha fazer o café da minha mãe. Dizia a mim mesma sem parar que em breve voltaria a ser uma adolescente normal indo para uma escola normal perto de Portland, Oregon. Qual era o problema se os meus quinze minutos de fama não tivessem acabado, afinal? Eu poderia sobreviver a outros quinze.

Provavelmente.

Tentei ficar tranquila. Entreguei a caneca à minha mãe e disse que precisava que ela me levasse para a aula. Ela tomou um gole do café e assentiu. Porém, mesmo não tendo dito "Mackenzie, não estou com tempo para bancar a motorista particular!", me senti um lixo. A última coisa de que ela precisava era mais estresse na própria vida. Teria que recompensá-la com mais do que uma xícara de café. Minha mãe largou a bebida enquanto eu examinava a minha agenda, procurando por um tempo livre para aspirar a casa, varrer e limpar as vidraças — depois da escola, das aulas particulares e do dever de casa, mas antes do jantar.

Seus olhos ficaram mais focados com o café, sem a cobertura acinzentada que aparece quando ela acaba de acordar. Queria ter herdado os olhos da minha mãe, azul-claros, em vez dos castanhos entediantes do meu pai. Seu cabelo vermelho cor de fogo me fez pensar em duendes dançando em ouro.

— Então vamos — disse ela.

Não havia nenhum repórter na saída da nossa garagem ou plantados em nosso quintal, que era um enorme monte de mato. Talvez o lance do ReadySet não fosse grande coisa. Aquele pensamento durou até partirmos para a escola.

Foi tipo o dia anterior... só que um bilhão de vezes pior.

— Mas que mer...

Não deixei minha mãe terminar. Se eu olhasse para aquele verdadeiro mar de repórteres, perderia a cabeça. Abri a porta do carro para sair correndo. A um metro e meio do carro, fui engolida por uma onda de ternos, câmeras e equipamentos de som. Eu girava em círculos, desesperada, procurando por algum conhecido — alguém para me ajudar. Estava em pânico; era ingênua e despreparada. Um microfone foi atirado no meu rosto e eu o agarrei enquanto procurava por uma saída.

— Mackenzie, quanto você veste?
— Você é fã da banda ReadySet?
— Você vai ao show deles na quinta-feira à noite?
— Hmm — falei. *Muitas perguntas!* — Manequim, hmm, 44, eu acho? Sim, gosto de ReadySet. Quem não curte? Mas não tenho ingressos. Estão provavelmente esgotados.
— É verdade que você está saindo com o vocalista da banda, Timothy Goff?
— Eu, er, nem conheço o cara.

A minha vontade era soltar o microfone e sair correndo, mas fiquei com medo de ser responsabilizada pelos prejuízos.

— Mackenzie, o que é que está vestindo?

Olhei para baixo, incerta.

— Hmm, jeans?
— Você tem um estilista preferido?

Encarei a repórter. Não podia acreditar. Ela estava tão elegante com sua blusa de seda azul-escuro e calças de alfaiataria. Mas perguntava *a mim* sobre moda.

— É de um bazar de fundo de garagem — murmurei — Eu não...

Mas aí outra bateria de perguntas começou.

— Onde você quer cursar a faculdade?
— Quem é sua celebridade preferida?
— Qual é a sensação de ser "A Garota Mais Esquisita" do país?
— Você está saindo com alguém no momento?

Eu não conseguia processar tudo que estava ouvindo.

— Peço desculpas — falei, educadamente. — Mesmo. Eu sei que estão tentando fazer seu trabalho, mas preciso ir para a aula. E vocês estão me assustando. — Fiquei vermelha de vergonha e olhei para o microfone. — Peço desculpas — repeti. — Mas vocês devem ir atrás de um dos Notáveis, não de mim. — Eu poderia ter mordido a língua depois desse lapso. — Não uso roupas assinadas por estilistas. Nunca poderei pagar por elas. E com as matérias de aprimoramento curricular, aulas particulares e a escola, não tenho como lidar com tanta *atenção*. — Fiz aquilo soar como uma praga. — Então, muito obrigada pelo tempo de vocês, mas tenho que ir agora.

Fiquei aliviada ao ver uma policial decidida trilhar sua passagem em meio às câmeras. Ela parecia uma heroína de séries policiais, com o seu andar vigoroso e confiante. Provavelmente havia passado sua carreira provando o seu valor até se tornar a policial mais durona do pedaço.

Ela esticou o braço para agarrar meu ombro à medida que andávamos em direção a um dos prédios.

— Ignore-os — sugeriu enquanto os repórteres continuavam a gritar "Mackenzie, quem são os Notáveis?" e "É difícil viver em uma casa de mãe solteira?". Eu a vi assentir quando outros policiais vieram para reforçar o perímetro da imprensa. Uma espiada rápida por cima dos ombros me mostrou que não haviam terminado as entrevistas. Um grande círculo de jornalistas ouvia o que o Trio do Mal tinha a dizer. De rabo de olho, vi Chelsea jogar os cabelos em uma cascata de ouro que caía sobre suas costas. Pareceria uma deusa, enquanto eu pareceria uma nerd. Não foi a primeira vez que desejei que ela fosse famosa no meu lugar.

A policial continuava com sua mão firme em meu ombro até que eu ficasse a salvo dos paparazzi. Mesmo dentro do prédio de inglês, ela não me abandonou. Conduziu-me, primeiro, até o bebedouro mais próximo.

— Beba — ordenou. Obedeci instintivamente. Minha boca deve ter secado durante o improviso com os repórteres e não reparei. Assim como não me dei conta de que minhas mãos estavam tremendo como as asas de um beija-flor.

— Está se sentindo melhor? — perguntou a policial quando terminei.

Como eu não estava confiante da minha voz, apenas assenti.

— Bom. — Ela olhou para mim, parecendo me avaliar, e, então, balançou a cabeça. Tive a impressão de ter visto um rastro de pena em seus olhos. — Da próxima vez: cabeça baixa, ombros eretos, sem contato visual, sem hesitar e você ficará bem. Agora, vá para a aula.

Estava seguindo suas instruções quando ela me chamou.

— Srta. Wellesley?

Virei para ela.

— Boa sorte.

Ela não fazia ideia do quanto eu iria precisar.

Capítulo 13

Havia olhos em toda parte. Não importava para onde eu virasse, dava de cara com uma dúzia de pessoas me fitando. Todo movimento que eu fazia era analisado — meu tique nervoso de colocar o cabelo atrás das orelhas foi documentado. Conseguia ouvir o clique persistente das câmeras dos celulares e tentei ao máximo não me encolher, esconder o rosto ou correr para o banheiro feminino.

Em todo o tempo que passei na Smith High School, eu nunca havia me sentido tão isolada e sozinha.

Pelo menos, ninguém mais implicou comigo. O mesmo idiota que tinha me imitado com uma voz esganiçada agora me olhava de maneira especulativa, sem dizer uma palavra. Eu definitivamente não era mais uma Invisível. Era como se fizesse parte de uma nova categoria, criada só para mim: o Espetáculo. Todos me olhavam, mas ninguém falava comigo. Genial.

Até Jane e Corey haviam sido afetados. Fingiam que as coisas estavam normais, mas estavam visivelmente agitados com esse novo nível de visibilidade. Jane ficava olhando para as outras mesas na hora do almoço como se esperasse por um ataque súbito. Como se alguém fosse gritar "a ReadySet deveria ter *me* usado em seu clipe!" antes de abrir fogo contra a nossa mesa.

Bem, adolescentes já fizeram coisas mais estúpidas do que isso por motivos muito piores.

— Então... — disse Corey, tentando dar início a uma conversa. — Você vai?

Olhei por cima do bolinho que eu estava sistematicamente esfarelando.

— Oi?

— O show do ReadySet amanhã. Você vai?

— Vão tocar aqui perto? — perguntei, inexpressiva.

— Portland, Rose Garden, amanhã à noite, às sete e meia.

Olhei para Jane. Ela ainda encarava os alunos que nos encaravam.

Supimpa.

— Tá... — falei, lentamente. — Legal. Mas mesmo que não estivesse esgotado, eu não teria como pagar um ingresso.

— Esperava que você pudesse usar as suas, er, conexões para arranjar lugares para a gente.

Quase engasguei no meio de um gole da minha Coca Diet.

— Conexões? Não tenho nenhuma *conexão*.

— Uma vez que você está no videoclipe, é justo que seja convidada para o show. — Ele abriu um sorriso ligeiramente perverso. — Talvez pudesse levar alguns amigos que seriam capazes de *matar alguém* para ver um show do ReadySet. Amigos que não se importariam em dirigir até Portland para o evento ou em pagar a gasolina.

— Já entendi — disse, rindo. É bem difícil se sentir ofendida pelo Corey. Talvez porque seus truques sejam sempre óbvios. — Aviso se alguma coisa surgir, prometo.

Ele recostou na cadeira, satisfeito consigo mesmo. Estava vestindo uma camisa xadrez e uma calça jeans skinny que, de alguma forma, não ficava esquisita nele, o que era impressionante já que a maioria dos caras não conseguia usá-las. Corey balançou a cabeça e sua franja deslizou para um dos lados do rosto. Sério, ela *deslizou*. Meu cabelo nunca me obedece assim.

— E você, Jane? — perguntei. — Quer que eu descole alguma coisa?

— O quê? — Ela voltou a prestar atenção na conversa. — Desculpe, estava distraída com o fato de *todos os alunos da escola estarem encarando a gente*.

— Ouça, não há nada que eu possa fazer quanto a isso. Mais alguns dias e isso tudo vai acabar.

— Nesse meio-tempo, você já cogitou contratar um estilista? — perguntou Corey.

Antes que eu pudesse responder, Logan ocupou um assento vazio ao lado de Jane. O refeitório ficou todo em silêncio antes que o zumbido de todas as pessoas conversando aos cochichos começasse. O queixo de Jane caiu, de uma maneira nada atraente, devo acrescentar, enquanto olhava para ele em choque. Os Notáveis são sempre um choque no sistema. A minha sensação foi de que havia ingerido outra dose de cafeína.

Corey se endireitou na cadeira, mas fingiu que a visita de um Notável era algo costumeiro. Conseguia praticamente ouvir o seu radar para gays apitando, o gaydar, sabe, enquanto tentava decifrar a sexualidade de Logan. Eu achava que ele era hétero, tendo em vista que já havia se distraído com o decote de Chelsea, mas o meu próprio radar sempre fora uma desgraça.

— Oi — disse Logan tranquilamente, como se comer um hambúrguer e fritas com dois Invisíveis e o Espetáculo não fosse grande coisa.

— Hmm, oi — consegui responder. Jane precisou de mais um tempo para desenrolar a língua. — E aí?

— Tudo bem. — Pegou uma batata e se virou para ver todos no refeitório nos assistindo. — Isso é um pouco intenso.

— Jura? — Não pude evitar. — Não havia notado.

Corey me deu uma cotovelada nas costelas, mas Logan apenas sorriu. Com o tempo, Jane e Corey começaram a relaxar.

— Então... Alex tem causado mais problemas? — perguntou Logan, casualmente.

Dessa vez, sorri de verdade. A única vez que vira Alex no refeitório, ele havia se esquivado. Do jeitinho que eu queria.

— Acho que a minha ameaça de ontem funcionou. — Acotovelei Corey de volta, com um pouco mais de força do que o necessário. — Eu disse a você que podia lidar com isso.

— Claro, com uma ameaça vazia — disse Jane, com a voz fraca.

— Eu provavelmente poderia falar sobre ele para a revista *Teen People* ou algo do tipo. — Considerei por um momento. — Mas não acho que tenha coragem.

Corey parou a meio caminho de morder a pizza. Ele pode se entupir com duas vezes mais besteiras do que eu e ainda caber num jeans skinny tamanho 38. Garotos e seus malditos metabolismos.

— É melhor ele deixar você em paz, Mackenzie.

Jane e Logan assentiram, concordando com Corey — o que foi estranho. Por que Logan Beckett se importaria se um jogador de futebol me azucrinasse? A não ser que... talvez ele quisesse mais amigos. Mas não poderia ser isso. Ele não precisava de amigos Invisíveis — provavelmente já recebia vários convites para chopadas e festinhas sem isso. Além do mais, eu não conseguia imaginá-lo ansioso por participar de uma noite de filmes com nós três.

— Como vai em história americana? — perguntei para afastar a atenção de mim.

Deus, como sou nerd.

— Não entendi uma palavra do que Helm disse na aula de hoje.
— Bem — falei —, lembra no capítulo como...
— Vamos estudar depois da escola? — interrompeu Logan.
— Eu poderia me beneficiar de uma aula extra.
— Hmm, claro. — A resposta foi automática.
— Ótimo — disse ele. — Encontro você depois da aula.

Então Logan se virou para Corey e perguntou alguma coisa sobre carpintaria. Enquanto os dois conversavam sobre madeira de cerejeira e técnicas de lixação, Jane e eu levávamos uma conversa não verbal.

Uma pequena balançada de cabeça significava que ela não conseguia acreditar no que estava acontecendo.

Respondi dando de ombros, confirmando que também não entendia.

Então ela deu uma olhada para Logan antes de virar me encarar e manter seus olhos em mim de modo significativo, maliciosamente.

Balancei a cabeça deliberadamente. Não faço nem um pouco o tipo dele, que é (obviamente) alto, esguio, louro e generosamente voluptuoso. É por isso que ele e Chelsea são perfeitos um para o outro. Assim como sou perfeita para Patrick.

Jane ergueu uma sobrancelha, e foi bom os garotos não terem percebido a bufada debochada que dei baixinho.

A ordem social mundial teria que implodir antes que Logan Beckett e Mackenzie Wellesley formassem um casal. Eu também não conseguia imaginar aquilo acontecendo.

Capítulo 14

Eu não sabia onde deveria encontrá-lo. Ele dissera "depois da aula", mas isso não significava nada. Quero dizer, será que eu deveria esperar em pé do lado de fora da sala onde ele estava tendo sua aula de literatura até que aparecesse? Não gostei da ideia. Posso ter medo dos holofotes, mas não sou nenhuma Cinderela para ficar esperando pelos outros. Aprendi há muito tempo que, quando dependemos das pessoas, acabamos nos decepcionando. Não que eu acreditasse que todos os caras quisessem dar um amasso na instrutora de balé — não sou tão perturbada assim. Apenas sabia que a única pessoa em quem poderia confiar era eu mesma.

No entanto, nada disso me dava qualquer pista de onde eu deveria encontrar Logan... ou o que dizer a ele.

"Ei, quanto tempo!"

Provavelmente não.

"Então, aquela foi uma refeição interessante."

Também não.

"Você estava chapado quando se sentou à minha mesa? Porque passar tempo com Invisíveis vai afetar o seu status social. Sabe disso, não sabe?"

Dei um tapa na minha própria testa mentalmente.

Ainda estava procurando por uma forma de iniciar a conversa quando Logan apareceu, despreocupado como sempre.

— Ei.

Sorriu como se eu não fosse apenas a professora particular chata para caramba com quem tinha que lidar para que os pais não ficassem na sua cola. Fiquei me perguntando por que ele estava se encontrando comigo, em primeiro lugar. Eu ainda precisava, de fato, fazer diferença como sua tutora.

Mesmo assim, um sorriso, ainda que breve, estava longe do seu habitual dar de ombros desinteressado. Talvez na verdade quisesse se aproximar de Corey — teríamos que conversar sobre seu gaydar mais tarde.

— Então, sobre a aula hoje... acho que não é uma boa ideia.

Ele ficou me olhando.

— Está desistindo? — perguntou.

— Nã-ão — respondi enquanto mentalmente gritava *Sim! Os paparazzi podem estar à minha espera! Você está LOUCO?*

— Bom. — Ele assentiu em direção a saída. — Então vamos.

Rezei para que a imprensa não estivesse lá. Que tivessem ido embora antes do horário da saída, como haviam feito no dia anterior. Que pudéssemos andar até o carro de Logan sem fotógrafos da *Teen People* me flagrando com um jeans surrado e um suéter.

— Então, você soube que...

Logan não teve a chance de terminar a frase. Os paparazzi deveriam ter ido embora. Quero dizer, alou, eu já tinha dito coisas demais. O que será que esses urubus estavam esperando... outra ceninha, talvez? Eu conseguia até ver:

EU: (cega pelos flashes das câmeras) Qu-uê?
REPÓRTER UM: Mackenzie, você culpa alguém por sua fama?
REPÓRTER DOIS: Mackenzie, você se arrepende da tentativa de reanimação?
REPÓRTER TRÊS: Mackenzie, como é ser famosa?
EU: Eu... AHHHHH!

Tropeçando em meus próprios pés, caí sobre Logan que, instigado pelo novo coro de "Beija!" sorriu e assim o fez.

* * *

Espere, o quê?
De onde viera aquela ideia? Eu precisava dormir mais — essa era a única explicação. A única que eu consideraria. Freud se divertiria com isso, mas a primeira parte do meu devaneio estava cem por cento correta. A imprensa se aproximou, e me vi bombardeada por perguntas lançadas na minha direção como granadas. Agarrei o braço de Logan para me firmar quando um cameraman esbarrou em mim.

— Vamos correr — gritei para que me ouvisse em meio às perguntas. Sem esperar por uma resposta, disparei em direção ao estacionamento e puxei Logan atrás de mim.

Surpreendi-me totalmente com a minha imitação de uma policial durona, do tipo se-você-não-se-mexer-vai-ser-esmagado. Usei minha velocidade para me impulsionar pela multidão.

Ainda assim, as perguntas foram muito piores do que eu havia imaginado.

— Mackenzie! Quem é o seu amigo?

— Vocês dois estão namorando?
— O que você acha de *Crepúsculo*?
Dessa vez não respondi. Apenas corri o mais rápido possível, grata por estar usando o meu All Star preto. As pernas mais compridas de Logan permitiram que ele me ultrapassasse e me deixasse para trás, fazendo com que eu me esforçasse para alcançá-lo; o que atingia meu ego, porque não sou nem um pouco preguiçosa quando se trata de corrida.

Foi bom termos dado as mãos, ou acabaríamos nos separando. Um amante de romances cafonas poderia considerar isso romântico, mas não havia nada de romântico em ser atingida no rosto pelo cotovelo de um estranho.

Contudo, chegamos ao carro de Logan sem maiores lesões. Ele não perdeu tempo em sair daquele inferno. Dirigiu depressa, mas com cuidado, só para ter certeza de que nenhum fotógrafo se tornaria um quebra-molas. Usei os braços para cobrir o rosto enquanto Logan desviava e corria pelas ruas a fim de despistar a multidão que nos seguia.

— Você sabe o que está fazendo? — indaguei. — Porque o meu conhecimento sobre perseguições de carros limita-se à *Identidade Bourne*. Vamos pensar bem antes de fazer alguma besteira.

Logan balançou a cabeça.

— Sei exatamente aonde estamos indo.

— Certo — respondi, esperando que mais informações. Que não vieram. — E onde seria isso?

— É surpresa. — Ele fez uma curva fechada, e eu adquiri um novo apreço pelo meu cinto de segurança.

— Não sou muito fã de surpresas. Tive uma cota suficiente para durar a vida inteira — falei, apontando para os paparazzi que nos seguiam para embasar o meu argumento.

— Acho que você poderia aguentar mais algumas — respondeu Logan. Ele pegou suavemente a autoestrada. — Pode escolher a música.

— Caramba, obrigada. — Fucei a minha mochila, pluguei o iPod no adaptador de som do Logan, escolhi uma playlist e deixei a música fluir.

— Wilco? — perguntou, e eu assenti, surpresa. Talvez ele fosse mais roqueiro e menos atleta do que eu presumira.

— Coisa boa.

Estava prestes a indagar sobre o gosto musical dele quando me dei conta de que havíamos deixado Forest Grove para trás. Bem para trás, na verdade. Estávamos seguindo em direção à cidade.

— Portland? — perguntei. — Quer despistá-los em *Portland*?

— Você tem uma ideia melhor?

— Eu... eu acho, bem... eu... não — gaguejei.

— Então é isso, Mack.

Eu estava muito distraída com a situação para protestar sobre o apelido.

— Mas... o dinheiro para a gasolina. Nós deveríamos ter apenas...

Logan me interrompeu.

— Minha ideia, meu dinheiro.

O que foi um alívio imenso, porque eu não poderia pagar pelo combustível, principalmente quando ainda lhe devia por aquele café. Mas, ao mesmo tempo, aquilo era bem chato. Eu *nunca* quis ser o tipo de garota que faz coisas idiotas como ser bancada por carinhas, e não tinha ideia de como reagir ao hábito de Logan Beckett de pagar as coisas para os outros. *Vou ter que manter uma comanda*, decidi, *e pagá-lo de volta assim que possível*.

— Estamos quase lá — disse ele, entrando em um estacionamento.

— Você está brincando, não é? Um shopping! *Você* está *me* levando para um *shopping*! Tem ideia do quanto isso é esquisito?

— Sim — respondeu ele. Foi tudo o que consegui. Apenas um "sim". Às vezes odeio os garotos e suas malditas respostas monossilábicas. — Corre!

Aceitei seu conselho, e nós dois corremos para dentro do Lloyd Center com os paparazzi em nosso encalço. Foi ali que compreendi a genialidade do plano. Lá fora seríamos alvos fáceis, mas dentro do shopping seria uma tarefa muito mais fácil nos misturarmos e desaparecermos. Fiquei surpresa de não ter pensado naquilo.

— Venha — disse ele. Segui Logan até ver a loja e parar.

— Não — respondi com veemência. — De jeito nenhum.

— Olha só — disse ele, com calma —, ou é isso — gesticulou para a placa insuportavelmente cor-de-rosa da Victoria's Secret — ou aquilo.

Olhei para trás e vi a imprensa nos procurando.

— Tudo bem — respondi. Esquivei para dentro com ele. — Mas já estou me arrependendo.

Logan riu, mas parou logo em seguida.

— Você não acha isso um pouco, ahn... chamativo? — perguntei.

Logan me ignorou, abriu uma gaveta rosa-shocking e pegou um sutiã roxo-escuro.

— Haja naturalmente — sussurrou, entregando-me a peça de roupa íntima. Então, como se fizesse aquilo todos os dias, apenas me empurrou para dentro de uma das cabines provadoras. Sentou-se no sofá, parecendo satisfeito, enquanto eu o encarava em choque.

[106]

Eu estava na Victoria's Secret, com Logan Beckett, segurando um sutiã roxo e sendo perseguida pela imprensa.

Minha vida havia oficialmente se tornado mais esquisita do que um filme do Tim Burton.

— Eles não vão pensar em procurar aqui — disse Logan enquanto eu afundava no chão.

Assenti e olhei para os meus pés.

— Então, você vem sempre aqui?

Ele riu novamente, e fiquei impressionada com quão agradável estava sendo aquele momento. Era estranho, mas eu, de fato, estava me divertindo. Não era algo que estivesse esperando.

— Ah, claro. Trago todas as minhas pretendentes aqui. Aconchegante, não é?

— Tem uma boa... atmosfera — falei, olhando diretamente para o sutiã e o sofá rosa-shocking.

— O rosa é o novo azul — comentou ele. — Ou foi o que me disseram...

Soltei os meus cabelos castanhos, lisos e sem graça, do rabo de cavalo e os deixei cair ao redor do rosto.

— Ah, meu deus! — falei, sintonizando minha Notável interior. — Ouvi isso também! Isso é, tipo, totalmente fabuloso!

— Completamente — respondeu ele, seguindo a minha deixa.

— Então, acha que já está tranquilo para sairmos?

Logan deu de ombros.

— Provavelmente, mas deveríamos ter um plano.

— Um plano?

— Sim. Aqueles repórteres conhecem nossos rostos. Precisamos de um disfarce.

Ele estava se divertindo demais com aquilo.

Olhei para Logan, incrédula.

— Ah, claro. Que idiota eu, deixei a minha fantasia de super-heroína na outra mochila, junto com o meu malote de dinheiro.

Logan puxou a carteira, mas não lhe dei a chance de falar.

— Você está brincando, certo? Não *pode* continuar gastando dinheiro comigo como se fosse um namorado rico.

Sim, eu disse "namorado" para Logan Beckett.

Pode me matar agora.

A boca de Logan se curvou em um sorriso.

— Estava pensando em um empréstimo.

— Um empréstimo?

— Sim. Meus pais pagam a você dez dólares por hora, certo? — perguntou. Eu assenti enquanto ele me entregava uma nota de cinquenta. — Bem, agora me deve cinco horas do seu tempo.

Suspirei.

— Cinco horas e meia, na verdade. Ainda estou devendo pelo café no Starbucks de uns dias atrás.

Ele sorriu.

— Você lembrou.

— É óbvio. Então, cinco horas e meia... — parei para fazer um cálculo mental. — Se começarmos a estudar logo, devo me livrar da dívida lá pelo fim da semana — falei, balançando a cabeça em aprovação. — Posso viver com isso.

— Você sabe que poderíamos considerar o café um gasto operacional.

— Um gasto operacional? — perguntei, cética.

— Sim, cafeína é ótima para os estudos e, um dia, já foi usada como moeda.

— Você lembrou. — Fiquei chocada ao ver que algo que eu tinha dito fora memorizado. Talvez eu não fosse uma péssima professora particular, afinal.

— É óbvio — repetiu, imitando com perfeição. Eu ri.

— Cinco horas e meia e estamos quites — falei. Não ficaria devendo dinheiro a Logan. — Eu pago minhas coisas.

Só mexer na nota de cinquenta dólares já estava me deixando nervosa. Ou talvez tivesse sido o jeito casual como ele me entregou o dinheiro. As duas coisas meio que me perturbaram.

— Isso provavelmente não é necessário — falei, tentando devolver a nota. — É sério. Posso apenas...

Logan passou os dedos pelos cabelos em sinal de frustração, algo que eu só o vira fazer antes ao olhar para um livro de história.

— Olha, apenas aceite para que a gente possa ir embora. Se ficarmos aqui por muito tempo, as pessoas da loja vão se perguntar o que estamos fazendo — retrucou e ergueu as sobrancelhas de maneira sugestiva.

— Tudo bem — respondi rapidamente. — Vamos.

— Nos encontramos no rinque de patinação no gelo em quarenta e cinco minutos — sugeriu Logan. Saímos do provador enquanto ele acrescentava em um tom de voz mais alto: — Não acho que esse sutiã faça muito seu tipo. Preto é mais a sua cara, Mack.

Olhei para ele, mas só vi suas costas à medida que ele me deixava sozinha na Victoria's Secret com um sutiã em uma das mãos e uma nota de cinquenta dólares na outra. Quando eu pensava que as coisas não poderiam ficar mais esquisitas... Bem, acho que ficaram.

Capítulo 15

Tá, então eu aceitei o conselho de Corey. A imprensa estava procurando pela Mackenzie que havia visto antes — aquela sem maquiagem ou a mínima noção de moda. Eu tinha que parecer moderna, o que não era fácil para uma garota com um orçamento apertado. Comprei uma blusa roxo-escura bem justa que fez com que o meu jeans parecesse bem menos "largo e não sensual", conforme dissera Corey mais cedo. Na verdade, eu parecia sexy de uma forma eu-poderia-praticar-artes-marciais-e-depois-ir-a--um-encontro. Uma leve camada de máscara para cílios, sombra e gloss dos provadores e pronto: era uma garota completamente diferente. É incrível o que um pouco de maquiagem é capaz de fazer quando se está desesperado por um disfarce.

Ter essa porcaria toda no meu rosto me dava uma sensação esquisita, mas tornou bem mais fácil deixar a segurança da loja. Decidi encará-la como uma versão feminina daquelas pinturas faciais de guerra ou uma máscara de Dia das Bruxas. Fiz o melhor que pude para caminhar casualmente até o rinque de patinação no gelo e fingir ser uma Notável. Sério. Imaginei que, em vez de Mackenzie Wellesley, Rainha da Esquisitice, eu era Chelsea Halloway, Rainha da Smith High School. Será que ela correria ou cairia ao seguir para o rinque de patinação no gelo do shopping? Não. Então, eu também não o fiz.

Até Logan teve dificuldade em me reconhecer. Seu grande disfarce era um cardigã cinza, comprido e macio, que deveria fazer com que ele parecesse engomado, mas sem muito sucesso. Ainda parecia um Notável amarrotado, com aqueles jeans bem ajustados e os cabelos castanho-escuros despenteados. A roupa nova apenas fez com que seus olhos cinzentos ficassem mais intensos.

— Bem — disse ao me ver. — Você está... diferente.

— E você está a mesma coisa.

— Sim, bem, eu me misturo.

Tentei não debochar. Aham, ele não chamava atenção de ninguém — a não ser de todas as adolescentes e seus radares de garotos bonitos cheios de hormônios em um raio de treze metros.

— Então vamos pegar nossos patins.

O Portland Lloyd Center tem um rinque de patinação pequeno que vive cheio e que eu considerava parte de seu charme. Casais e famílias patinavam juntos em círculos infinitos enquanto as criancinhas tropeçavam e desabavam por toda parte.

— Está bem.

Quinze minutos depois, já estava calçada e imaginando no que havia me metido. Se eu não desse aula para ele logo, me sentiria culpada em relação ao empréstimo. Nunca me dera muito bem com o gelo.

— Você tem certeza de que esse é um bom plano? — perguntei, cética. — Por que a gente simplesmente não senta em algum lugar e conversa sobre a Revolução Americana?

— Está com medo? — Sua voz tinha um tom de desafio.

Marchei deliberadamente em direção ao gelo (o máximo possível usando patins) e girei sem muita destreza para encará-lo.

— Você vem ou não? Temos muito o que estudar.

Logan estava no gelo em questão de segundos. Eu achava que ele parecia confortável nos corredores da escola, mas, no gelo, era como se todo o seu corpo se tornasse uma extensão dos patins. Deslizou na minha frente e virou-se em um só movimento fluido para que ficássemos cara a cara.

— Tudo bem. Pode mandar.

— Quem foi o segundo presidente dos Estados Unidos? — perguntei, olhando por cima de seu ombro para ter certeza de que ele não atropelaria acidentalmente uma criança.

— John Adams. Relaxa, sei o que estou fazendo.

— O terceiro presidente?

— Thomas Jefferson.

Vacilei sobre os patins.

— Bom.

— Já acabou com as perguntas fáceis?

Aquilo me pegou de surpresa.

— Pensei que você preferisse as perguntas fáceis.

Ele parou para refletir.

— Acho que estou a fim de um desafio.

— Tudo bem, vou dar a você um nome, uma data ou um evento. Você me diz tudo que souber a respeito.

Tive a impressão de que ele assentiu, já que o meu foco principal era encontrar equilíbrio. Meus dotes de patinação não eram lá grande coisa, embora tivesse tomado o cuidado de pegar patins de hóquei. Logan erguera uma sobrancelha quando os aluguei, mas tudo o que tive que dizer foi "sem ponteira", e ele entendeu. Eu não me dava bem com patins de ponteiras.

— Samuel Adams.

— Cerveja — respondeu Logan, prontamente.

— O quê? — perguntei. Minha cabeça se virou muito rápido e eu perdi o equilíbrio. Os patins idiotas me fizeram cair no chão, exatamente o que eu merecia por pensar que poderia patinar e dar aula ao mesmo tempo. Os gregos tinham uma palavra para esse tipo de orgulho: "húbris." E normalmente vinha antes de uma queda longa e dolorosa.

— Ai! — exclamei. Fui de encontro a algo sólido, mas que não era frio o suficiente para ser o gelo do rinque. Quando percebi que estava me agarrando com toda força ao cardigã novo de Logan, disse, rapidamente: — Desculpa. Levo um tempo para me adaptar a essas coisas. Eu ficaria bem com patins comuns, mas os de gelo...

— É um tipo diferente de movimentação — disse ele, mas seus olhos pareciam desconfiados.

— Pois é. — Afrouxei a mão em seu cardigã e me endireitei.

— Então você é patinadora — comentou ele, inclinando a cabeça e me examinou de cima a baixo. — Há quanto tempo?

— Doze anos e... — fiz uma pausa para calcular rapidamente — cinco meses.

Logan parecia quase entretido.

— Quanta precisão.

— Foi memorável — respondi. Eu não estava sorrindo.

— O que aconteceu?

— Bem, meu pai foi embora. Há doze anos e cinco meses. Logo depois do meu... — interrompi e calei a boca.

— Do seu o quê?

Olhei para ele com a minha melhor cara de você-não-quer-se-meter-comigo.

— Isso não sai daqui.

— Tudo bem.

— E sem rir.

— Certo.

— Meurecitaldebalé — murmurei, esperando que houvesse dito de forma confusa o suficiente para que ele não entendesse.

— Você fez balé! — exclamou e engasgou em um riso. — Sério mesmo?

— Combinamos que você não ia rir! E foi só por alguns meses. Minha mãe pensou que pudesse ajudar o meu pai, bem... a aceitar que eu sou uma menina.

Logan ergueu as sobrancelhas.

— Ele tinha algum problema em entender o conceito?

Sorri, mas pareceu um pouco forçado.

— Ele estava certo de que eu seria um menino. Não olhou o ultrassom porque tinha certeza de que eu seria um garoto chamado Mack. Eles tiveram que estender o nome para Mackenzie. Acho que tenho sorte por isso ter funcionado.

— Sim. Se tivessem escolhido Todd, teria sido difícil.

Eu ri.

— Pois é. De qualquer forma, eu tinha um quarto azul com todas aquelas coisas de beisebol e tal.

— Que você nunca usou?

— Muitas crianças não são chegadas em esportes. E aconteceu que eu simplesmente era uma delas. Meu pai tentou brincar comigo, jogar bola e tudo, mas não era a minha praia. A coordenação entre minhas mãos e olhos sempre foi um desastre. Então minha mãe pensou que me faria bem tentar balé.

— Certo — disse Logan, lentamente. — Só não sei onde patinação se encaixa.

— Bem, depois do recital, meu pai foi embora — falei. Convenientemente excluí a parte em que ele se agarrava com a minha professora. — Fiquei sem falar por uma semana. Minha mãe estava enlouquecendo, tentando me fazer verbalizar minhas emoções. E, então, eu disse que preferia virar comida de elefante a voltar para o balé.

— De elefante?

— A imagem ficava boa na minha cabeça. Então pedi a ela que me levasse até uma loja de esportes e peguei a única coisa que não incluía objetos voadores lá.

— Os patins.

— Exato. Foi assim que comecei.

O tempo todo em que contava aquilo para ele, ficava mais confortável com os movimentos deslizantes dos patins.

— E o seu pai?

— O que tem ele? — perguntei, desviando os olhos do gelo para Logan.

— Ele já viu você patinar?

— Não. Ele começou uma nova família. De vez em quando a gente recebe cartões nas datas comemorativas. Duas crianças, dois meninos. Ele parece feliz.

— Ele parece um babaca.

Aquilo me pegou de surpresa.

— Isso também — retruquei, rindo de leve.

— Ainda assim, vou chamar você de Mack.

Revirei os olhos.

— É claro que vai.

— Mas sem querer que você seja um garoto.

Seu sorriso acelerou meu batimento cardíaco.

— Então, é, seus pais parecem legais — falei. Precisava dizer alguma coisa para quebrar o clima de flerte. Ou será que eu estava imaginando coisas? Difícil saber ao certo.

Ele assentiu.

— É, eles são, sim. Mas seria legal ter um irmão. Às vezes eles exigem demais de mim.

— Você quer dizer que eles fazem coisas como contratar uma professora particular para você? — Coloquei sarcasticamente a mão na boca em sinal de choque. — Que horror!

Logan sorriu.

— Você deveria ver a esquisitona que eles me arrumaram. Essa menina com nome de garoto era uma baita...

Bati em seu braço antes que ele pudesse terminar a frase.

— De volta aos estudos. Agora, Sam Adams. — Ele abriu a boca, mas eu o impedi de falar. — E sem citar a marca de cerveja!

Capítulo 16

Sim, nós estudamos. Fiz um trabalho excelente interrogando Logan e o ajudando quando ele não sabia de algo importante. Logan realmente dava a impressão de estar prestando atenção — uma mudança muito bem-vinda depois de tantas expressões de tédio e tantos rabiscos. Foi como uma festa de aniversário do primário — tudo pareceu simples por um minuto. Nada de imprensa, pessoas nos encarando ou pressão exagerada. Acho que ele se divertiu também. Riu de mim quando escorreguei, mas ainda assim me ofereceu ajuda para levantar. E quando sorria, segurava a minha mão e me movia para fazer curvas, parecia um encontro... O tipo de encontro em que o garoto quer passar um tempo com a garota que não está sendo paga para estar ali. Mas obviamente não era o caso. Porque, não importava o que a imprensa fizesse, eu continuaria sendo a nerd Mackenzie Wellesley.

Aquilo durou até irmos para a praça de alimentação — essa coisa de uau-isso-quase-pareceu-um-encontro. Foi aí que estraguei tudo. Estávamos bem descontraídos, conversando sobre nossos filmes preferidos e esperando na fila para comprar comida chinesa gordurosa, quando eu disse que deveríamos pegar nossos livros. Juro que foi só isso o que eu disse, mas ele ficou tenso instantaneamente, e seu maxilar se contraiu.

Não deveria ter sido grande coisa. Seus pais estavam me pagando para dar aulas a ele, não para imaginar que eu estava saindo com seu filho. Eu não poderia aceitar o dinheiro deles de jeito nenhum se não tivesse feito valer. A situação econômica da minha família podia ser apertada, mas eu jamais aceitaria dinheiro que não fosse merecido. Havia me tornado muito experiente em relação a finanças. Meu vestido da formatura de primeiro grau? Setenta e cinco centavos em um bazar de fundo de garagem. Quero ver fazer melhor que isso, Chelsea Halloway. Bem, acho que ela conseguiu, usando um vestido off-white tomara que caia maravilhoso... mas aposto que custou uma fortuna.

Enfim, levo dinheiro a sério. Então depois de ampliar o meu empréstimo de cinquenta dólares para incluir um pouco de carne com brócolis, peguei meu livro. Dei uma olhada rápida na área e não vi nem sombra da imprensa; assim, imaginei que estaríamos a salvo.

— Certo — falei. — Paramos nas vantagens inglesas para a guerra — continuei. Depois de virar várias páginas, encontrei o ponto certo. — Você lê enquanto eu como.

Tentei recuperar nosso clima amistoso, porque uma mesa muito pequena e uma porção de frango kung pao e arroz era tudo que me separava de um Notável aparentemente irritado.

— Olha, que tal pausarmos o relógio? — sugeriu ele de forma tranquila. — Vamos só comer e depois vemos isso.

— Cinco minutinhos — pressionei. No rinque, ele realmente parecia estar ficando bom naquilo. Se estivesse prestes a compreender a matéria inteira, eu não deixaria que uma comida chinesa ficasse no caminho. — Aqui: "A Inglaterra tinha mais de três vezes a população das colônias."

Minha voz foi sumindo à medida que eu o vi olhar para as palavras com a boca fechada com força. Seu olhar deslocou-se lentamente do ponto que eu havia indicado.

— Se-será que você pode ler? — soltei a pergunta sem pensar.

A irritação pura em seus olhos fez com que eu me recostasse instintivamente na cadeira.

— Eu posso ler — respondeu ele, em tom de provocação. No entanto, fechou o livro com força.

— Tudo bem. — Espetei um pedaço de brócolis. — Mas...

— Mas o quê? — perguntou. Estava claro que ele não se disporia a dar uma explicação.

— Diga-me você — retruquei. Forcei-me a encará-lo e me senti aliviada ao perceber que ele parecia mais frustrado do que qualquer outra coisa. — Parece óbvio que você não está me contando alguma coisa que eu, como sua professora particular, deveria saber.

Eu disse a última parte de forma rápida antes que perdesse a coragem. Então observei, surpresa, Logan se largar no encosto da cadeira.

— Eu sou disléxico — disse, calmamente, mas com um traço claro de amargura. — É isso que você quer ouvir?

— Ah... — Bem, aquilo fazia sentido.

— Pois é. Ah — disse ele, então deu uma risada. — Eu me encaixo perfeitamente no seu clichê de atleta idiota, não é?

— Porque você tem dislexia ou porque fica olhando para os peitos da Chelsea Halloway?

Ah, Deus. Eu realmente tinha dito aquilo?

Ele olhou para mim e, então, começou a rir de verdade.

— Hmm, o que eu *quis* dizer — corrigi — é que ter dislexia não faz de você um idiota. Na verdade, pessoas disléxicas normalmente têm uma coordenação física acima da média, talento artístico e empatia — assenti, olhando para o livro dele. — A julgar pela coisa toda do hóquei e pelos seus desenhos, você tem um placar de dois em três.

Logan me encarou sem conseguir acreditar.

— Você sabe tudo isso de cor?

— Claro — respondi, calmamente. — Quase que de memória fotográfica. Steven Spielberg, John Lennon, Walt Disney, Steve Jobs... todos disléxicos. Sem mencionar...

— Já deu para entender — interrompeu ele.

— Certo. Bem, então, você vê que não é nada do que se envergonhar.

— Ah, é? — Havia apenas um rastro de questionamento em sua resposta.

— É — retruquei. Olhei diretamente nos seus olhos, determinada a não estragar tudo. — Mas nós vamos precisar de um novo plano — afirmei. Abri meu caderno, destampei a caneta e comecei a fazer algumas anotações. — Vamos deixar o livro de lado e experimentar técnicas de aprendizagem mais auditivas ou visuais. — Sem perceber, comecei a dar leves batidinhas com a caneta no meu lábio inferior. — Tem uma minissérie sobre o John Adams que deve ajudar. E podemos checar os filmes de história da biblioteca. — Hesitei, dando-me conta do que aqueles vídeos fariam de fato: me substituir. — Posso ajudar você a escolher os títulos, se quiser — ofereci. — E então você pode me ligar toda vez que terminar de ver um, para que a gente converse sobre o filme.

— Ou você pode vê-los comigo.

— Não vou permitir que seus pais me paguem para ver filmes — respondi num impulso.

— Mack, não é grande coisa.

— É, sim. Você está acostumado a gastar dinheiro por aí. Nem todo mundo tem esse tipo de luxo, e gosto demais dos seus pais para tirar proveito deles.

— Tudo bem. Vamos renegociar o pagamento quando assistirmos aos filmes. Problema resolvido.

Ele fez aquilo soar tão lógico, tão simples, como se não houvesse um enorme abismo social entre nós que tornava esquisito para mim ir até sua casa ver filmes.

— Hmm, acho que isso pode funcionar — respondi, incerta. O que mais eu poderia dizer? "Logan, os outros Notáveis, Chelsea em particular, vão tornar nossa vida desconfortável se souberem que estamos andando juntos. Você vai ser alvo de piadinhas sobre virar pobre, e eu vou receber comentários maliciosos no banheiro das meninas. Só avisando."

Quão idiota isso poderia soar? Era o nosso *colégio*, não o sistema hindu de castas, onde os intocáveis têm que evitar "poluir" as classes mais altas. Tudo bem... talvez não fosse tão diferente, mas todo esse estresse por conta da rivalidade Notáveis/Invisíveis era simplesmente idiota. Nós éramos dois adolescentes na mesma aula de história. Fim de papo.

Logan pareceu não notar minha hesitação e deu uma mordida enorme no frango kung pao. Cheia de fome, ataquei o meu prato enquanto anotava ideias para estudos.

— Deveríamos alugar uns livros infantis na biblioteca.

Ele ergueu uma das sobrancelhas.

— Eu realmente sei ler.

— Livros infantis normalmente são melhores quando se trata de evidenciar os pontos importante da matéria, então gosto de usá-los na hora da revisão.

Ele sorriu.

— Você tem memória fotográfica, mas lê livros infantis antes das provas.

— *Quase* fotográfica. E é bom revisar o básico. Você ainda trabalha a sua postura de hóquei, certo? Mesmo princípio.

— Você é uma garota esquisita.

Olhei para ele incerta, segurando uma garfada de brócolis em direção à boca.

— Como assim?

— Você lista pessoas com dislexia, lê livros infantis e praticamente inala comida chinesa.

Dei de ombros.

— Nada disso é tão estranho. Achei que estava falando do meu problema de equilíbrio e da minha tendência a gaguejar perto dos seus amigos.

— Agora que você mencionou... por que isso?

— Por que o quê?

— Por que fica tão nervosa perto de outras pessoas? Quando você de fato relaxa, não é tão, hmm...

— Esquisita? — ajudei.

— Intimidadora.

Fiquei boquiaberta.

— Eu? Intimidadora. Até parece. E a Chelsea Halloway secretamente faz trabalho voluntário em abrigos para sem-teto.

Logan riu, mas parou logo depois.

— É sério, você pode ser intimidadora.

— Verdade? — Aquela era a coisa mais absurda que eu ouvia desde que descobrira ter me tornado famosa.

— Sim. Principalmente durante as aulas. — Ele engrossou a voz para fazer uma imitação do sr. Helm. — Ah, sim, Mackenzie, você gostaria de explicar o Imposto do Selo ao resto da turma?

Fiquei corada.

— Tudo bem, *talvez* em sala de aula eu possa ser um pouco intensa. Mas isso não me torna intimidadora!

— Ah, é? — Logan estava determinado a aquecer a discussão.

— E quando você gritou com o professor substituto?

— Não gritei! — protestei. — E, mesmo que tivesse gritado, o cara mereceu. Ele estava completamente *errado* e, mesmo assim, ficou lá dizendo que um de nós havia ido para a universidade, e o outro, não. Como se isso significasse alguma coisa. — Então, hesitei. — Você não estava naquela aula. Como soube disso?

— Spencer mencionou — contou ele, com um meio-sorriso convencido. — Ele disse que você pegou pesado com o cara.

— Ele era um idiota com *uma informação errada.* — Balancei a cabeça em sinal de desgosto.

— E você não se acha intimidadora.

— Bem, não é como se eu fosse uma Notável!

— O quê? — perguntou Logan, e eu imediatamente me senti uma idiota. Porque a regra número um sobre apelidos secretos é que eles devem permanecer secretos.

— Você, Notável — respondi, gesticulando com o meu garfo na direção dele. — Eu, Invisível. — Comi outro pedaço de brócolis. — Ou pelo menos eu era. Agora o Dr. Phil, aquele dos programas de auditório, quer conversar comigo.

Logan quase engasgou com a Coca.

— O Dr. Phil telefonou para você?

— Algo do tipo. Estou meio confusa em relação aos detalhes. Dylan me mandou uma mensagem sobre ir aos programas *Dr. Phil* ou *The View*. — Larguei o garfo. Meu apetite desapareceu ao mero pensamento de aparecer em rede nacional.

— Mas você não quer ir? — perguntou Logan.

— É claro que não! — Eu o encarei. — Já sou uma aberração sem ter me tornado oficialmente A Garota Mais Esquisita da América.

— Você não é uma aberração — disse ele. Seu apetite continuou o mesmo, e observei com inveja ele espetar o último pedaço de frango. — Esquisita, mas não uma aberração.

— Caramba, obrigada — agradeci sarcasticamente, mas não consegui evitar me sentir lisonjeada. Logan Beckett não me achava uma aberração.

Capítulo 17

Eu deveria saber que a imprensa não me deixaria em paz. Estava tão feliz por não haver nenhum fotógrafo perto do carro de Logan que entrei no automóvel sem pensar duas vezes. Era difícil me concentrar nos paparazzi quando estava com ele — não por causa da sua aparência, mas porque nunca sabia o que esperar. Logan continuou a fazer comentários secos e sarcásticos que poderiam ter me irritado caso não fossem tão engraçados.

Era bom passar um tempo com ele, motivo pelo qual não notei o problema até que Logan estivesse parado do lado de fora da casa dos Hamilton — enquanto que, quase dez metros à frente, minha casa estava sitiada. Meu quintal parecia lambuzado de repórteres do mesmo jeito que a minha mãe passava manteiga de amendoim com geleia no meu sanduíche.

Fiquei boquiaberta.

— Ah, meu Deus... continua dirigindo! — ordenei a Logan enquanto deslizava para o chão do carro. — Apenas... vai!

Não precisei repetir. Ele não teve que cantar pneus, deixando uma marca de borracha no chão; nada tão óbvio. Apenas ultrapassou a minha casa e não parou até que chegássemos à quadra de basquete onde eu costumava patinar.

— Interessante — comentou. Sua franja caiu sobre os olhos.

— Então aquela é a sua casa.

Voltei para o assento.

— Escute, posso explicar.

— E tenho certeza de que a explicação vai ser idiota.

— Ah, é? — retruquei, empinando o queixo de forma desafiadora. — E por que acha isso?

— Porque não existe um bom motivo para mentir sobre onde você mora.

— Também não existe um bom motivo para mentir sobre dislexia.

Ele se virou para me encarar.

— Não é a mesma coisa.

— Claro que é — discordei. — Nós dois não queremos a pena dos outros. É claro, também não queria uma invasão do time de hóquei atrás de calcinhas, mas além disso... praticamente a mesma coisa.

Seus lábios se contorceram, e eu podia afirmar que Logan estava tentando não rir. Ah, ele continuava irritado, mas seu senso de humor não o havia abandonado.

— Invasão atrás de calcinhas?

Dei de ombros.

— Vejo TV a cabo.

— E muito filmes bregas sobre ensino médio.

— Ouça, eu deveria ter mostrado a minha casa antes. Mas as pessoas fazem coisas idiotas. Então se a gente puder simplesmente voltar, e você me deixar onde eu moro, já seria ótimo.

Logan deu partida no carro.

— Quer que eu simplesmente deixe você em casa e vá embora.

— Hmm, sim.

— Quando dita casa está tomada por repórteres.

— Dou conta disso — respondi, exasperada. Estava começando a ficar de saco cheio de me sentir fraca. Tudo bem, normalmente sou uma banana, mas eu estava manejando a situação. Não havia deixado os repórteres, ou Alex Thompson, ou Chelsea Halloway, ou *ninguém* me proibir de viver a minha vida, o que queria dizer que eu era muito mais forte do que todo mundo pensava. — Vou ficar bem sozinha.

— Claro que vai. — Logan balançou a cabeça levemente. — Você não precisa de nenhuma ajuda. Engano meu.

Eu sabia que estava sendo insultada, mas não sabia como contestar. Então apenas olhei para ele e disse:

— Você realmente deveria só me deixar em casa. Não quero a imprensa tirando foto de nós dois e especulando sobre a minha vida amorosa.

Ele assentiu enquanto o carro entrava na minha rua.

— Tudo bem, só um pouquinho mais perto — direcionei. — E... pare!

Corri em direção à porta, usando a minha mochila como escudo contra a imprensa, antes que Logan pudesse dizer qualquer outra coisa. Meu foco era passar por aqueles dez metros e continuar inteira. Fui bombardeada com perguntas feitas de forma extremamente agressiva até sentir que a minha cabeça jamais fosse parar de apitar.

— Mackenzie, quem era aquele rapaz?

— Vocês estavam em um encontro?

— Tem certeza de que ele não está interessado somente na sua fama?

Aquela última pergunta quase me fez rir. A ideia de Logan Beckett me usar para estampar a sua cara nos jornais era simplesmente ridícula. Ele provavelmente estava gostando de toda essa exposição tanto quanto eu. Costumo confiar nos meus instintos quando se trata de coisas desse tipo.

Dylan me puxou para dentro — tarefa nem um pouco fácil quando se tem uma multidão de repórteres e uma entrada cheia de pacotes. Parecia que o conteúdo de um caminhão inteiro havia sido descarregado em nossa casa. Todas as etiquetas diziam a mesma coisa: "Entrega Especial para Mackenzie Wellesley." As coisas haviam ultrapassado a esquisitice.

Dylan jogou uma das caixas nos meus braços, e eu fiz de tudo para não derrubá-la.

— O que diabos...?

— Isso vai para o seu quarto. — disse ele. Pegou outro pacote. — Você pode mostrar todas essas coisas, seja lá o que forem, para a mamãe mais tarde. Precisamos organizar tudo antes que ela chegue em casa.

Às vezes era muito fácil ver Dylan como uma criança chata e me esquecer de que ele se importava com a nossa família tanto quanto eu.

— Vamos — ordenou. Sua voz carregava uma dose generosa de irritação. — Ela vai chegar logo.

Avaliando o peso da caixa, fui atrás do meu irmão. Fiquei assustada ao ver que minha cama havia se transformado em uma montanha de cartas, mensagens e bilhetinhos. Dylan não me deu tempo para absorver tudo aquilo. Simplesmente largou a caixa que segurava e estalou os dedos para que eu o seguisse.

Demoramos mais de quarenta e cinco minutos para transportar tudo para cima, e sem contar os cinco minutos de pausa que tiramos para beber água, nos quais aproveitei para esfregar meus braços doloridos. Depois de todo aquele trabalho, eu nunca mais queria ver uma caixa na vida. Tinha sido tão espetada e cutucada por pacotes que fiquei me sentindo um enorme machucado ambulante. Tentei não choramingar cada vez que meu corpo mostrava seu descontentamento comigo. Fugir dos paparazzi, patinar no gelo e, agora, levantar o peso das minhas caixas havia sido esforço físico demais para um só dia.

Não consegui resistir a dar uma olhada na minha pilha de pacotes misteriosos. Peguei uma tesoura e ataquei uma das caixas com alguns golpes aleatórios. Então, tudo que pude fazer foi encarar o conteúdo boquiaberta, sem acreditar.

Trêmula, minha mão entrou na caixa e a textura suave de seda deslizou de forma provocante por entre meus dedos. Era, sem sombra de dúvida, a coisa mais linda e sutilmente sexy que eu já tinha visto. O vestido parecia capaz de tornar qualquer uma invencível. Podia imaginar Helena de Troia trajando-o, embora a peça de roupa sozinha pudesse levar ao mar mil navios por conta própria. Era bonito, divertido, ousado o suficiente para mostrar um pouco das pernas — e era meu.

Continuei a acariciar o tecido, lutando contra a vontade tanto de rir quanto de chorar. A etiqueta revelou que a peça era uma criação BCBG Max Azria. Deixando o vestido de lado, puxei um par de sapatos de salto alto que estava dentro da caixa. Olhei para eles como se eu fosse a Cinderela admirando os sapatinhos de cristal pela primeira vez.

— Ai, meu Deus.

Era tudo o que consegui dizer enquanto tirava o All Star e inseria meus pés naqueles sapatos pretos e sexy de salto alto. Não fazia ideia de como os repórteres haviam descoberto o meu tamanho, mas serviram perfeitamente.

Lá estava eu, usando sapatos novos de grife, sem conseguir ficar de pé. Não porque não confiasse no salto fino e longo, mas porque sabia que daquele ponto não haveria volta. Os sapatos eram a prova irrefutável de que a minha vida havia mudado; depois de tantos anos fuçando bazares de fundo de garagem, eu possuía algo maravilhoso e luxuoso. Finalmente tinha algo que servia apenas para diversão.

Então, quando por fim me levantei e me virei para o espelho barato de corpo inteiro no meu quarto, foi um choque. Pela primeira vez, quase não pude me reconhecer. Fiquei me perguntando que tipo de pessoa seria essa nova garota... e se eu gostaria dela.

Capítulo 18

Mostrei à minha mãe meu closet abarrotado, mas não telefonei para Corey ou Jane aquela noite. Eu queria ver as reações deles pessoalmente. Esperava que fossem ficar assustados — chocados ao ver sua melhor amiga, Mackenzie Wellesley, aparecer na escola usando roupas de marca. Peças de grife bonitas de verdade. Sapatilhas Oscar de la Renta, jeans Calvin Klein e blusinhas da Anthropologie. Meus livros? Estavam lindamente guardados em uma das divisórias de uma bolsa Hobo enorme. Eu até coloquei um pouco de maquiagem aquela manhã — apenas um pouco de gloss e sombra; de forma alguma pretendia entrar para a lista de As Mais Malvestidas de ninguém. Havia acordado uma hora e meia mais cedo do que o normal para me certificar disso.

E vou admitir: era legal aparecer na escola com a aparência de um milhão de dólares. Caramba, eu devia estar *vestindo* um milhão de dólares. Bem, mais do que quinhentos era certo, mas, comparado ao meu jeans preferido (uma barganha de vinte e cinco centavos), certamente parecia um milhão. As roupas e maquiagens fizeram com que a atenção da imprensa parecesse mais um jogo de faz de conta do que vida real. Quando as câmeras apontavam para mim, eu fingia ser chique sem o mínimo esforço e não notar a bajulação.

A loucura era que... acho que consegui sair convincente.

Outras coisas estavam definitivamente diferentes. Os garotos prestavam atenção em mim nos corredores, e a maior parte disso parecia acontecer por conta do meu novo estilo sexy casual. Ou era isso ou eu tinha borrado os olhos com o delineador, e todo mundo estava pensando: *Ei, olha aquela garota parecendo um guaxinim!* Mas se os olhares lentos e apreciativos fossem indício de alguma coisa, eu não estava parecendo uma criatura noturna.

Mais tarde, no momento em que comprava meu cheeseburguer com fritas no almoço, meus dois melhores amigos já haviam absorvido minha aparência não Mackenzie.

— Você está ótima! — declarou Jane tranquilamente quando me sentei. Sorri para ela antes de olhar para Corey.

— O que acha? Demais? Seja sincero agora.

Ele pressionou os lábios, pensativo.

— Jane está certa: sensual sem ser vulgar. Só não esfregue os olhos, ou vai ficar toda borrada. E acho melhor se livrar desse rabo de cavalo.

Soltei os cabelos, que iam até os ombros, e os deixei emoldurar meu rosto enquanto colocava uma batata frita na boca.

— Vocês têm planos para hoje à noite?

Jane balançou a cabeça com a boca cheia de bolinho.

— Não — disse Corey, triste. — Dever de casa, como sempre.

— Ah, tudo bem. Vocês não estariam interessados a ir ao show do ReadySet comigo, estariam?

Corey ficou boquiaberto.

— Você tem ingressos? *Não acredito!*

Jane pegou um livro.

— Vou me dar isso de presente como intervalo nos estudos. Não vou parar de estudar até a hora do show, começando... agora!

Eu não conseguia parar de sorrir feito uma idiota.

— Você ainda pode nos dar uma carona hoje à noite, certo, Corey?

Ele assentiu, mudo depois de sua explosão inicial.

— Bom — respondi. Peguei mais duas batatas. — Seria um absurdo jogar fora passes para os bastidores.

O som maravilhado que Corey emitiu ecoou pelo refeitório. Ele praticamente pulou na mesa do almoço e me arrebatou em um abraço.

— Isso é *loucura!* Não posso acreditar! Você é demais, Mackenzie! Sabe disso, não é? Poxa, você é demais!

Exceto que ele não disse "poxa" enquanto me balançava de um lado para o outro.

— Vamos nos encontrar por volta de seis e meia para que a gente possa dar uma olhada no seu closet novo antes do show.

— Parece bom para mim. Jane, o que acha?

Ela apenas acenou que sim com a mão, distraída.

— Sim. Claro. Ótimo. Tenho que me concentrar agora.

Jane gostava de trabalhar o cérebro até virar uma geleia antes de se dar alguma recompensa e tirar a noite de folga — um hábito que Corey e eu tentávamos interromper sem muito sucesso.

— Como você conseguiu isso, Mackenzie? — perguntou ele. Seu rosto brilhava de tão animado. — Passes para os bastidores? Isso é coisa séria!

— Eles estavam na minha pilha gigante de cartas. Você jamais acreditaria nos convites que tenho recebido. Coisas como ser chamada para aparecer no programa a Tyra Banks.

Jane levantou a cabeça.

— A Tyra é aquela que ensina a sorrir com os olhos?

— Você pretende ir? — perguntou Corey.

— Eu? No programa da Tyra? Ela me devoraria — respondi. Apontei para o rosto. — Não se deixe enganar pelos cosméticos. Isso é só até a imprensa me deixar em paz. Levei quase uma hora para fazer tudo, porque me encolhia toda vez que tentava usar o delineador. Então, não se acostume com isso, amigo.

Corey estava sorrindo quando notei duas calouras caminhando até... nossa mesa.

— Você se importa se sentarmos aqui? — perguntou uma delas.

A garota tinha cabelos pretos compridos e usava roupas casualmente caras. Não pareceria absurdo se aparecesse na capa de alguma revista adolescente. Elas eram tão cheias de estilo que poderiam se passar por veteranas da nossa turma em vez de calouras.

— Não, tudo bem — respondi.

O que mais poderia dizer? *Não preferem se sentar à mesa dos Notáveis, para que possam liderar a elite daqui a alguns anos?* Olhei para Chelsea. Ela nos observava boquiaberta, o que a fazia parecer um peixe. Algumas cadeiras depois, estava Patrick, parecendo adorável. Meus olhos vagaram até a mesa distante onde Logan estava com Spencer. Nossos olhares se encontraram, e ele ergueu uma das sobrancelhas. Não pude evitar sorrir quando me dei conta do que acabara de fazer: eu havia sido mais notável que os Notáveis.

Maneiro.

As meninas eram legais, mas tive que superar suas aparências de "Princesas da Disney". Melanie era a cara da Pocahontas, e Rachel parecia a Ariel transformada em humana. Talvez Corey tivesse razão sobre a minha esquisitice abrir portas, porque nós cinco reclamamos sobre professores, comidas horríveis de refeitórios e deveres de casa até nos sentirmos confortáveis uns com os outros. Não era para ser tão legal assim. Deveria haver uma tensão, um nervosismo no ar, que me forçaria a lidar com o meu pânico de ser o centro das atenções. Melanie e Rachel simplesmente pareciam tão... inofensivas.

Minha missão de vida fora passar despercebida, coisa em que tinha falhado agora que *todo mundo* sabia quem eu era. Pessoas que jamais me escolheriam para os seus times até semana passada estavam contando tudo sobre mim aos repórteres. E parte de mim, a parte estúpida, realmente achava aquilo legal. Não me entenda errado, ainda queria que nada daquilo tivesse acontecido, mas aquela popularidade tinha suas vantagens. Talvez eu estivesse passando muito tempo dando ouvidos a Corey, por outro lado.

Ou talvez tivesse passado anos demais do lado de fora vendo Chelsea comandar a escola. Agora, eu poderia exercer um pouco de poder. Pela primeira vez, os seriados de televisão sobre colegiais malvadas lutando por controle faziam sentido. Sempre me perguntava o que levava aquelas meninas a agir daquela forma, mas agora eu entendia. Popularidade é divertido. Ou pelo menos passar um tempo com Melanie e Rachel era bem legal. Uma vez que eu não tinha a menor vontade de raspar a cabeça (como a Britney Spears), usar drogas (como a Lindsay Lohan) ou bater de carro (como o Shia LaBeouf), pensei estar lidando com a fama consideravelmente bem.

Tudo estava mudando: meu guarda-roupa, meu status social, meus planos para a noite... tudo. Não tinha ideia de como aquilo havia acontecido, mas a minha vida bem estruturada, organizada, convencional e invisível estava virada do avesso. Eu podia me imaginar sentada no sofá de algum terapeuta dizendo: "Eu estava bem, doutor (tirando alguns traumas de abandono), até que fiquei famosa. Ah, você viu o clipe também? Ótimo."

Nada mais parecia real. Eu ainda era a mesma garota, estudando na mesma escola, almoçando com os mesmos amigos, e, no entanto, nada mais era como na semana anterior. Nada. E eu não sabia o que queria fazer a respeito.

Capítulo 19

Não sabia o que esperar. Chocante, não é? Sarcasmos à parte, não conseguia me imaginar indo aos bastidores de um show de rock. Ainda bem que não estava sozinha.

É claro que não fiquei muito feliz quando Corey e Jane chegaram à minha casa, me olharam de cima a baixo e me mandaram trocar de roupa.

— O que tem de errado com a roupa que usei para a escola? — resmunguei.

Corey me puxou para o quarto.

— Nada, se for para a escola. Isso é um show, Mackenzie.

— Muito obrigada por dizer o óbvio, mas eu não vejo...

Jane revirou os olhos.

— Apenas troque de roupa, Kenzie. É o único jeito de fazê-lo calar a boca.

Ela estava certa. Então me sentei na cama enquanto Corey explorava o meu closet recentemente diversificado, emitindo sons de satisfação lá de dentro.

— Meu deus. Você tem um vestido Valentino? Isso é incrível!

— Nem me fale — respondi. — Nunca vou usar nada tão sofisticado assim.

Corey rodopiou.

— Se não usar esse vestido maravilhoso, eu mato você. E vou me certificar de que você seja enterrada com ele.

Eu ri.

— Então, o que você vai me forçar a vestir hoje à noite?

Um par de jeans foi atirado na minha cara, seguido por uma blusa sexy.

— Você está brincando — disse. Apontei para o decote avantajado. — Sem condições de usar isso aqui.

Jane examinou a blusa criticamente.

— Eu gosto.

Corey segurou um par de sapatos de salto Anabela.

— Você não vai parecer uma aluna de ensino médio com esses aqui.

— Eu *sou* uma aluna de ensino médio. Qual é o problema de aparentar a minha idade?

Corey sorriu para mim.

— A maioria das pessoas pensam que você está no fundamental, querida.

— Não pensam, não! — protestei. Olhei para Jane a fim de me certificar. — Não é?

— Bem, na verdade... — começou ela.

— Ô, droga.

— São os seus olhos amendoados — explicou Jane. — São como os do... Bambi.

— Eu pareço um cervo!

Jane hesitou.

— Sim, de um jeito positivo. Ei, me empresta os seus sapatos? — perguntou, apontando para as sapatilhas Kate Spade.

Eu me meti em meu novo traje e perguntei:

— Claro. A gente pode ir agora?

Mas Corey notou que a MAC havia me enviado maquiagens.

— Ô, droga — repeti enquanto ele atacava o meu rosto.

Quando Corey *finalmente* nos considerou prontas para o show, dei de cara com olhos seriamente esfumaçados. Eu parecia uma vampira — não do jeito vou-sugar-o-seu-sangue. Era mais do tipo poderia-levar-você-para-o-mau-caminho. Corey realmente era talentoso.

Minha mãe olhou para mim duas vezes quando entrei na cozinha.

— Mãe, você quer me mandar trocar de roupa? — perguntei, apontando para o decote da blusa.

Ela me olhou rapidamente de cima a baixo e sorriu.

— Ah, essa é bem bonitinha! Não tinha reparado nela mais cedo. Posso pegar emprestada um dia desses?

O triste era que ela provavelmente ficaria bem mais bonita do que eu usando as minhas roupas novas. Minha mãe é linda e recebe cantadas no restaurante toda hora.

— Claro — respondi. — Fica à vontade para explorar o meu closet quando bem entender.

Sempre nos relacionamos dessa forma. Às vezes, quase parece que somos duas mães tentando manter unida a família.

— Divirta-se, querida — disse ela. Colocou uma mecha de cabelo atrás da minha orelha. — Sei que não conversamos muito sobre isso...

Ela aprovou a minha roupa com um aceno de cabeça. Andava tão cansada por conta do trabalho e, com o estresse adicional causado pela imprensa, nós duas não havíamos tido muito tempo para conversar sobre como a minha vida estava mudando. Minha mãe sempre foi incrível em encontrar um tempo livre para passar com Dylan e comigo. Desde a partida do meu pai, nós duas passávamos tempo no sofá com canecas enormes de chocolate quente, analisando aspectos de nossas vidas. Ela assumiu os papéis de mãe, melhor amiga e terapeuta. No entanto, quanto mais velha eu ficava, mais ocupações tinha... e menos coisas a dividir também. Não era culpa de ninguém, de verdade — apenas o rumo que a vida estava tomando.

— Você sabe que não precisa fazer nada que faça você se sentir mal — falou mamãe.

Acho que deve ser difícil ver a sua menininha crescer. Assim como vê-la se tornar uma sensação na internet.

— Eu sei — respondi. Puxei a barra da blusa um pouco para cima, não que fizesse diferença. — Bem, com exceção disso. Corey vai encher o saco se eu me trocar agora. Voltarei depois do show — prometi. — Meu dever de casa está pronto, e meu celular, com bateria cheia. Ficarei bem.

Ela assentiu e eu saí de casa para entrar no carro de Corey, sentindo um misto de excitação e nervosismo. Ainda assim, foi um alívio ver que os paparazzi haviam perdido o interesse em fazer visitas. Também não tínhamos visto muitos repórteres do lado de fora da escola naquele dia. As roupas novas tiveram certa repercussão, mas minha fama parecia estar se esvaindo. Logo logo eu seria apenas mais uma garota em uma mar de fãs do ReadySet.

Considerei que o passe para os bastidores do show seria o meu último presente de celebridade, e eu estava bem mais animada com o evento do que com vestidos idiotas (até aqueles criados pelo Valentino). Estava determinada a curtir o máximo possível. Então, tentei parecer tranquila quando Corey, Jane e eu fomos guiados até os bastidores por uma técnica cabeluda da equipe de palco que não pareceu gostar de ter mais uma tarefa adicionada à sua lista de afazeres.

Tá, eu sempre achei ridículo o jeito como as pessoas se comportam quando estão perto de celebridades. Nunca entendi garotas que fazem coisas como gritar "ROBERT! AH, MEU DEUS, ROBERT, EU TE AMO!" nas estreias dos filmes da saga *Crepúsculo* — principalmente por quase desmaiarem se Robert Pattinson sorrisse para elas. Cá entre nós: ele é um cara que afirma "brilhar" em um filme.

Ridículo.

Dito isso, pensei que conhecer a banda não seria grande coisa. Bem, seria grande coisa para *mim*, é claro, mas eu manteria o controle. Só que... não foi bem assim.

A assistente/técnica bateu a uma porta; depois de receber uma resposta berrada do outro lado, nos empurrou para dentro e foi embora.

O cômodo parecia um cenário elegante de uma sessão de fotos, com as paredes em tons de pastel e sofás de couro confortáveis. Garrafas d'água pela metade e latas de cerveja estavam espalhadas em uma pequena mesa de madeira, ao lado de uma tigela enorme de M&M's.

— Ah, olá — disse Timothy Goff, cumprimentando-nos do sofá de onde observava seus companheiros de banda competirem no Wii. — Fico feliz de você ter conseguido vir.

Quase caí de cima dos meus sapatos de salto. Timothy Goff não havia se tornado um ídolo do rock apenas por conta de sua música. Ele era lindo. Bem mais atraente do que o Robert Pattinson, na minha opinião. Seus cabelos eram castanho-claros, os olhos, de um azul límpido, e seus lábios pareciam feitos para sorrir. Uma cicatriz pequena atravessava sua sobrancelha direita, fazendo com que ele não parecesse um príncipe de contos de fadas e acrescentando uma dimensão de perigo à coisa toda.

— Oi — respondi, sem muita firmeza. — Eu sou Mackenzie. Er, Mackenzie Wellesley. Hmm... e esses são os meus amigos, Jane e Corey.

— Eu sou o Tim.

Lutei contra a vontade bizarra que me deu de rir, gritar ou soltar alguma coisa estúpida, como "eu sei!".

— Dominic é aquele ali perdendo vergonhosamente para Chris — disse, apresentando os amigos, já que nenhum deles havia desviado os olhos da tela da TV. Todos pareciam jovens o suficiente para serem parte dos Notáveis na Smith High School. Não conseguia imaginar o que era fazer uma turnê pelo país com uma banda de rock aos dezessete anos. No entanto, seria um ótimo tema para uma redação escolar.

— Algum de vocês está a fim de jogar tênis no Wii?

Eu não podia acreditar. *Timothy Goff* havia se apresentado a mim e aos meus amigos como Tim. Como se pudéssemos simplesmente dizer "E aí, Tim?" ou "Qual é a boa, Tim?". *Timothy Goff* havia nos convidado casualmente para jogar Wii. TIMOTHY GOFF!

Fiquei sem ação. Palavras me faltaram. Fiquei ali, sem me mexer, enquanto "Tim" agia como se fosse perfeitamente normal pessoas ficarem sem saber o que dizer em sua presença. Provavelmente era.

— Estou dentro.

Para a surpresa de todos, Jane se sentou no sofá, pegou um controle e começou a jogar contra Dominic. Corey e eu nos entreolhamos em choque antes de nos apressarmos para assistir à partida.

Não sei ao certo como a tensão desapareceu, mas em um momento eu estava de pé, próxima ao sofá, me sentindo pouco à vontade, e, depois, todos nós estávamos gritando, torcendo ou xingando enquanto Jane exibia um backhand impressionante. Mesmo que, de fato, Tim fosse a primeira celebridade que eu havia conhecido, ele era tão tranquilo que a situação parecia quase... confortável. Após o choque inicial, é claro.

— Eu queria saber — disse ele, enquanto Chris desafiava Jane para uma partida — o que você achou do clipe.

A jogada absurda de Jane no tênis me distraiu e me levou a uma resposta casual.

— É bem legal: artístico sem ser pretensioso. Eu teria adorado se *eu* não estivesse nele.

Tim sorriu, e, de repente, fiquei preocupada com a possibilidade das minhas pernas cederem — de que me tornasse mais uma de suas fãs desfalecidas.

— Eu sei que a imprensa pode ser um pouco difícil... mas, quando vi o seu vídeo, não pude resistir.

Naquele momento, ele poderia ter me filmado fazendo qualquer coisa, e teria lhe perdoado. Eu estava pateticamente fascinada.

— Bem — falei, tentando me recuperar. — É uma das suas melhores músicas. No fundo, posso até me sentir lisonjeada. — Hesitei, considerando. — Eventualmente.

— Ela ouviu *Dialects of the Unemployed* algumas milhões de vezes quando o CD foi lançado — disse Corey à Tim. — E criou séries de patinação para cada faixa. Acredite, ela ficou lisonjeada.

Acotovelei Corey no estômago.

— Eu estava tentando agir naturalmente!

— Você anda de patins?

— Sim — respondi, querendo falar sobre algo mais legal, como por exemplo talento para tocar ukelele... ou qualquer outra coisa. — Eu sei que patinar não está mais tão em alta desde os anos oitenta. E sejamos sinceros: não é uma década muito boa para servir de inspiração.

— Não sei, não... minhas calças de couro apertadas estão na moda.

Houve um momento de choque no qual Corey e eu somente o encaramos com horror antes de Tim começar a gargalhar.

— Estou brincando.

— Ah, graças a Deus, porque duvido que até você conseguisse ficar bem com aquilo — disse Corey enquanto analisava o físico de Tim. Pode ter sido a minha imaginação, mas acho que senti uma tensão no ar que não tinha nada a ver com constrangimento. Corey parou de pensar rapidamente no que quer que estivesse pensando e sorriu. — Sem contar que alguém ainda pode acabar jogando tinta vermelha em você por usar couro.

— Não seria a coisa mais estranha que já atiraram em mim — admitiu Tim. — Normalmente são sutiãs de, hmm, fãs muito devotas. Mas uma vez eu estava no meio de "Better Off Broken" quando alguém atirou um pepino. Não me atingiu, mas foi por pouco.

— E também teve aquela placa de "Case Comigo, Timothy" que derrubou o pedestal do microfone — contou Dominic. — Aquilo foi inesquecível.

— E lembra quando a melancia explodiu? Mas normalmente são só garrafas d'água e roupas íntimas — comentou Chris, com a maior parte da atenção voltada para o Wii. Jane marcou outro ponto. — Droga. Você é realmente muito boa nisso.

Jane sorriu satisfeita, como se fosse elogiada todos os dias pelo baterista de uma banda de rock.

— Obrigada. Você deveria me ver jogando *Robot Unicorn Attack*.

Jane costuma se gabar de suas habilidades com jogos aleatórios de computador. A maioria das pessoas considera isso coisa de nerd. Eu acho legal.

Não era para ter dado certo: três estudantes chatos de ensino médio (tirando a minha breve fama, eu continuava bastante entediante) não deveriam ter se dado tão bem com um trio de estrelas do rock, mesmo de idades bem próximas. A princípio, eu estava esperando um encontro bem rápido seguido por sermos expulsos do local. Em vez disso, Dominic estava dizendo a Jane que daria uma surra nela mais tarde no boliche do Wii, como se fosse certo de que os encontraríamos depois do evento. Tim até gravou os nossos telefones em seu celular caso não conseguíssemos encontrá-los na loucura do pós-show. Sim: uma das minhas bandas de rock preferidas tinha o meu número de telefone.

E o show de verdade nem havia começado.

Capítulo 20

O ReadySet sabe muito bem como fazer um show incrível. Corey, Jane e eu estávamos nas coxias curtindo uma batida rápida e intensa. Até o ar parecia estremecer, e nem sequer estávamos na multidão. Sem empurra-empurra, cotoveladas no estômago ou claustrofobia. Somente eu, meus dois melhores amigos e uma banda sensacional que sorria para a gente entre as músicas... embora talvez estivessem apenas rindo das nossas dancinhas idiotas. De qualquer forma, adorei tudo.

Eu havia acabado de tomar um gole de água quando Tim começou a falar ao microfone.

— E aí, Portland, como estão?

Os gritos que ecoaram deixaram óbvio que estavam todos se divertindo.

Tim estava suado por conta de toda a cantoria e do calor insuportável emitido pelas luzes do palco, mas ainda assim parecia um deus grego — caso os deuses usassem jeans, camisas xadrez e tocassem guitarra.

— Então, nós lançamos o nosso CD *Good to Go* mês passado...

Ele teve que fazer uma pausa por conta dos berros da multidão.

— Obrigado. E acabamos de filmar um clipe para "Going Down" que tem a, hm, *participação* da Mackenzie Wellesley. Todos vocês assistiram, não é?

A resposta acalorada e os berros fizeram com que todos os meus músculos ficassem tensos. Eu estava sonhando. Tim não poderia estar a ponto de fazer alguma piada sobre mim *no palco*. Ele parecera tão legal até alguns minutos antes!

— É, é um vídeo engraçado. Mas eu passei um tempo com ela nos bastidores e tenho que dizer: não acho que a imprensa tenha sido justa com ela.

Fechei os olhos. Meu deus, ele ia dizer: "Ela é ainda mais esquisita do que o YouTube mostrou. Essa garota é uma aberração!" E, então, eu teria que me encolher em uma bolinha e morrer. Talvez eu tivesse sorte e um refletor do palco caísse na minha cabeça.

— Ela não é nem um pouco esquisita, na verdade. Ela é incrível.

Minha cabeça ficou confusa.

— O quê? — perguntei, surpresa, para os meus amigos igualmente surpresos. — Ele acabou de dizer que sou *incrível*?

Pulei ao sentir uma dor rápida no braço.

— Ai!

Olhei para Corey, que tinha me beliscado. Com força.

— Definitivamente não é um sonho.

— Então gostaríamos de chamar Mackenzie Wellesley ao palco para curtir com a gente a sua música.

Ele sorriu e ficou mais ainda parecido com Apolo.

— Ah, não! Não. Não — balbuciei freneticamente. — Isso não está acontecendo.

Parei de olhar para ele, fitei o mar de rostos... e entrei em pânico. Eu não podia andar no palco na frente de todo mundo! Não com todas aquelas pessoas me examinando de cima a baixo e me *encarando*. Os aplausos da multidão aumentaram — e eu estava ferrada.

Não tive escolha. Corey segurou o meu braço enquanto eu estava paralisada na entrada do palco.
— O quê? Não! Espere, O QUÊ?
E ele me empurrou para fora das cortinas.

A plateia riu enquanto eu cambaleava nos primeiros passos com os meus sapatos de salto alto, que haviam oficialmente começado a me apertar e machucar. Eu realmente gostaria que meus amigos fossem mais do tipo que dão apoio quietos do que do tipo vamos-jogá-la-aos-leões. Meu corpo inteiro estava tremendo, e eu podia sentir minhas pernas balançando como um avião passando por uma grave turbulência. Fiz o meu melhor tentando me concentrar apenas no rosto de Tim, em seus olhos azuis brilhantes, e não nas pessoas que estavam atrás dele.

Dominic começou a tocar uma batida enquanto eu caminhava, algo lento e levemente sexy. Aquilo me distraiu o suficiente para que eu o encarasse e visse um sorriso convencido e satisfeito que não ajudou em nada a me acalmar. Ele me fez sorrir ao piscar para mim, me encorajando.

— Um, dois, três — contou Tim, e a banda começou a tocar.

Eu não tinha ideia alguma do que deveria fazer.

Bem ao meu lado, Tim cantava o verso "Você caiu como uma garota através do espelho", e percebi que me sentia como Alice no País das Maravilhas. Estava em um mundo totalmente novo, constantemente alternando entre nerd e famosa e de volta ao status de perdedora antes de ser atirada mais uma vez à popularidade. E as pessoas na minha vida? É, eu tinha um monte de Coelhos Brancos correndo por aí, como meu irmão. Só que, em vez de gritar "Eu estou atrasado! Eu estou atrasado!", ele dizia coisas como "Está no YouTube! Está no YouTube!". E, assim que começava a pensar *hmm, talvez eu esteja dando conta da situação*, era mais uma vez lançada aos refletores.

Fiquei ali. No palco. Sem me mexer. Por dentro, estava gritando, *Dance, Mackenzie! Se sacode. Faça* alguma coisa! Mas não conseguia fazer o menor movimento. É sério. Tim estava cantando para mim, a multidão gritando, tentando me encorajar, e toda aquela atenção me fazia enrubescer. Eu ainda estava lá, parada feito uma idiota, quando Corey veio em meu socorro — o que foi justo, uma vez que havia sido culpa dele o meu estado. Entrou no palco e me girou em seus braços. Nunca me senti tão agradecida por ver um rosto conhecido.

Corey e eu fizemos algumas aulas de tango argentino com Jane e tivemos que sair dois meses depois porque o professor era um esquisitão que fazia piadas sobre encontros com meninas adolescentes. Nunca pensei que aquelas aulas poderiam, de fato, vir a calhar. Corey me convencera a ir com uma promessa que seria uma boa atividade para adicionar ao meu currículo.

Jamais imaginei que dançaria *tango* em um show. Ele me guiou por uma série de movimentos com a música tocando ao fundo. Meu corpo obedeceu automaticamente, e eu podia ouvir a multidão vibrando enquanto dançávamos. Os batimentos cardíacos de Corey estavam acelerados, mas em vez de entrar em pânico, ele me conduziu em uma suave inclinação. Eu estava olhando em seus olhos e retribuindo seu sorriso contagioso enquanto alguns milhares de fãs nos assistiam. Então, de repente, o mundo se estreitou e eu fui rodopiada para longe de seus braços, em direção aos de Tim.

Lá estava eu, imprensada contra um verdadeiro astro do rock quando ele cantava a *minha* música, como se só houvesse nós dois no mundo. E quando ele inclinou o microfone na minha direção, não hesitei em cantar. Tudo bem, eu nunca participaria do *American Idol*, mas minha voz não era tão ruim. Certa vez, Jane disse que era abafada demais, porém aquilo foi há muitos anos, e acho que ela estava com ciúmes porque não conseguia acertar uma nota nem que sua vida dependesse disso.

Vi os olhos de Tim se arregalarem em surpresa e me focarem com mais intensidade à medida que me abraçava com mais força. Tudo ao meu redor parecia indistinto e borrado nas extremidades. Aquelas luzes de palco não eram brincadeira: eu estava praticamente cega e podia sentir o suor escorrendo pelas minhas costas de uma forma não muito agradável. Senti-me grata por Corey ter me obrigado a usar uma roupa que deixasse minha pele mais à mostra, pois estava tão quente que esperava ver fumaça emanando do meu corpo em ondas de vapor.

Contudo, me concentrei na música, dando o melhor de mim, quando chegamos aos versos:

Você disse que não há mal em se perguntar.
Você disse que daria apenas uma olhada,
E você disse, não seja tão certinho.
Você disse, você pode aterrissar sobre seus pés.
Mas ambos sabemos agora,
Que tinha de aprender de alguma forma.
Alice, querida, as coisas nos espelhos não são o que parecem.
Pare de arriscar tudo em um dos seus planos absurdos.

Aquilo soava legal. Muito legal. Não faço ideia de como ele consegue, mas Tim torna até alusões a contos de fadas provocativas e vagamente obscuras. O verso sobre arriscar tudo em planos absurdos? É, me fez hesitar, porque a música era minha em mais de um sentido. Estava arriscando a minha vida. Minha vida perfeitamente ordenada, cruelmente organizada estava em perigo.

E por razões que não seria capaz de explicar, eu continuava a colocando em risco. *Eu* tinha aparecido na escola usando jeans de marca, *eu* tinha ido aos bastidores de um show do ReadySet. *Eu* comecei a cantar no palco. Claro, havia sido empurrada, incitada e cutucada durante todo o percurso: mas havia feito tudo isso por conta própria.

Provavelmente merecia outro olhar de reprovação de Jane, do tipo "Ah, Kenzie", também.

Por um momento, não consegui decidir o que era mais aterrorizante: que eu estava — mais uma vez — me colocando sob os olhares atentos da mídia ou que não parecia dar a mínima para isso.

De qualquer forma, havia definitivamente caído na toca do coelho.

Capítulo 21

Se você estiver esperando por fofocas sobre o show do Ready-Set, vai ficar desapontado. Depois de ter a minha privacidade violada, consigo enxergar o motivo das celebridades detestarem tanto os paparazzi. Pessoas famosas podem até entender que fofoca é um subproduto do que fazem, mas isso não a torna menos invasiva ou irritante.

Então, apesar Tim, Dominic e Chris não terem andado por aí exibindo seus anéis de pureza depois do show, a mídia os representou como pessoas bem mais intensas do que verdadeiramente eram. Eles pareceram satisfeitos em passar um tempo com Corey, Jane e eu após tomarem seus banhos e terem vestido as roupas limpas em seu trailer. Nós três não bebemos nada. Corey não podia, já que era nosso motorista, e Jane e eu estávamos satisfeitas com nossas Cocas. Não foi grande coisa quando dissemos "não" ao nos oferecerem cerveja. No entanto, isso trouxe à tona o assunto "idades".

— Então, quantos anos vocês têm? — perguntou Tim em tom especulativo.

— Corey tem dezoito anos, eu tenho dezessete, e Jane, dezesseis... mas estamos todos na mesma turma.

— Têm uma diferença boa para estarem no mesmo ano — comentou Dominic.

— Eu entrei um ano atrasado na escola — disse Corey de forma casual, como se aquilo não o aborrecesse. — Meus pais leram um estudo sobre garotos se darem melhor academicamente quando atrasados um ano no jardim da infância — explicou, dando de ombros. — Não é tão ruim assim. É claro, fiquei preso a essas duas — brincou, gesticulando para Jane e eu. — Mas poderia ser pior.

— E você? — perguntou Chris a Jane, e pude notar que ela ficou lisonjeada por ele ter-lhe feito uma pergunta. Obviamente, Jane também vai se sentir grata se você disser a ela que ficou impressionado com suas habilidades no Wii. Ela é fácil de agradar.

— Sou um pouco nova para estar no ano em que estou. Mas ninguém repara nisso na escola, já que Kenzie e eu ficamos nas mesmas turmas desde, o quê, o segundo ano?

Assenti.

— Sim, desde o ensino fundamental.

Ela emitiu um som de lamentação, e não pude evitar sorrir. As experiências que Jane tivera no ensino fundamental não haviam sido boas, assim como as minhas. Nenhuma de nós nadava em nostalgia quando pensávamos em "tempos mais simples".

— Nem me lembre!

Aquilo captou instantaneamente a atenção de todos.

— O que aconteceu? — perguntou Chris, curioso.

Jane não parecia saber como responder àquela pergunta, então intercedi.

— O sobrenome de Jane é Smith; logo, Jane Smith. E como a nossa cidade é *fissurada* em nomear coisas usando o Smith da *outra* família, ela costumava ser alvo de várias piadinhas idiotas. As crianças faziam graça com todas as partes de seu nome. Foi assim que nos tornamos amigas, na verdade.

— Eu estava prestes a chorar — complementou Jane. Agora que havia quebrado o clima de constrangimento, ela estava bem para dar continuidade à história. — Alguns garotos estavam me perturbando durante o recreio. Ficavam dizendo "Você, Jane. Eu, Tarzan" — contou com um sorriso. — Aquilo realmente me incomodava quando era menor. De qualquer forma, Kenzie foi para cima deles com um olhar letal e disse "Ela é Jane, você é idiota".

Tim me lançou mais um de seus sorrisos que deveriam vir com uma placa dizendo: Pode Causar Falência Cardíaca em Garotas Normais.

— Foi corajoso da sua parte.

— Sim, b-bem — gaguejei —, tenho sido uma banana desde aquela época.

Corey bufou.

— Certo. Foi por isso que atacou Alex Thompson quando ele empurrou você no refeitório: para provar sua covardia — disse ele. O sarcasmo pingava de sua língua. — E eu achando que você estava se defendendo.

Ele me pegou ali... e aquele fato me fez sentir estranhamente bem. Eu *realmente* estivera me defendendo no refeitório, contra um imbecil com quase vinte quilos de músculos a mais do que eu.

Mas não queria que aquilo fosse mencionado na frente dos garotos do ReadySet.

— Tem gente causando problemas para vocês? — perguntou Tim. Seu tom de voz era casual, mas seus olhos não se desviavam dos de Corey.

— Só uma implicância leve — respondi rapidamente. — Nada muito sério. Aliás, obrigada por tudo que disse hoje à noite. Você sabe, sobre eu ser... hmm, incrível.

Dominic olhou para mim com satisfação.

— Você mandou bem lá no palco — disse ele.

Chris concordou.

— Já pensou em cantar?

Quase engasguei com a minha Coca.

— Eu? Não. Ah, não. Eu pertenço mais aos bastidores do que ao palco.

— E você? — perguntou Tim a Jane.

— Eu canto — respondeu ela, com um grande sorriso no rosto. — Até as pessoas começarem a me ameaçar com mordaças.

— Você consegue cantar bem alto — disse Corey, batendo seu pé no dela de forma carinhosa. — Só não acerta as notas. Continua sendo a campeã de boliche no Wii mesmo.

Não fomos embora até uma e meia da madrugada, quando todos os garotos (Dominic contra a sua vontade) concordaram que Jane era a Rainha do Wii. Se não fosse um dia de semana, teríamos ficado por mais tempo. Tentei me lembrar da última vez em que me divertira tanto com pessoas que não eram Jane e Corey. Correr dos paparazzi, me esconder na Victoria's Secret e patinar no gelo com Logan foram momentos que vieram à minha cabeça — mas só porque eu estava extremamente exausta do show. Quase dormi no carro de Corey e, podia dizer, pelo jeito preguiçoso como folheava um dos livros que sempre carregava consigo, que Jane também estava prestes a desmoronar.

Portanto, não tive chance de me estender ao falar sobre os momentos em que estive no palco ou imaginar como seria a escola no dia seguinte. Somente fui para o meu quarto, me enfiei debaixo das cobertas e dormi como se tivesse morrido.

Acordei atrasada. *Muito* atrasada. Pensei, ainda grogue, que deveria não ter escutado o alarme tocar, enquanto corria pelo quarto pegando livros, papéis espalhados e o dever de casa, ao mesmo tempo em que vestia o meu jeans.

Invadi a cozinha parecendo, sinceramente, o capeta. Havia esquecido de retirar a maquiagem na noite anterior e agora estava parecida com um monstro. Meu frenesi de pânico havia adicionado uma leve camada de suor ao meu rosto pálido e olhos cansados e borrados de preto por conta do delineador. Mas a minha mãe não comentou sobre a minha aparência. Apenas se sentou à mesa do café da manhã enquanto eu tentava pegar alguns enroladinhos de framboesa para comer no caminho.

— Ah, que bom — disse ela calmamente. — Você levantou. Agora sente-se que vou preparar um café da manhã de verdade. Precisamos conversar.

— Não posso, mãe! — retruquei, me sentindo menos Alice no País das Maravilhas e mais Coelho Branco. — Estou atrasada!

— Eu sei, querida. E vai ficar mais um pouco. Agora se sente.

Não há como discutir com a minha mãe quando ela sabe o que quer. Sentei.

— Então, como foi o show? — perguntou ao pegar alguns ovos na geladeira.

Esfreguei os olhos, espalhando um pouco mais do que sobrou do meu rímel.

— Foi ótimo, mãe — respondi. E, por ela estar fazendo comida de verdade para mim, decidi dar uma resposta mais elaborada. — Conhecemos a banda, e então Jane venceu todos eles no Wii. Eu me diverti bastante.

Aquilo tinha sido esquisito; celebridades deveriam ser como os Notáveis, só que drogados, e não como... bem, pessoas normais.

— Fico feliz em saber, docinho.

Olhei desconfiada para ela. Minha mãe gosta de palavras de afeto, mas é raro que use "querida" e "docinho" consecutivamente.

— Tem alguma coisa que, hmm, eu deva saber? — perguntei.

— Estava prestes a lhe perguntar a mesma coisa — disse. Ela colocou algumas torradas em um prato. — Abra o jornal, lindinha.

Ops. De "docinho" para "lindinha". Jamais um bom sinal.

Passei as páginas do jornal da manhã e engasguei. Minha foto olhava direto para mim; meu rosto parecia concentrado enquanto estudava um livro. Um dos meus colegas de classe devia ter conseguido vender uma das fotos que tiraram de mim durante a aula. Era exasperador me ver com a guarda tão baixa.

No entanto, o que estava escrito na manchete principal me arrebatou. Gritava: O Novo e Excitante Romance Entre Mackenzie Wellesley e Timothy Goff! Logo abaixo, havia uma série de fotografias, a primeira me mostrava colada a Tim enquanto cantávamos ao microfone. Instantaneamente comecei a ler a matéria.

> Mackenzie Wellesley, 17, pode ter passado de uma garota qualquer sem graça a famosa em menos de uma semana por conta de um vídeo no YouTube, mas ela não parece ter encontrado problema algum em se ajustar a uma vida agitada... ou em chamar atenção do músico mais badalado do momento. Na noite passada, no Rose Garden, em Portland, Mackenzie demonstrou seu talento para performances ao dançar uma coreografia perfeita e soltar a voz lindamente. Mesmo já tendo sido considerada tímida em frente às câmeras, essa jovem ingênua parece estar pronta para os holofotes com seu novo namorado. Mas será que a atenção já subiu à sua cabeça? Uma fonte próxima, que prefere não se identificar, diz: "Mackenzie está traçando um caminho perigoso. Está apenas interessada em Timothy Goff para escalar a pirâmide social. Ela vai trocá-lo da mesma forma que troca suas roupas de marca."

A senhorita Wellesley certamente parece ter capturado a atenção do senhor Goff. Apenas dois dias atrás, questionou "Que vida amorosa?", mas esta foto nos mostra um cenário completamente diferente. A mesma fonte próxima também disse: "Acho que as táticas óbvias de Mackenzie para perseguir garotos fazem dela um exemplo ruim para as demais. Ela só vai acabar magoando Timothy Goff — e vários outros garotos — durante esse processo. Seus pais deveriam tê-la ensinado o valor de um pouco de respeito próprio."

Oriunda de uma família instável, a senhorita Wellesley talvez deva considerar estreitar os laços com seu pai antes que o real motivo pelo qual o astro de rock adolescente Timothy Goff a considera "incrível" seja revelado. Talvez seu jeito sensacional de cantar não tenha sido a única coisa digna de palmas na noite passada. No momento, o assessor de Goff preferiu não confirmar nem desmentir o romance entre os dois.

— Mãe — balbuciei. Mal conseguia falar. — Não fiz isso. Você sabe que não sou nenhum tipo de... de vagabunda que fica correndo atrás de garotos e status — protestei. Esfreguei os olhos novamente. — Não posso acreditar nisso. Nunca beijei ninguém, mas agora tenho que ficar assegurando todo mundo de que não sou uma vadia que sai por aí se agarrando com astros do rock.

— Olha a boca, Mackenzie — alertou. Minha mãe não tolera linguagem inapropriada para maiores de treze anos.

— Tudo bem. Você sabe que não sou sexualmente promíscua.

Ela sorriu, e senti alguns nós no meu estômago se desfazerem. Minha mãe tinha o dom de me acalmar.

— Sim, eu sei. Querida, goste ou não, as pessoas vão comentar. Vão mentir, e você vai precisar ignorá-las. Criei uma jovem esperta e independente, não quero que esse tipo de coisa deixe você chateada. Agora, coma seus ovos.

Espetei uma garfada.

— Obrigada, mãe.

Ela se juntou a mim para o café da manhã e olhou sabiamente para os meus olhos. Era quase assustador o jeito como conseguia saber no que eu estava pensando.

— Confio em você em relação a garotos, Mackenzie. O que precisamos discutir é a última parte da matéria.

Olhei para ela sem reação.

— O show? Mãe, foi algo impulsivo que só aconteceu porque Corey me empurrou para o palco.

— Não estou falando disso, embora quisesse ter visto a cena. Você sempre teve uma voz adorável. Realmente não deveria ter se escondido durante todas as apresentações do coral no ensino fundamental...

— Então, o que é? — Interrompi antes que ela me forçasse a entrar para o coral da comunidade.

— A parte sobre o seu pai.

Fiquei tão tensa que parecia que havia sido eletrocutada. Minha mãe e eu não conversamos sobre o meu pai. Nunca. Não há nada a ser dito. De acordo com o que Dylan e eu pensávamos, ele não existia. E preferíamos assim.

— O que tem ele?

— Querida, ele... bem, ele telefonou.

Os ovos que estavam deliciosos até alguns segundos atrás chegaram podres ao meu estômago e se transformaram em cimento.

— Ele... ele falou com você. Quando?

— Hoje mais cedo. Foi por isso que desliguei o alarme e deixei você descansar.

Ela passou a mão no meu cabelo, de um jeito reconfortante e gentil. Exatamente como fizera havia doze anos e cinco meses, quando ele nos deixou. Eu me senti enjoada.

— Ah, sim — falei, tentando soar como se não fosse grande coisa ele entrar em contato conosco de outra forma que não através das pensões alimentícias. — O que ele queria?

— Ele disse — respondeu ela, levantando-se para limpar os pratos, um tique nervoso que minha mãe tinha e que aparecia todas as vezes que ficava preocupada —, ele disse que quer falar com você.

Absorvi o recado.

— E o Dylan?

Minha mãe olhou para mim, inexpressiva.

— O que tem ele?

E acho que isso dizia tudo. É claro que meu pai não havia perguntado sobre Dylan. Não teria telefonado se não fosse pela minha fama recente. É assim que as coisas funcionam com ele.

Assenti.

— Então... é isso. Ele simplesmente ligou e disse... o quê? Depois de doze anos ele quer bater um papo?

Minha mãe retorcia os dedos, nervosa.

— Ele está... hmm, preocupado com esse lance da imprensa.

— Ah, eu sei — respondi, sem conseguir mais esconder a amargura. — Posso ser uma vagabunda contanto que ele nunca leia sobre isso nos jornais.

— Olha o palavreado, Mackenzie!

— Sério, mãe? Dizer "sexualmente promíscua" não altera nada!

Ela ficou imóvel, e eu sabia que seria idiota da minha parte tentar ir contra sua Política de Linguagem.

— A maneira como nos expressamos é importante, Mackenzie. Agora, sei que você está chateada — disse ela. Estendeu a mão para afagar meus cabelos mais uma vez. — E não tem que falar nada com ele. Você não tem obrigação alguma em relação a isso, mas tem o direito de saber que ele telefonou.

Eu tinha que fazer alguma coisa, então peguei um copo de suco de laranja e me sentei em silêncio.

— Tudo bem — falei, finalmente. — Não vou retornar a ligação. Desculpa por ter perdido a cabeça.

— Ah, querida. — Ela me abraçou, e a deixei me segurar. Precisava de contato físico tanto quanto eu. Levantou o meu queixo para que eu olhasse em seus olhos. — Eu me preocupo com você. Seu dever é ser uma adolescente. Vejo o quanto tenta fazer as coisas com perfeição e gostaria que não se sentisse obrigada a agir assim. — Ela esfregou os meus ombros. — Está tudo bem se decidir tirar ocasionalmente um dia para relaxar. Não vou amar menos você se as suas notas nas provas não forem perfeitas.

Eu estava pateticamente próxima de chorar.

— Mãe — disse, bem devagar. — Tudo seria diferente se não fosse por minha causa. Se eu não tivesse tropeçado durante aquele recital estúpido de balé, você não teria descoberto que o papai estava sendo infiel. Ele poderia estar aqui agora. Poderia não ter nos deixado...

Os dedos da minha mãe afundaram dolorosamente em meus ombros à medida que ela os apertava.

— Se você não tivesse tropeçado durante aquele recital, talvez eu não tivesse descoberto... naquele momento. Mas acho que descobriria eventualmente. Isso não mudaria quem ele é, querida. Eu sou muito *grata* por você ter tropeçado naquele dia.

Olhei para ela, incrédula.

— Você é?

— Sim! — exclamou, rindo. — Aquilo me forçou a reexaminar o meu casamento. E se pudesse voltar no tempo, ainda assim, não mudaria nada. Tive você e Dylan no meio daquela bagunça... e vocês são as melhores coisas que já me aconteceram.

Senti lágrimas correrem pelo meu rosto, lenta, mas firmemente, e não fiz o menor esforço para secá-las.

— Sem arrependimentos?

— Nenhum. — Ela bagunçou meu cabelo. — Por que não toma um banho enquanto dou uma olhada no seu guarda-roupa? Depois vou dar uma carona a você até a escola.

Sorri para ela.

— Eu amo você, mãe.

— Ah, querida. Eu também amo você.

Capítulo 22

Consegui chegar à escola no horário de almoço. Minha mãe me fizera desfilar algumas peças novas do meu guarda-roupa enquanto separava alguns vestidos que oferecera guardar em seu armário por um tempo. Foi divertido fazer coisas de menina com ela. Especialmente quando insistiu em fazermos as unhas uma da outra, mãos e pés. Eu sabia que a conversa que tivemos sobre o meu pai continuava passando por sua cabeça, mas ela não mencionou nada.

— Ah, querida! — exclamou, quando finalmente saí do meu quarto usando meu jeans da Forever 21 e blusa baby look e caminhamos até o carro. — Você está maravilhosa!

— Obrigada por tudo isso, mãe. Inclusive pela conversa. Embora eu ache que nunca mais deva desligar o meu alarme.

— Combinado. — Ela deslizou suavemente para o banco do motorista.

— Então... você teve que faltar ao trabalho hoje por causa disso?

— Não. — Ligou o pisca-alerta. — Meu turno de sexta-feira só começa às três, lembra?

Não tinha me lembrado, e foi um alívio saber que não a prejudicara. Talvez não houvesse a necessidade de me preocupar com ela, mas não consigo evitar. É como eu sou.

— Tem algum plano para hoje à noite?

— Tenho que dar aula para o Logan e, provavelmente, tentar pegar a matéria das aulas que perdi.

Ela sorriu.

— Eu a teria deixado em casa, mas você entraria em pânico se perdesse o dia inteiro de escola.

Concordei.

— Sou viciada em fazer anotações sobre as matérias. Acho que isso me torna uma pessoa neurótica e obsessiva.

— Isso a torna dedicada — disse ela, firmemente. — Apenas me informe caso seus planos mudem.

— Está bem. — Fui direto ao refeitório para encontrar Corey e Jane.

O que eu não esperava era encontrar os meus dois melhores amigos contando a um grupo enorme de calouras sobre o show do ReadySet. Melanie e Rachel estavam lá com algumas colegas. Nossa mesa parecia bem mais interessante do que a dos Notáveis. Coisa da qual Chelsea Halloway provavelmente não estava gostando.

Minha entrada causou uma comoção que ecoou pelo refeitório inteiro.

— Mackenzie! Estávamos falando sobre o show de ontem à noite — disse Melanie, apressando-se para abrir espaço para mim. — Tem um vídeo com você cantando no YouTube. Você foi incrível!

Que beleza. Outro vídeo meu no YouTube era tudo de que eu precisava.

— Obrigada — agradeci. Eu não pensava que ela estava se aproveitando de mim só porque havia ficado famosa. Mas no final das contas, o que eu sabia sobre isso? Talvez todas estivessem esperando que as conseguisse bolsas de marca.

Não precisei dizer mais nada, porque foi aí que algo sem precedentes aconteceu no refeitório da Smith High School.

Chelsea se levantou — escoltada por Falsificada, Cozida e Patrick — e cruzou a lanchonete para ficar diante da mesa dos Invisíveis. Parecia um movimento bem planejado de xadrez: Rainha para K2.

— E aí, Mackenzie! — disse ela, como se fôssemos melhores amigas que compartilham de tudo, desde gloss labial a fofocas.

— Ahn... oi — respondi. Tentei cumprimentar os quatro assim. Patrick me olhava de um jeito intenso, como se tentasse memorizar cada traço meu. Meu coração acelerou e minhas bochechas coraram enquanto eu dizia ao meu lado romântico que ele não se dava conta de quão perfeito seríamos se ficássemos juntos NAQUELE MOMENTO!

— Tenho que sair daqui a pouco — disse Chelsea, acenando com a mão elegantemente como se eu tivesse pedido que ficasse e ela precisasse negar de forma majestosa. — Mas adorei suas roupas novas!

— Realmente adoráveis — acrescentou Falsificada, com uma voz que soava completamente, bem, falsa.

Mal pude resistir ao ímpeto nervoso de puxar minha blusa. Regra número um de combate: não mostrar fraqueza.

— Obrigada — agradeci. Esperava que as pessoas parassem de me elogiar para que eu pudesse desfrutar de uma conversa amigável. — Vocês também estão bonitas — retribuí, mas parei de falar antes que pudesse adicionar a frase "como sempre".

— Ah — Chelsea deu uma risadinha e jogou seus cabelos longos e sedosos para trás. — Bondade sua. Então, nós nos veremos na festa do Spencer hoje à noite? Ele mencionou alguma coisa sobre convidar você.

Eu mal conseguia manter a boca fechada ao olhar para ela.

— Ahn, eu realmente não sei nada sobre isso.

— Bem, você tem estado bastante ocupada com celebridades.

— Soltou mais um de seus risinhos perfeitos, me dando arrepios.

— Hoje às nove, certo? — Ela não esperou que eu respondesse.

— Ótimo! Então, até lá.

Falsificada e Cozida a seguiram para fora do refeitório e me deixaram em uma mesa silenciosa com o garoto de quem eu gosto desde, sei lá... SEMPRE!

— Quer se juntar a nós? — perguntei a ele desajeitadamente.

Patrick passou uma das mãos em sua franja macia e louro escura, afastando-a dos olhos castanhos cor de chocolate, e se sentou bem ao meu lado.

— É claro — sussurrou.

Olhei para Corey e Jane em uma tentativa de manter meus hormônios sob controle.

— Então. — Corey tentou quebrar o silêncio constrangedor que havia tomado conta da mesa. — Quem acha que aquilo foi um convite aberto ou somente para a Mackenzie?

Revirei os olhos.

— É claro que não foi só para mim. Seria muita falta de educação convidar somente a mim na frente de outras pessoas. Vocês devem estar incluídos — falei, olhando para Patrick em busca de uma confirmação. — Certo?

— Bem — respondeu ele, como se eu tivesse perguntado sobre o produto de maior exportação da Índia (têxteis). — Spencer sempre dá festas enormes, então... acho que ninguém vai perceber.

Não era exatamente o convite caloroso que eu estava esperando. Na verdade, soou como "Invisíveis serão tolerados se continuarem Invisíveis". Mas acho que foi o suficiente para deixar

Melanie, Rachel e as outras meninas animadas. Elas instantaneamente começaram a conversar sobre que tipo de roupa um evento social daquele porte pedia.

Olhei para Corey e Jane.

— Vocês dois vão comigo, certo?

Jane olhou para mim como se eu tivesse ficado louca.

— Claro. Vou até pegar um jatinho para a França enquanto estiver na festa! Ir a um show em uma noite e a uma festa na seguinte não vai me prejudicar nem um pouco nos estudos, no emprego ou em nada do gênero.

Ela é ainda mais rigorosa do que eu quando se trata desse tipo de coisa.

Corey somente deu de ombros.

— Por mim, tudo bem.

De nós três, Corey é quem tem mais liberdade para fazer o que bem entende. O fato de seus pais concordarem com uma política liberal de educação ajuda bastante. Desde que não traiam sua confiança, permitem que Corey e suas irmãs façam o que der na telha. Eles são incríveis assim. Fiquei surpresa quando seus pais o deixaram dormir na minha casa. Ele não deu muita importância quando mencionei isso. Aparentemente, quando contou para eles que era gay, os pais compraram na hora umas camisetas on-line... mesmo que Forest Grove não fosse o local mais seguro para se usar algo com os dizeres "apoiador heterossexual dos direitos dos Gays".

— Se você for, estarei lá — disse Patrick, de forma carinhosa. E parei de respirar. Porque quão romântico era isso?!

— Então acho que terei que ir.

Sim, eu flertei! E nem me fiz passar por idiota!

Patrick estava prestes a me dizer alguma coisa adorável (eu podia afirmar que seria) quando alguém atrás de mim o distraiu.

— Ah. Oi, Logan.

Logan acenou com a cabeça de um jeito simpático para Patrick antes de se virar para Corey.

— Vi seus passos de dança no show. Impressionantes.

Corey retribuiu o sorriso.

— Aquilo não foi nada. Você deveria ver nós três quando estamos hiperativos depois de comer muito açúcar e assistir a vários episódios de *Glee*.

Ele riu e sentou-se ao lado de Jane.

— Não vi você no palco.

— Corey não foi ágil o suficiente para empurrar nós duas. Prefiro executar meus passos em particular.

— Mackenzie foi incrível — disse Patrick, do nada, quebrando totalmente o fluxo da conversa.

Logan ergueu uma das sobrancelhas como se tivesse acabado de notar a minha presença.

— Ah, é, a Mack foi bem.

Aquilo foi tudo o que ele disse para mim antes de se apresentar para Melanie, Rachel e as outras calouras. E eu estava estranhamente grata por ele não ter feito do show uma grande coisa. Talvez, se eu fosse Chelsea, amaria ser o centro das atenções... mas não é assim que funciono. Especialmente porque, se eu for a principal, significa que os meus amigos estão apenas de coadjuvantes.

As calouras ficaram instantaneamente interessadas em Logan, e eu não podia exatamente culpá-las. Ele nem precisa se esforçar. E eu não podia evitar admirar a forma como conseguia fazer as pessoas conversarem e depois relaxava, deixando o papo fluir. Se aquilo era uma habilidade que sua dislexia o forçara a aprimorar, eu diria que fora uma troca justa.

— Tenho que ir — disse Patrick, interrompendo uma história sobre a tia louca de Melanie. Olhei para o relógio. Ainda tínhamos quinze minutos do horário de almoço, e eu não sabia o motivo de tanta pressa. Talvez ele tivesse que conversar sobre algum trabalho com um professor.

— Ah, tá — respondi feito uma idiota. — Vejo você mais tarde.

— Mal posso esperar.

Então foi embora, e eu fiquei para trás imaginando se, talvez, só talvez, aquelas minhas fantasias pudessem se tornar realidade.

Capítulo 23

Bem, isso foi interessante. Sempre posso contar com Corey para fazer um comentário quando espero que algo passe despercebido. Patrick podia ter deixado a mesa, mas Logan ainda estava *bem ali*. Lancei um olhar fulminante a Corey, que o ignorou solenemente.

— Quero dizer, aquele cara *jamais* se dignou a sentar conosco.

Ele havia desaprovado a presença de Patrick, e notei que trocara olhares com Jane e Logan. Tudo parecia conspiração demais para o meu gosto. Principalmente porque não estava fazendo parte do círculo de confiança.

Dei de ombros.

— Tem sido uma semana cheia de "primeiras vezes".

Meu celular tocou, interrompendo a resposta de Corey.

— Salva pelo toque — disse, sorrindo ao atender o telefone.

— Alô?

— Oi, Mackenzie. É o Tim.

E me deu um branco. Permaneci ali, sentada, pensando se conhecia alguém com aquele nome. Se algum "Tim" da escola quisesse falar comigo, por que não vinha até a mesa? A não ser que fosse algum admirador maluco que havia dado um jeito de conseguir o meu número. Levando em consideração que meu Facebook havia explodido de tantas solicitações de amizade, não seria algo tão estranho.

— Tim — cochichei para Corey e Jane interrogativamente. E foi aí que me dei conta. *É claro*, Timothy Goff: astro de rock. Minha vida é insana.

— Oi, Tim. — Ajeitei-me na cadeira. — Tudo bem?

— Estou bem. É o seguinte, estamos de folga hoje à noite e... bem, voltamos para Los Angeles amanhã porque... vamos aparecer no programa da Ellen DeGeneres antes de gravar algumas faixas novas para o próximo álbum... — disse Tim. Eu podia ouvi-lo respirar de tão tenso que estava. — Estou fazendo tudo errado. Estava pensando se... você sabe se Corey está livre?

Eu não podia ter ficado mais surpresa, nem se Jane me atacasse com uma arma de eletrochoque.

— Livre? — repeti.

— Deus, eu não deveria estar fazendo isso assim. É patético. Daqui a pouco você vai me ver passando um bilhetinho para ele, perguntando o quanto gosta de mim, com três quadradinhos para marcar a melhor opção. Melhor a gente fingir que isso nunca aconteceu.

— Espera — falei, tentando digerir o tanto de informação que havia recebido.

— Sei que estou indo muito rápido, mas pensei que, como estou indo embora em breve, esse provavelmente seria o momento para uma tentativa. Mas estou dando uma bola fora, não estou? Ele deve estar saindo com alguém. Ai, meu deus, ele tem namorada!

— Bem, s-solteiro — gaguejei, ainda tentando processar o fato de que um astro do rock precisava da minha ajuda na vida amorosa. — Totalmente solteiro.

— Ah — disse ele. Isso o fez se calar por um instante. — Então, você acha que ele pode estar interessado...

— Acho que "interessado" é o subestimar o sentimento. — Sorri para Corey enquanto ele e Jane acompanhavam cada palavra que eu dizia.

— Sério? — perguntou Tim, em choque, aliviado e feliz. — Eu pensei que talvez ele fosse... mas não tinha certeza — completou. Houve uma pausa como se o que eu disser tivesse sido absorvido naquele momento. — Obrigado, Mackenzie. Eu tive uma sensação a seu respeito assim que nos conhecemos.

Eu ri.

— Teve? E que sensação foi essa?

— Que você é a típica garota que não sabe quão incrível realmente é.

— Ah, está me deixando sem graça — respondi, feliz de notar que as minhas bochechas estavam mais vermelhas do que quando Patrick flertara comigo.

Talvez porque eu soubesse que Tim não tinha segundas intenções e estava sendo sincero. Ele é bem mais famoso, talentoso, popular e rico do que eu. Então, quando diz que sou incrível, me faz pensar que talvez seja verdade.

O sinal da aula em cinco minutos soou.

— Ouça, eu preciso ir. Falo com você mais tarde, Tim.

Desliguei o telefone e vi todo mundo olhando para mim. Até Logan não parecia tão inabalável. Pensando bem, não é todo dia que você ouve uma nerd de carteirinha conversando com uma estrela do rock sobre seu melhor amigo solteiro.

No entanto, eu não deixaria Corey ou qualquer outra pessoa saber sobre o que Tim havia me perguntado. Corey merecia ouvir diretamente da pessoa envolvida, quando ela tomasse coragem para telefonar.

— Então, Mackenzie — disse Melanie, quebrando o silêncio.

— Você ainda vai à festa?

Pensei sobre o que a minha mãe me dissera durante o café da manhã... sobre eu precisar agir de acordo com a minha idade de vez em quando.

— Vou, sim — respondi. Tomada por uma ideia impulsiva, decidi segui-la. Sorri para Melanie, Rachel e as duas calouras, Isobel e Claire. — Se Corey não se importar em nos levar na festa, vocês estão mais do que convidadas para se arrumar na minha casa.

Corey assentiu enquanto eu rasgava um pedaço de papel do meu fichário e escrevia o meu número de celular e endereço. Entreguei a Melanie.

— Provavelmente vou precisar de vocês para evitar que me torne um desastre da moda — falei, brincando, mesmo sabendo dolorosamente que aquilo era mais do que possível de acontecer. Em seguida, peguei meus livros. — Logan, vejo você depois da aula para estudarmos.

— Encontro você no estacionamento — respondeu. Aquilo foi tudo o que ele disse antes de Spencer cumprimentá-lo e fazê-lo sumir na multidão.

Notei um suspiro de Isobel, e quase não pude evitar dizer "eu sei". Mesmo que uma vozinha na minha cabeça continuasse a gritar *mas ele é um NOTÁVEL*, isso não me impedia de perceber quão atraente era. Então, sim, eu conseguia entender o que ela estava sentindo.

Havia coisas demais acontecendo para que eu ficasse obcecada por um garoto. Na verdade, havia coisas demais acontecendo para que eu ficasse obcecada por *qualquer* garoto... com exceção de Patrick.

Jane puxou minha jaqueta antes que eu pudesse ir para a aula de política.

— Kenzie, você está bem, certo? Não precisamos nos preocupar contigo ou qualquer outra coisa, não é?

Meus amigos são os melhores.

— Não se preocupe — respondi. — Tenho tudo sob controle.

Tive que correr de sala em sala para pegar todos os deveres que havia perdido. Às vezes ser responsável é um saco. Realmente me senti um pouco culpada por fazer Logan me esperar no carro... até que vi Chelsea lhe fazendo companhia. Ele provavelmente estava grato pela oportunidade de olhar para os, cof-cof, *atributos* dela sem me ter por perto.

Assim que notaram que eu estava me aproximando, pararam de conversar.

— Desculpa o atraso — falei, sentindo-me como uma intrusa segurando vela.

Chelsea virou-se para mim, e esperei que ela fosse dizer alguma coisa terrível. Algo como: "Tudo bem, não sentimos sua falta." Garotas como ela conseguem se safar de serem babacas assim... mas não foi o que fez. Em vez disso, sua expressão emburrada se transformou em um sorriso enorme.

— Oi, Mackenzie! — exclamou. Na verdade, ela me deu um *abraço*! Foi rápido demais para que eu pudesse me afastar, então fiquei ali, parada. — Precisamos conversar sobre a festa de hoje à noite! Quer se arrumar comigo?

OK, isso era tudo o que eu não estava esperando que ela fosse dizer.

— Eu... hmm, já tenho planos — falei, gentilmente, desconfiada de que Chelsea nunca recebera um não antes. — Desculpa.

— Ah, tudo bem — respondeu, acenando como se já contasse com aquela resposta. — Só pensei que fosse precisar de companhia. De qualquer forma, vejo vocês dois mais tarde. — Chelsea lançou a Logan um olhar sugestivo que me deixou confusa. Abriu a porta de seu carro e entrou, mas não antes de dizer alto: — Boa sorte com os estudos!

Esperei até que ela fosse embora.

— Bem, isso foi esquisito.

Logan deu de ombros.

— Não mais do que você no YouTube. Agora tudo são festas e celebridades... estou surpreso por ainda estar me dando aulas.

Suas palavras me fizeram refletir. Ele estava certo: eu poderia tentar fazer algum dinheiro usando a minha fama. Mas eu não era assim.

— Não estou considerando deixar o meu emprego diurno — falei ao entrar no seu carro.

— Mas poderia. — Logan respondeu de forma tão casual que me fez pensar se ele queria que eu parasse de lhe dar aulas... se, por caso, aquele tinha sido o jeito que encontrara para me dar uma deixa sutil. — Aquele vídeo seu cantando está recebendo um montão de acessos.

— Por causa de Tim, não de mim. Jamais poderia ser uma cantora. Não de verdade, com turnês e shows ao vivo. Se Corey não tivesse me empurrado, nunca teria entrado no palco. Jane e eu somos melhores com os livros.

— Se você diz. — Ele deu de ombros. — Por que você vai à festa hoje à noite?

Tentei ignorar a dor chata que estava surgindo no meu cérebro exausto e privado de sono.

— Olha, não sei por que estou indo. Eu poderia dizer que é para provar algo, ou porque quero ir, ou porque foi a única vez em que recebi um convite e não quero imaginar o que poderia perder. Mas a verdade é que eu não sei. Estou me deixando levar — respondi. Depois de abrir a mochila, peguei o livro de história americana. — Então vamos nos concentrar naquilo que eu entendo. Agora, os Artigos de Confederação...

Capítulo 24

Estávamos estudando por apenas uma hora quando meu celular começou a tocar "I Need a Hero", da Bonnie Tyler. Bem alto.
Logan ergueu uma das sobrancelhas.
— Timothy Goff?
Balancei a cabeça e respondi, calmamente:
— Oi, Corey.
Então tive que afastar o telefone da orelha quando seus gritos de animação ecoaram pelo ar.
— Mackenzie! Você jamais acreditará em quem... Eu não acredito! Ah, meu deus, vou hiperventilar e morrer de tanta felicidade neste exato momento. Você jamais vai acreditar em que me ligou.
— Tim — respondi com tanta convicção que o fiz calar a boca.
— Então, conta, aonde vocês dois vão hoje à noite?
— Vamos sair para jantar em Portland. Ainda não sei onde. Ele tem uma reunião com o produtor ou algo assim até as oito, portanto vamos nos encontrar para um jantar depois disso, com direito a sobremesa. Nós *realmente* precisamos nos arrumar juntos. Não posso ficar tão nervoso assim durante o meu encontro. E, como Jane decidiu que precisa memorizar todas as fórmulas de matemática do universo inteiro *hoje à noite*, preciso de você.

Não pude evitar rir.

— Fico feliz em ser sua segunda opção.

— Eu também! — exclamou Corey. Ele estava tão animado que duvido que tenha percebido o meu tom sarcástico. — Vejo você mais tarde!

Desliguei o celular e sorri, sabendo que Corey iria nadar de um lado a outro no seu quarto por, pelo menos, quinze minutos antes que seus batimentos cardíacos começassem a se acalmar. Havia sido convidado para o seu primeiro encontro, eu para minha primeira festa (e possivelmente um encontro com Patrick), e Jane estava... Jane estava se concentrando nos estudos noite adentro — o que era chato, mas parecia ser sua vontade.

Era difícil acreditar que um vídeo do YouTube podia destruir a minha vida e, em seguida, de algum modo, tornar tudo perfeito.

— Então aquele telefonema mais cedo era sobre Corey.

Quase me esqueci de que Logan estava ali. Havia tanta agitação para absorver que me sentia como uma esponja em um furacão.

— Sim, Corey e Tim vão ter um encontro. — Balancei a cabeça, feliz, tentando acreditar. — É muito louco, mas se tem alguém que pode manter um relacionamento a distância com um astro do rock, esse alguém é Corey. Óbvio, ainda é somente um encontro, mas... — Olhei para a minha mão, meus dedos já estavam cruzados. — Pode acontecer.

— E, por você, está tudo bem?

— Ahn, não! Meu melhor amigo tem um encontro com um cara legal, talentoso e lindo. Está mais do que "bem" para mim. Está ótimo!

— Tá, mas não preferiria que fosse você no encontro?

— Se eu quero sair com alguém que se encaixe nos critérios previamente descritos? É claro. Mas isso não muda a forma como me sinto em relação ao Corey. Sabe, Jane e eu sempre pensamos que ele seria o primeiro de nós a começar a namorar. Nunca imaginamos que seria com um astro de rock, mas... ainda assim, estávamos certas.

Logan pareceu refletir sobre tudo aquilo.

— Foi legal da sua parte convidar as calouras.

Eu não fazia ideia sobre o que ele estava falando.

— Para a sua casa... para fazer o que quer que garotas façam antes de ir a uma festa. Achei que você fosse dispensá-las para ficar com Chelsea.

Fiz o máximo que pude para não zombar dele.

— Certo... em primeiro lugar: jamais faria isso. As meninas são legais. E eu não posso deixar de lado o ritualístico ato de me arrumar ou serei a única da festa usando tênis e jeans — falei, apontando para a minha roupa. — Meu lema continua sendo "misture-se".

Ele sorriu.

— A pobre Mack tem que se emperiquitar para o baile.

Olhei para Logan, inexpressiva.

— Você fica aí brincando, mas nunca teve que usar salto alto.

Ele ergueu uma das sobrancelhas.

— Bem, isso é o que você pensa.

Fiquei boquiaberta, e ele sorriu.

— Mas você está certa, nunca usei.

— Bem — falei, atrapalhada. Seu divertimento óbvio fez com que seus olhos azuis parecessem ainda mais vibrantes. Eu claramente precisava de mais horas de sono se não estava sendo capaz de dizer alguma coisa inteligente para Logan. — Saltos altos, hmm, machucam. Bastante. São legais por cinco minutos, mas depois disso... não muito.

Fantástico, eu estava balbuciando palavras. Exatamente quando pensava que ele não tivesse mais o poder de me reduzir à incoerência.

— Na Europa, por volta de 1400, sapatos com plataformas malucas se tornaram populares. As mulheres precisavam de criados e bengalas para ajudá-las a caminhar, o que devia ser um saco. Mas enfim. Sobre o que estávamos falando?

— Chelsea e as calouras — respondeu. Logan encostou-se na cadeira, e os meus músculos começaram a relaxar quando imitei sua pose.

— Ah. Certo. Gosto das calouras. Bem, não as conheço de verdade, mas parecem boas pessoas. Uma delas, durante o almoço, Isobel, acho que é esse o nome dela, parecia quieta, mas a vi conversando com Jane... um bom sinal. E Corey vai lá em casa, o que será bem legal. Apenas não teria sido... — hesitei, procurando a palavra correta — casual com Chelsea. Portanto, não foi um grande sacrifício da minha parte recusar o convite dela.

— Garotas são muito cheias de drama.

— Na minha objetiva opinião, garotos são bem mais confusos.

— Objetiva, é?

— Ah, sim. Uma observação cem por cento imparcial.

Ele riu, mas então seu tom adquiriu um toque de seriedade.

— O que confunde você em particular?

Está bem, admito, me senti muito tentada a gritar: VOCÊ! Por que você é tão confuso? Aparenta ser inteligente e legal, mas então eu vejo você com Chelsea Halloway e fica claro que ainda não a esqueceu. O que não faz o menor sentido, uma vez que *ela* terminou com *você* por um outro cara mais popular... isso deve ser um indício de como ela funciona! Mas quando ela se aproximava, na época que eu ainda era uma Invisível, você simplesmente se

deleitava ao receber sua atenção. Por que fica alternando entre um cara legal e um Notável, sem parar, o que faz com que eu NÃO TENHA A MENOR IDEIA DA PESSOA QUE VOCÊ REALMENTE É? *Por que isso, hein, Logan?*
Como eu sou inteligente, porém, mantive a boca fechada.

— Nada em específico. Uma confusão geral. E "geral" me lembra "general", então, durante a Revolução Americana...

E consegui distraí-lo com história.

Era estranho ter Logan me levando para casa quando ambos sabíamos que eu o encontraria mais tarde em uma festa oficial dos Notáveis. E, ainda assim, lá estava ele, me deixando na porta de casa para que eu trocasse de roupas de grife. Agora, Chelsea estava agindo amigavelmente e estranhos sentavam-se à minha mesa durante o almoço. Era difícil acreditar que a minha vida tivesse mudado tão drasticamente em apenas uma semana.

— Eu, ahn, vejo você hoje à noite.

Bem, acho que é bom saber que continuo esquisita.

Logan assentiu e pareceu querer dizer alguma coisa importante, porque respirou fundo e soltou um "Olha..." quando Corey começou a buzinar freneticamente nos cumprimentando.

— Esqueça — disse Logan. — Vejo você mais tarde.

E, em seguida, foi embora.

Juro que se Corey não estivesse temporariamente à beira de um ataque de nervos e sem a capacidade de agir de forma racional por causa do seu primeiro encontro, eu o teria matado. E sinceramente duvido que me arrependeria.

Capítulo 25

— Estou enlouquecendo aqui, Mackenzie! Estou ENLOU-QUECENDO!

Isso estava dolorosamente óbvio. Corey estava caminhando em frenesi de lá para cá no meu quarto enquanto ajeitava, nervoso, o cabelo.

— Talvez devesse cancelar. Foi uma má ideia. Quero dizer, o que um cara como Timothy Goff viu em alguém como eu?

Bufei.

— Ah, não sei... talvez um garoto gentil, inteligente, com uma personalidade incrível e que por acaso também é LOUCAMENTE LINDO — respondi. Dei um tapinha no seu traseiro, um gesto carinhoso que faço há anos, apenas para vê-lo pular de surpresa.

— Já mencionei recentemente que gostaria que você fosse o pai dos meus filhos?

Ele riu.

— Concordamos que esse será um último recurso.

A piada interna já o estava fazendo relaxar.

— Vai ser incrível — falei. Apontei para o meu closet. — Aqui. Distraia-se me dando ordens. Essa vai ser a última vez que deixarei você me vestir como a sua própria boneca Barbie.

A campainha tocou, e eu o deixei fuçando nos meus sapatos.
— Já vai! — gritei. Mas Dylan chegou à porta mais rápido.
— Hmm... oi — disse Melanie. Ela estava parada com uma mochila e uma expressão facial confusa. Checou novamente o endereço que eu tinha passado para ela. — Aqui é a casa da Mackenzie?
Dylan ficou encarando-a enquanto eu abria a porta e fingia não notar que ele ficara corado de um jeito que só os Wellesley ficavam.
— Oi, Melanie. Estou feliz que tenha vindo! — exclamei. Empurrei Dylan para o lado para que ela pudesse entrar. — Esse é o meu irmão, Dylan. Dylan, Melanie.
— Sim, oi — respondeu ele. Eu juro, a voz de Dylan ficou bem mais grave. — Acho que nos conhecemos em um jogo de futebol no ano passado.
Foi ali que me dei conta de que o rubor de Dylan talvez não fosse uma reação hormonal a uma caloura muito bonita, mas por abrir a porta para essa menina em específico.
— Ah, sim — disse ela. Foi impossível dizer se Melanie lembrava dele ou se estava fingindo. — Legal ver você de novo — completou. Então, virou-se para mim. — Obrigada por me convidar.
Sorri.
— Não vai ser grata depois de encontrar Corey. Ele vai ficar louco para falar sobre moda com alguém que tenha um mínimo de estilo.
Melanie riu, um som suave e confortável que era o oposto das risadinhas de Chelsea.
— Parece perigoso.
Apontei para o segundo andar.
— Primeira porta à direita.
Dylan conseguiu arrumar suas cordas vocais apenas quando a porta do meu quarto se fechou atrás de Melanie.

— Por que você não me contou que havia convidado Melanie Morris para vir aqui?

Ergui as sobrancelhas.

— Não tenho que dar satisfações a você, irmãozinho. A mãe me deixou ir a uma festa hoje à noite. Então você vai ter que engolir isso.

Fiz menção de sair andando, mas ele me puxou pelo braço.

— Você tem uma festa para ir hoje?

— Foi o que eu disse.

— Então eu deveria ir contigo.

Olhei para ele sem acreditar no que estava ouvindo.

— Certo. Eu realmente deveria levar o meu irmão mais novo para a minha primeira festa da escola. Ideia sensacional.

Ele corou.

— Ah, vai, Mackenzie. Eu não sou o esquisito da família.

— Pois é. Ainda assim, não vai.

— Por favor — pediu. Eu sabia o quanto lhe custava me pedir daquele jeito. — Por favor, posso ir com você?

Provocá-lo era mais divertido quando ele não fazia aquele olhar de cachorrinho carente. O pirralho sabia que era difícil para mim dizer não quando me encarava daquela maneira.

— De jeito nenhum. A mãe jamais deixaria você ir.

Ele sorriu.

— Quer apostar? Se eu disser que estou preocupado com a minha irmãzinha, ela vai liberar em um segundo.

Suspirei.

— Dylan, eu não vou...

Mas ele me cortou antes que eu pudesse terminar a frase.

— Eu *estou* preocupado com você, Mackenzie. É uma festa, e você não tem um histórico social muito bom. Precisa de alguém para mantê-la a salvo.

Olhei para ele atentamente. Dylan podia ser irritante, mas ainda era meu irmão... e ele nunca mentia sobre coisas importantes.

— Se eu disser que sim, você vai estar com uma grande dívida comigo.

Um sorriso enorme se abriu no seu rosto.

— Não, estaremos quites.

— Mackenzie! Traga esse traseiro incrível aqui para cima!

Revirei os olhos ao ouvir a ordem não-tão-sutil de Corey.

— Estou indo! — gritei. Então cutuquei o peito de Dylan com um dedo. — Não me desaponte.

Eu deveria ter me preocupado com Corey. Dar a ele carta branca para acessar o meu novo closet foi uma péssima ideia. Quando entrei no meu quarto, encontrei Melanie e ele suspirando pelas minhas roupas. O meu quarto havia passado de um cantinho organizado a uma fábrica de roupas que explodira e cuspira tudo que tinha dentro.

— Já estava na hora! — exclamou Corey. — Certo, criamos três looks para você.

Melanie e eu trocamos olhares, e então me dei conta de quão rápido ela entrara na minha vida. Ainda queria que Jane fosse conosco, mesmo insistindo em levar um livro, mas já que ela não podia ir... bem, fiquei feliz por Melanie poder.

— O que você está esperando? Experimente! Agora! — ordenou Corey. E então, focou sua atenção em Melanie. — Vejamos... Acho que devemos manter o seu look bem simples.

— Ei! — protestei. — Por que não podemos manter o *meu* look simples?

— Cala a boca e vai se trocar — disse Corey, obviamente curtindo o momento. — Você não tem a estrutura óssea que ela tem.

— Obrigada... acho — disse Melanie, sem saber como responder. — Mackenzie, você se importaria se eu dormisse aqui?

Ia ficar na casa de Isobel, mas ela entrou em pânico e decidiu não ir mais. Eu sei que é inconveniente, mas...

— Claro que pode — interrompi. — Sério. Vai ser ótimo. Corey, você pode nos buscar depois do seu encontro?

— Posso brincar de motorista, mas vai ser bem tarde quando eu trouxer vocês.

Os olhos de Melanie brilharam de tanta animação e ela conseguiu parecer ainda mais bonita do que já era.

— Por mim, tudo bem.

— Ótimo. Ah, e Dylan quer ir.

— Tudo bem — disse Corey. — Agora, vou ter que jogar você dentro daquele vestido ou você vai colocá-lo sozinha que nem uma moça crescida?

Quis protestar, mas mantive a cabeça erguida e me preparei para a minha primeira festa da escola.

No entanto, nenhum vestido, equipe de maquiagem ou apoio fortíssimo dos amigos poderia ter me preparado para o que estava prestes a acontecer.

Capítulo 26

Fiquei feliz por Dylan não tecer nenhum comentário sobre a minha roupa. Ele abriu a boca, provavelmente para mandar eu me trocar, mas mudou de ideia em seguida. Não sei se o que o fizera se calar foi o meu olhar fulminante ou Melanie. Eu apostava em Melanie, já que nunca inspirei medo no meu irmão, e ela estava linda como uma princesa do rock, como Corey havia dito. Eu também estava agradecida por minha mãe sair tarde de seu turno no restaurante, porque não sei como ela se sentiria caso visse os meus, er, trajes.

O vestido era curto, vermelho, cavado e gritava *SEXO!* Pelo menos foi isso o que pensei quando Corey o colocou na minha cama. Melanie concordou que seria perfeito para a festa. Eles me asseguraram de que eu parecia mais uma acompanhante cara e discreta do que uma prostituta. Esperava que a última parte tivesse sido brincadeira. Mesmo que ambos insistissem em dizer que eu estava linda e que não deveria me trocar, quase voltei para o meu quarto e vesti um jeans. Dessa forma, só concordei em sair depois de Jane dar sua opinião via Skype. Ela disse que eu estava maravilhosa e que queria que eu contasse tudo sobre a festa mais tarde. Senti uma pontinha de inveja porque eu deveria fazer como Jane: ficar enroladinha sob as cobertas com um livro e um chocolate quente, vestindo calças de pijama e uma camiseta velha. Seria isso o que estaria fazendo caso não tivesse me tornado famosa.

Melanie e Corey seguraram os meus braços, um de cada lado, e me levaram à força para fora do meu quarto, escadas abaixo, pelo corredor, pela porta e para o carro enquanto Dylan caminhava silenciosamente atrás da gente. Notei que ele havia se trocado e arrumado o cabelo de um jeito que eu descreveria como sexy caso não se tratasse do meu irmão mais novo. A não ser que eu tenha imaginado coisas, Melanie apertou o meu braço um pouco mais forte quando o viu. Eu teria que pensar sobre isso quando o meu estômago não estivesse parecendo um emaranhado de serpentes se contorcendo.

Corey ligou o rádio, e eu cantei despreocupadamente até Melanie dizer:

— Uau, você de fato *sabe* cantar!

Ele me salvou de dar uma resposta quando parou em uma vaga.

— Chegamos. Podem descer.

Foi ali que dei uma boa olhada na casa de Spencer. Sabia que sua família era rica, mas uma coisa é saber, outra é ver opulência bem diante dos seus olhos. A casa em estilo vitoriano era grande, branca e clássica. Tinha varandas, colunas e o que parecia distintamente um gazebo. E havia adolescentes por todos os cantos. Música emanava da casa junto às gargalhadas.

— Vocês têm certeza... — comecei.

— SIM! — gritaram em uníssono Corey, Melanie e Dylan.

Deslizei para fora do carro e caminhei até a janela do passageiro.

— Boa sorte no seu encontro.

— Pode deixar — disse Corey. Sorriu confiante, mas eu sabia que ainda estava apavorado.

Inclinei-me mais para perto.

— Você é o melhor cara que conheço e o motivo pelo qual estou aqui — declarei e sorri. — É tipo a minha fada madrinha.

— Não vai virar abóbora quando der meia-noite, vai?

— Não! — respondi, rindo. — Além do mais, quem vai encontrar o Príncipe Encantado aqui não sou eu — brinquei. Coloquei o braço dentro do carro e apertei o de Corey. — E ninguém merece mais um final feliz do que você.

— Vamos, Mackenzie! — chamou Melanie, esfregando os braços. — Estou com frio.

— Certo. Vejo você mais tarde, Corey. — Afastei-me do carro e fui em direção ao desconhecido.

— Conto com isso.

E, então, ele parou de perder tempo na rua e partiu para sua aventura.

Não havia tempo para refletir sobre como eu havia me separado dos meus dois melhores amigos. Melanie segurou meu braço e me carregou para dentro da casa de Spencer do mesmo jeito que me tirara da minha.

— Vamos!

— Mandona você, hein? — comentou Dylan.

— Sim, eu sou. Especialmente quando estou com fome ou frio — respondeu Melanie. Passou pela porta aberta e por um grupinho de meninas risonhas. — Bem melhor.

Não sei se eu podia concordar.

A casa estava cheia de gente, cores, sons e movimento. A música quase afogou o meu cérebro enquanto zumbia em uma enxurrada sensorial. Eu estava prestes a criar uma desculpa para ir embora, mesmo que isso significasse congelar no meu vestido curto, quando vi Logan.

Ele estava encostado de um jeito confortável em uma parede e conversando com Spencer, que estava certamente olhando para uma menina usando um jeans skinny e uma blusinha.

Agarrei-me ao braço de Melanie e apontei.

— Ela está usando calças! Viu? Por que Corey não me deixou vestir algo assim?

Ela sorriu para mim.

— Aquela garota provavelmente não tem um vestido como *esse* no closet implorando por uma saída.

— Sim, mas *ela* não vai pegar pneumonia se for lá fora.

— Vamos ficar aquecidas já, já aqui dentro. Esse lugar está uma caldeira.

Melanie não estava exagerando: calor emanava em ondas de todos aqueles corpos.

— Vamos ver se nós conhecemos alguém aqui.

Aquelas palavras tinham acabado de sair da boca de Melanie quando Logan ergueu os olhos, encontrando os meus.

— Achei alguém — murmurei, forçando-me a ir na sua direção como se estivéssemos nos encontrando para estudar.

— Oi — falei, tentando parecer confiante, mas me sentindo uma idiota. Fiquei lá, parada, dentro do meu vestido curto cor de hidrante, pensando: *Putz, obrigada, Corey. Mandou bem em me enfiar nessa roupa ridícula e ir embora.* Naquele momento, eu soube que Corey, Jane e Melanie estavam terrivelmente errados. Eu não podia usar um vestido frente única, cavado nas costas; especialmente um tão decotado na frente. Era muito provável que eu fizesse as garotas do programa *Jersey Shore* parecerem ter classe se comparadas comigo.

Logan me examinou de cima a baixo duas vezes, e eu poderia ter batido em Corey até deixá-lo caído na sarjeta. Eu provavelmente parecia uma criança brincando de se vestir como gente grande. De repente, tudo parecia um exagero: a maquiagem, o vestido, os brincos... tudo. Eu só queria colocar um casaco de moletom largo e mergulhar em um livro.

— Hmm... oi — respondeu Logan.

A casa estava cheia de gente, e cada metro quadrado do cômodo parecia lotado de álcool, salgadinhos e copos plásticos de baixa qualidade. Havia uns dois metros de distância entre nós, mas isso ainda parecia muito perto para mim. Estava tentada a pegar minha bolsa, puxar o meu celular e mandar Corey me buscar *agora*. Daria uma bronca nele também. E, então, provaria por A mais B que a vida real não era como um filme estúpido de romance para meninas.

— Você está... — tentou dizer Logan quando Spencer passou um braço sobre os meus ombros. Aparentemente, eu havia roubado seu interesse da menina com o jeans skinny.

Ele sorriu para Logan.

— Você não vai nos apresentar?

Spencer não me reconheceu. Frequentávamos a mesma escola havia anos, e ainda assim ele não conseguiu me identificar. Eu estava a salvo no meu disfarce de dama de vermelho.

Em um impulso, desvencilhei-me do braço de Spencer e o encarei.

— Mackenzie Wellesley — disse. Não pude esconder a minha satisfação e sorri para ambos. — Raramente chamada de Mack.

O sorriso de Spencer se abriu enquanto ele me examinava.

— Quem diria — comentou ele, suavemente. — Belo vestido.

— Obrigada. É novo.

Logan deu um passo à frente, e, para a minha surpresa, Spencer retirou seu braço dos meus ombros. Era como assistir a um programa do Nature Channel: lobos marcando território enquanto disputavam o status de macho alfa, o que era desconfortável em vários níveis.

— Hmm, essa é Melanie... — Apressei as apresentações e quase me deu um branco quando vi o Trio do Mal vir em nossa direção. — Ah, e esse é Dylan.

— Ah, sim. Não vejo você desde o acampamento. Como é que vai?

Fiquei surpresa quando eles começaram a conversar instantaneamente sobre esportes. Havia esquecido que Dylan e Logan se conheciam.

— Mackenzie!

A voz de Chelsea ainda tinha aquele tom amigável que ela havia usado mais cedo.

— Estou tão feliz por você ter conseguido vir!

Ela avaliou a situação em apenas uma olhada rápida por debaixo de seus cílios habilmente escurecidos. Fiquei tensa enquanto encarava Melanie e Dylan.

— E você trouxe o seu irmãozinho e uma amiga. Que graça...

Mas ficou claro que ela não achara uma graça. Seu tom deu a certeza de que considerara o fato de eu trazer meu irmão, que estava no ensino fundamental, para uma festa, no mínimo esquisito. Ela tinha razão, acho. Enquanto Falsificada e Cozida soltavam risadinhas, a vermelhidão típica dos Wellesley tomou conta do rosto do meu irmão e do meu.

— Na verdade, Chelsea, ele está comigo — disse Melanie. Seu sorriso era, ao mesmo tempo, inocente e convencido. Entrelaçou seu braço no de Dylan enquanto ele sorria de forma presunçosa.

— Garotas mais velhas e mandonas não conseguem resistir ao meu charme.

Eu ri enquanto Melanie lhe dava um soco de leve no estômago.

— Vamos dançar — comunicou ela. — Encontro você mais tarde, Mackenzie.

— Viram? — disse Dylan, olhando por cima do ombro. — Mandona.

Assim, eles desapareceram na multidão de corpos dançantes... deixando-me cercada por Notáveis. Sensacional.

— Então... — falei, constrangida. — Festa incrível.

Spencer chegou mais perto, e eu o peguei tentando olhar para dentro do meu vestido, o que era ridículo, porque os garotos não fazem esse tipo de coisa comigo. Simplesmente *não fazem*.

— Quer dar uma volta? — perguntou ele.

Tive a sensação de que, por baixo daquele exterior convencido de Spencer, havia um cara realmente legal, e estava pensando *Talvez nós dois pudéssemos ser amigos...* quando meus olhos se fixaram em Logan. Era errado tratá-lo como um colete salva vidas, mas ele sabia o que estava fazendo enquanto eu estava apenas tentando manter a minha cabeça fora d'água.

— Que ótima ideia! — declarou Chelsea. — Steffani e Ashley estavam indo pegar uma bebida. — Chegou mais perto de Logan, e seu vestido, preto, brilhante e curto, balançou de um jeito sedutor. Disse a ele: — Preciso roubar você um minutinho.

Meus dedos apertaram com força a bolsa que Corey e Melanie haviam insistido que eu usasse, pois complementava perfeitamente o meu look. Alguém esbarrou em mim, e mal pude me equilibrar nos saltos. Tive que me segurar no braço de Spencer antes que caísse de cara no chão.

— Uma volta seria ótimo — respondi a ele. — Embora talvez eu tenha que me segurar em você para não levar um tombo — sorri sem graça. — Ainda não aprendi a dominar plenamente esses sapatos.

Eu não havia mentido sobre os saltos. Eles certamente iriam me matar.

Spencer apenas sorriu.

— Nunca tive problemas com uma garota bonita me agarrando.

Gargalhei.

— Você consegue muitas meninas com essa cantada?

— Várias.

— Deve ser o estilo.

Não soltei o seu braço e tive que me manter atenta para não apertar demais quando percebi que todos estavam olhando para a gente.

Fiz o meu melhor para parecer casual como se estivesse flertando com Spencer o tempo todo.

— Vejo vocês por aí.

E, então, partimos. Steffani e Ashley vieram atrás para que Chelsea e Logan pudessem ter um pouco de privacidade. Eles estavam de mãos dadas e seguindo em direção à porta... os alunos mais populares da Smith High School estavam juntos novamente.

Não sei por quê, mas parecia que alguém tinha me dado um soco na boca do estômago.

Capítulo 27

— Então... é divertido ser rico? Tudo bem, eu não pretendia perguntar isso, mas quando você é guiada por uma casa decorada com um candelabro caríssimo pendurado no teto acima da escada, é difícil resistir.

— Tem suas vantagens — disse Spencer, gesticulando para o bar muito bem abastecido de seus pais enquanto Falsificada e Cozida saíam de perto da gente para torcer para os seus namorados, que estavam entornando cerveja barata goela abaixo.

— Aposto que sim.

— E aí, quer conhecer os quartos?

Ele perguntou de forma tão sugestiva que não pude conter uma risada instintiva.

— Você é só conversa mole, né? — perguntei, sabendo que ele jamais confirmaria. — Vive de insinuações e joguinhos.

— Agora conseguiu machucar os meus sentimentos. — Mas seu sorriso me dizia que eu estava certa. Até que sua expressão mudou. — Existem jogos que nem eu faço. Espero que, dessa vez, Logan saiba o que está fazendo.

— Dessa vez? — repeti, notando o tom de voz de Spencer. Nunca o tinha visto sério antes. Algo sobre Logan e Chelsea deveria estar incomodando-o.

Ele deu de ombros, mas havia tensão no sesto.

— Alguns caras são enganados pelos mesmo truques, não importa quão óbvia seja a manobra — declarou. Ele tentou melhorar o clima. — É a maldição masculina de sempre se encantar por mulheres — disse, filosofando. — E falando nisso...

Spencer acenou com a cabeça enquanto Patrick caminhava em nossa direção.

Tá, admito ter alimentado uma breve fantasia de que Patrick iria me beijar até eu não poder pensar mais... como em um clipe da Taylor Swift, em que a qualquer momento a menina adorável e esquisita (eu) triunfaria com a ajuda do amor verdadeiro.

Eu queria que o mundo real funcionasse assim.

Em vez disso, Patrick ficou parado na nossa frente, parecendo ter algo a dizer e sem a menor ideia de como fazê-lo. Após uma longa pausa, tirei a mão do braço de Spencer — o que significava que teria que me preocupar em não perder o equilíbrio.

— Falo com você mais tarde — disse Spencer, finalmente, dando uma piscadela sugestiva. Em seguida foi em direção a um grupo enorme de meninas onde achei ter visto um jeans skinny cinza.

— Estava procurando por você.

Por que eu tinha que me transformar em uma poça derretida depois de cinco palavras tão simples? Isso foi tão lindo. De repente, pensei: *Talvez Corey e Melanie estivessem certos sobre esse vestido.*

— Ahn, sério?

Sim, essa foi a minha resposta brilhante quando um garoto supergracinha disse que estava à minha procura. Podem atirar em mim, agora.

— Sim. Por que não vamos a algum lugar tranquilo para conversarmos?

E antes que eu pudesse estragar o momento, ele pegou a minha mão e me levou porta afora... exatamente como eu havia imaginado tantas vezes.

Só que, na minha imaginação, eu não usava saltos que cortavam a minha circulação. Além disso, pensava em algo mais como caminharmos juntos em vez de ser arrastada. E, nesses devaneios, eu não ficava esbarrando nas pessoas e tendo que me desculpar a cada passo que dava.

Ainda assim, foi incrível. De verdade.

Consegui perceber por que ele decidira que fôssemos para outro lugar. O ar estava agradavelmente frio depois do calor sufocante da casa tomar proporções sobre-humanas. Poderíamos conversar ali sem lutarmos para ser entendidos acima da música. Não que estivéssemos sozinhos. Vários adolescentes curtiam a paisagem, que deve ter custado uma pequena fortuna aos pais de Spencer. Havia uma fonte. Não estou brincando, uma fonte legítima que brilhava e gorgolejava lindamente. Tudo parecia tão romântico.

O corrimão da varanda da frente tinha feixes de luzes retorcidos e era perfeito para uma garota apoiar o seu peso em vez de tirar seus saltos. Assim, debrucei-me nele enquanto olhava para Patrick.

Algumas pessoas foram feitas para a luz da lua. A iluminação destacou o tom escuro de seus olhos castanhos. Mesmo sem um casaco, comecei a me sentir mais aquecida.

— Oi — disse a ele. Tudo era perfeito. Até mesmo o cheiro de grama que emanava no ar era perfeito. — O que está passando pela sua cabeça?

— Você.

Ele chegou mais perto, e meu coração começou a bater seriamente mais rápido. Tudo em que podia pensar era: *Vai acontecer! Patrick vai me beijar! A qualquer momento...*

— O-o que a meu respeito?

Por que eu não conseguia calar a boca e deixá-lo fazer o que queria?

— Estou apaixonado por você.

Afastei-me dele, quebrando o feitiço da luz do luar enquanto me segurava no corrimão para me manter firme. Minhas pernas estavam tremendo.

— Você *o quê?!* — perguntei, sem acreditar no que havia escutado... e talvez um pouco chocada. Foi como se me dissesse "Sou metade jacaré" ou "Sou um agente disfarçado da Divisão de Narcóticos".

— Eu disse que estou apaixonado por você — respondeu defensivamente.

Eu deveria ter mantido a minha boca fechada. Apenas assentido e dito algo como "Ah, é? Então por que então não me mostra?" e então me deixar ser beijada, mas simplesmente não pude fazê-lo.

— Não. — Balancei minha cabeça e rezei para que a qualquer momento eu acordasse e ele não estivesse me encarando com irritação. — Não, você não está.

— O que está dizendo? Acho que sei como me sinto, Mackenzie!

Ah, sim, ninguém consegue arruinar um momento romântico como eu.

— Você simplesmente... você *não pode* estar apaixonado por mim, porque... nem me conhece ainda!

E era isso que estava faltando, percebi enquanto ele me olhava com uma frieza dura. Patrick nunca havia expressado nenhum interesse em mim até a semana anterior. Uma conversa durante o almoço e agora ele supostamente estava apaixonado por mim?

Duvido muito.

Houve uma pausa momentânea enquanto Patrick absorvia o que estava acontecendo. Então, sua expressão ficou mais tranquila, e eu pensei: *Talvez agora ele esteja entendendo. Talvez veja que, para amar uma pessoa, é preciso aceitá-la... incluindo as esquisitices.* Eu esperava que dissesse: "Então vamos consertar isso. Vamos nos conhecer." E daí ele estenderia a mão e me cumprimentaria como se estivéssemos sendo formalmente apresentados. "Eu sou o Patrick e estou pronto para contar qualquer coisa, mas, primeiro, gostaria de saber sobre você."

Eu estaria perdida. Totalmente em suas mãos.

Em vez disso, olhou profundamente em meus olhos e disse:

— Eu conheço você, Mackenzie.

Péssima jogada, ele tinha que dizer *isso*.

— Essa é uma falácia lógica. Chama-se "petição de princípio". Você, na realidade, não desafiou a minha premissa de que não me conhece. Em vez disso, apenas reafirmou que sim — falei. Tentei sorrir, mas me senti mal. — É assim que eu penso... o tempo todo. Ainda me ama?

Entendi seu silêncio mortal como uma retratação e tanto.

— Desconfiei que não.

Isso doeu. Talvez não devesse, já que estava recuando, mas ardia como se uma água-viva tivesse encostado em mim. Acho que é isso o que acontece quando você descobre que tinha uma paixonite aguda por um garoto que não existe de verdade... durante anos.

— Lamento muito — falei. E era sincero. Estava arrependida... por nós dois. — Queria ser a garota por quem você procura. Mas... simplesmente não sou.

Ele não deu de ombros e disse "Bem, nós podemos sempre ser amigos". Em vez disso, deixou sua raiva fluir.

— Não é isso. Você acha que pode conseguir alguém melhor do que eu, não é?

A repulsa em sua voz teria feito com que eu me afastasse dele caso já não estivesse encurralada pela varanda.

— O quê? Não!

— Você pensa que agora que é famosa, é boa demais para alguém da escola — continuou. O jeito como olhou para o meu vestido fez com que me sentisse exposta. — Ou talvez eu não seja rico o suficiente. É por causa disso que você está sempre se jogando em cima de Logan e Spencer?

Um tapa forte na cara teria doído menos em mim.

— Uau. — Foi tudo o que consegui dizer por um segundo, porque, sério, o que mais havia a ser dito? — Passei do seu amor para oportunista em menos de trinta segundos. Isso é... uau. Acho que se você *realmente* me amasse, teria me chamado de vagabunda.

Endireitei-me nos saltos e soltei o corrimão. Hora de me equilibrar nos meus dois pés.

— Se você pensa que vou atrás de garotos baseada em contas bancárias, então não me conhece mesmo. — Examinei-o cuidadosamente. — Isso faz mais o *seu* tipo, não é? Só começou a jogar o seu charme para cima de mim quando Tim disse que sou legal. Você teria me dado o fora se eu não conseguisse estampar a sua cara nos jornais — completei. Meu estômago se contraiu brutalmente. — E fui idiota o bastante para cair na sua. Acho melhor você ir embora agora.

— Vai se arrepender por isso, Mackenzie.

Sua voz estava firme agora. Fria e firme.

— Talvez não hoje, talvez não amanhã, mas logo. E pelo resto da minha vida — Estava citando *Casablanca*, mas dei à fala um tom muito mais sarcástico do que Humphrey Bogart.

— O quê? — perguntou. Sua dureza foi abalada por um momento de confusão.

— Nada... uma fala famosa de um filme. Esqueça.

— Você, Mackenzie — disse ele, lentamente —, tem um dicionário no lugar de um coração.

E, em seguida, desapareceu dentro de.

— Enciclopédia — corrigi, enquanto olhava para a noite. Estava linda e solitária ao mesmo tempo, com pequenas luzes iluminando o caminho entre a fonte e o gazebo. — Eu tenho uma enciclopédia no lugar de um coração.

Foi isso o que murmurei quando vi *exatamente* para onde Logan e Chelsea tinham ido. Estavam de pé no centro do gazebo, e, se eu não estivesse olhando para a construção, forçando-me a não chorar por causa de Patrick, jamais a teria visto ficar nas pontas dos pés, segurar o rosto de Logan com as mãos e beijá-lo.

Então o namoro que havia terminado acabara de recomeçar.

E eu soube nesse momento que Patrick estava muito errado sobre o meu coração, porque, se de fato houvesse uma enciclopédia em seu lugar, teria assistido àquilo com perfeita compostura. Em vez disso, me virei de modo resoluto e marchei de volta para a festa.

Imaginei que o álcool era um clichê de corações partidos e rebeldia adolescente por um motivo. Estava na hora de eu experimentá-lo.

O que talvez tivesse sido o meu pior plano até o momento.

Capítulo 28

Fui à procura de Spencer imediatamente.
Considerando que ele era a única pessoa nos corredores com quem eu poderia ir além de um casual "oi, tudo bem?", isso deve não ser tamanha surpresa.

E parecia uma boa ideia explorar um novo território com um guia que conhece a rota... seria mais ou menos como mergulhar com um amigo.

De qualquer forma, segurei-me no seu braço, mas dessa vez para tirá-lo de perto de um grupo de meninas e ir em direção ao bar improvisado.

— Não que eu não curta suas táticas agressivas, mas... — Ele hesitou ao ver que meus olhos estavam fixados no álcool. — O que está acontecendo?

Sorri e, pela primeira vez desde que havia chegado àquela festa idiota, comecei a relaxar.

— Você vai pegar uma bebida para mim.

Ele sorriu.

— Ah, vou, é?

— Sim — respondi. Debrucei-me e peguei, de uma pilha, um copo vermelho de plástico que estava limpo. — O que recomenda?

— Depende. Do que você gosta?

Dei de ombros.

— Não faço ideia e duvido que vá gostar de alguma coisa.

— Mas, ainda assim, você quer beber?

Entreguei o copo a Spencer.

— Enche aí.

— Tudo bem, então vamos pegar para você um drinque mais feminino que tenha sabor de fruta ou... — interrompeu ao despejar um líquido dentro do copo — você pode beber essa dose de tequila e arrematar com limão.

— Falso dilema — murmurei.

— O quê?

— Falácia do falso dilema. Você me deu duas alternativas e... apenas me dê o copo.

Com alguns movimentos hábeis, Spencer colocou um saleiro na minha mão e uma fatia de limão no balcão.

— OK, é fácil. Sal. Tequila. Limão. Entendeu?

Repassei as instruções mentalmente algumas vezes. *Sal, tequila, limão. Sal, tequila, limão. Ah, meu deus, será que enlouqueci? Isso não tem NADA a ver comigo!*

— Entendi.

— Tudo bem. Vai.

Começamos a atrair uma pequena multidão. Acho que as pessoas queriam ver a quadrada Mackenzie Wellesley beber seu primeiro drinque. Falando em pressão por parte dos colegas, eu estava rodeada por estranhos que diziam coisas do tipo "Você vai conseguir!" e "Vai que é sua!".

Lambi o sal que estava na minha mão e virei o copo de tequila como já tinha visto fazerem em alguns filmes.

Por muito pouco não engasguei.

Parecia que eu tinha engolido uma caldeira. Um fogo estranho desceu pela minha garganta, seguido de um sabor forte, quase ácido. Rapidamente suguei o limão enquanto todos à minha volta comemoravam. Quando olhei para Spencer, o calor havia tomado conta do meu estômago e lá se alojado, radiante, enquanto o sabor do suco de limão revestia minha boca.

— Consegui!

Mesmo segurando o copo vazio, não podia acreditar. Não sei o que estava esperando: intervenção divina, um pai chegando na casa ou talvez um amigo preocupado me afastando da bebida. Mas nunca pensei que teria coragem de simplesmente beber uma dose de tequila.

— Você viu? — perguntei a Spencer — Eu consegui!

— Sim, bebeu como uma campeã. Quer mais um?

A sensação de calor era bem legal, especialmente depois de Patrick ter feito com que eu quase congelasse lá fora. E talvez fosse a minha imaginação, mas já me sentia menos tensa.

— Eu topo! — Ouvi outro grito de torcida ao sorrir para todos.

— Quem quer se juntar a mim?

Meia hora depois, eu estava em um lugar muito feliz. Spencer serviu as bebidas até um barulho na cozinha forçá-lo a deixar o posto, ocasião em que outro jogador de hóquei chamado Kevin ficou mais do que animado em substituí-lo. Eu me sentia como se estivesse flutuando — apenas conectada ao meu corpo por um tênue fio. Isso teria me deixado desconcertada se não fosse pelo fato de eu estar curtindo a sensação.

— Isso é incrível! — exclamei para Kevin e sua namorada, Annie, enquanto chupava, feliz, o meu limão. — Vocês são tão legais! Não é estranho frequentarmos a mesma escola e nunca termos nos falado?

Eles riram e concordaram de um jeito que as pessoas que estão somente altas de bebida apoiam as que estão realmente bêbadas.

Virei-me para Annie.

— Você é muito bonita. Acho que seria legal ser você. Kevin, não acha que seria bem legal ser a Annie?

Lady Gaga começou a tocar nas caixas de som.

— Nós temos que dançar! — declarei. — É "Poker Face". Vocês têm que dançar!

Não dei a eles tempo suficiente para protestar. Rindo, fomos os três em direção à multidão na pista de dança improvisada, onde antes houvera uma sala de estar. Meu corpo inteiro parecia solto, não sei se por conta da bebida ou da música, e não queria parar de absorver cada batida.

— Melanie! — gritei quando a vi conversando com Dylan em um canto afastado da pista. Corri até eles. — Você tem que dançar comigo! E tem que conhecer Kevin e Annie também.

— Claro — disse ela, concordando, mas suas sobrancelhas se franziram quando me examinou. — Mackenzie, está tudo bem?

— Estou ótima! Bem, com exceção da enciclopédia.

Dylan nos seguiu até a pista de dança, e Melanie se virou para ele, preocupada.

— Você entendeu o que ela disse?

Ele balançou a cabeça e precisou se esforçar para me manter parada.

— Mackenzie, você tomou alguma coisa?

— Sal, tequila, limão. Acredita? Não sei o que estava esperando, mas me sinto bem quentinha. Estou emitindo calor... como se eu fosse *nuclear* ou algo do tipo. Eu sou uma *bomba nuclear!* Sou um estouro! Será que alguém já considerou álcool como fonte de energia? — Eu estava me concentrando para dizer cada palavra corretamente. — Estou parecendo uma daquelas bonecas que ficam com a cabeça tremendo? Porque não consigo parar de mexer a minha. Imagino se é assim que aquelas miniaturas dançantes de mulheres havaianas se sentem.

Dylan começou a me puxar em direção à porta.

— Por que todo mundo está sendo arrastado hoje? — perguntei a ninguém. — O que tem de errado em caminhar? Eu gosto de caminhar. É legal. Andar de patins é melhor, mas não dá para fazer isso aqui.

— Dylan, o que vamos fazer com ela? — questionou Melanie, nervosa. — Está bêbada. Não podemos deixar que sua mãe a veja nesse estado.

Sorri sonolenta para ela à medida que minhas energias se esvaíam. Coloquei o braço em torno dos ombros de Dylan.

— A mamãe vai ficar bem, mas tenho mesmo que voltar? Posso apenas dormir no Dylan. — Repousei minha cabeça na dele. — Você é um irmão incrível. Não falo isso o suficiente. Ah, e papai deveria ter perguntado sobre você hoje.

Senti o corpo do meu irmão ficar rígido.

— Ele ligou?

— Sim. Acho que precisei ficar famosa para ganharmos uma ligação — respondi. Dylan me segurou pela cintura de modo a me manter de pé. — Ele não deveria ter deixado você — sussurrei, chegando mais perto. — Você é o melhor.

— O que aconteceu com ela?

Minha cabeça se endireitou quando ouvi a voz de Logan.

— Ah, oi! Festa incrível. Acho que o mundo está girando agora. — Mal reparei na presença de Spencer e Chelsea ao lado dele.

— E aí, camarada. Sal, tequila, limão — repeti. — Ainda lembro!

Logan se virou para Spencer.

— Quantas doses ela bebeu?

— Até eu sair, umas duas e meia. Eu ia fazê-la parar, Logan, juro!

Logan segurou o meu rosto para que eu pudesse fitá-lo nos olhos.

— Tá, Mack. Você bebeu depois que o Spencer saiu?

— Claro — respondi animadamente, recebendo outra onda de calor. Talvez porque o toque de seus dedos me tivessem feito sentir como se houvesse bebido outra dose. — Com Kevin e Annie.

— Merda!

Foi a forma que Dylan encontrou de resumir a situação. Acotovelei-o de leve.

— Olha o palavreado!

— Certo, precisamos fazer com que ela fique sóbria novamente. Como vocês vão para casa?

— Corey viria nos buscar mais tarde — respondeu Melanie, nervosa. — Depois do encontro dele. Mas não acho que ela vá ficar de pé por tempo o suficiente.

Logan assentiu.

— Tudo bem. Vocês dois estão sóbrios? — Esperou a confirmação de Dylan antes de continuar. — Bom. Então podem ficar aqui e cuidar do meu posto enquanto eu a levo embora.

— É claro que vai levá-la — rosnou Chelsea. — Você é um tremendo idiota!

E saiu marchando.

— Ops. Problema no paraíso — falei. Olhei para Spencer, que me encarava com um misto de preocupação e culpa. — Realmente é o paraíso. Sua casa é *absurda*. Tem até uma fonte! — Cutuquei Dylan. — Você viu? Talvez devêssemos todos ir até lá ver a fonte.

Mas ninguém parecia estar me ouvindo. Logan puxou da jaqueta chaves de carros e as entregou para Dylan.

— Não devolva essas aos donos a não ser que tenha certeza de que são as corretas. Tem mais no armário perto do bar. Entendeu?

— Sim.

— Certo. Spencer, você acaba de perder um motorista. Ache alguém rápido para me substituir. Vamos levá-la até o carro.

Mas antes que Logan pudesse colocar o meu braço que estava livre sobre o seu ombro, Dylan se dirigiu a ele em um tom de voz muito sério:

— Ela é a minha irmã, cara. Se machucá-la, vou te machucar. Estamos conversados?

Foi fofo da parte dele tentar meter medo em um cara do ensino médio que poderia parti-lo em dois. Ainda assim, Dylan até que conseguiria se garantir em uma briga.

— Estamos, sim.

— Ei! — protestei enquanto Logan me segurava. — Eu estou aqui! E estou bem. Isso foi muito legal da sua parte, Dylan, mas posso cuidar de mim mesma — disse, cerrando os punhos.

— Viu?

— É, você é muito feroz.

Virei para Melanie.

— Sabe o que quero dizer, não é? Eles estão agindo como se eu fosse uma donzela em perigo, e *não* sou!

Admito que a última parte soou um pouco chorona.

— Não, você é apenas uma donzela — respondeu Melanie, abrindo a porta do passageiro do carro de Logan.

— Uau, isso foi rápido. — Me dei conta nesse momento de que estava indo embora da festa. — Espera aí! Só me dá um segundo e consigo sair dessa situação. Melanie. Não quis que isso acontecesse. Desculpe por arruinar a sua primeira noite lá em casa!

Ela arrumou meu cabelo, puxando-o para trás.

— Está tudo bem, Mackenzie. Só se recupera, OK?

E, assim, o meu cinto de segurança foi colocado, e fui embora da minha primeira festa do colégio fedendo a chão de boteco e sentindo-me pior ainda... e acompanhada por Logan.

Pois é, por essa eu não esperava.

Capítulo 29

— Deus, como eu sou idiota — disse para Logan enquanto balançava no assento. O mundo não queria parar de girar.
— Não, você não é. — Ele batucava os dedos no volante. — Geralmente.
— Está errado. Eu sou idiota. Muito idiota. Só disfarço bem.
— Virei a cabeça a fim de olhar para ele. — Sabia disso?
— Não. Você deve ter me enganado.
Sentei-me direito.
— Sério? Enganei? Porque você é... — hesitei por um momento — Difícil. Sua cara fica assim quando olha *bem* fixamente. — Imitei sua expressão. — É como se tivesse visão de raio X!
— Visão de raio X — repetiu, e pensei ter notado um tom divertido em sua voz.
— Sim! É como se soubesse o que todo mundo está pensando. Embora você possa ser bem burro também, sem ofensa. — Pressionei meu nariz contra o vidro da janela e curti a sensação gelada. — Quando o mundo vai parar de girar?
— Em breve. Quer dizer que eu posso ser burro?
— Ah, sim. Mas só com garotas, eu acho. Tirando isso, é bem esperto. Deus, como sou idiota.
— Você já mencionou essa parte.

— Tá. Não quero ser repetitiva. Por que eu fui beber tanto? Isso não foi nada inteligente. — Lutei contra o cinto de segurança para encarar Logan. — E sou sempre muito responsável. Mackenzie Wellesley nunca faz coisas assim. Ela sabe muito bem que não deve beber tequila em festas. Péssima decisão.

— Não cobre tanto de si própria, Mack. Então, o que você quis dizer sobre eu ser burro em relação a garotas?

— Bem, em primeiro lugar, você gosta da Chelsea Halloway. Isso é bem idiota.

— Gosto.

Eu não soube dizer se aquilo havia sido uma pergunta ou uma afirmação.

— Ou isso ou gosta dos peitos dela. — Eu ri. — Talvez eu devesse ficar na minha.

— Ah, não, por favor. Me conta mais sobre isso.

— Bem, um dia vocês dois terão bebês Notáveis. Eles provavelmente terão sistemas imunológicos superiores, então isso é um bônus. — Eu podia sentir a intensidade do olhar de Logan. — É claro que as crianças podem se tornar calculistas, competitivas e cruéis... tem isso também. — Eu me recostei no assento, e o mundo se inclinou de novo. — Calculistas, competitivas e cruéis — repeti. — Bem, ainda consigo apreciar uma boa aliteração. Isso faz de mim uma pessoa inteligente, não é?

— É.

— Só preciso trabalhar nas minhas habilidades sociais. Mas parece que as pessoas gostaram de mim essa noite. — Agarrei sua manga, curtindo o toque do algodão puro entre meus dedos. — Você viu?

— Sim — respondeu Logan. Seus dedos agarraram o volante com mais força. — Reparei.

Inclinei-me em sua direção para cochichar em segredo:

— Acho que foi o vestido.

Ele olhou para mim por um segundo enquanto parava no sinal vermelho, mas foi o suficiente para fazer com que o meu batimento cardíaco acelerasse.

— É um vestido e tanto, Mack.

— Obrigada. Meu sutiã é fofo também. Está vendo?

Puxei uma das alças da frente única a fim de mostrar um pedacinho do meu sutiã. Acho que senti o carro dar uma arrancada brusca, mas pode ter sido apenas impressão minha.

— Caramba! Não faça isso!

Lutei para manter meus olhos abertos.

— Tá, isso não foi uma boa ideia.

— Não brinca.

— Não acredito que estou bêbada... no seu carro. Amanhã, Mackenzie vai se sentir *muito* idiota — confessei. Meu estômago roncou bem alto. — Você não deve beber quando estiver de estômago vazio, certo? Acho que isso também não foi uma boa ideia.

— *É claro* que você não comeu nada antes. Perfeito. — Logan passou uma das mãos nos cabelos, frustrado. — Droga. Você vai para a minha casa, Mack.

— O quê? — perguntei, indignada. — Você não pode me levar para a sua casa!

— Ah, é? E por que não, Mack?

— Por causa da Chelsea!

— E o que ela tem a ver com isso?

No momento, eu não tinha completa certeza.

— Ela vai... descobrir?

— E...?

Eu não tinha mais argumentos.

— Tá — respondi. — Só até o mundo parar de girar. Vai parar, não vai? Porque não estou vendo mais graça nisso.

— Você vai ficar bem. Só não vai querer ver álcool por um bom tempo.

Tentei me aconchegar contra a porta do carro.

— Mas o calorzinho era tão bom! Quase compensou o Patrick ter me chamado de vadia oportunista. — Suspirei. — Olha o palavreado.

— E por que ele chamaria você assim?

Foi imaginação minha ou havia uma pontinha de raiva em sua voz?

— Bem, primeiro ele disse que estava apaixonado por mim.

— Tá, agora tudo faz sentido.

Dei uma gargalhada silenciosa e fechei os olhos. O mundo continuava girando.

— Ele acha que eu o recusei por causa de você... e do Spencer.

— O que tem a gente?

Tentei sorrir, mas meu rosto não parecia estar cooperando.

— Até *eu* entendi essa parte. Para subir de posição social. Vocês são lindos, ricos e Notáveis. Talvez, se eu curtisse o universo popular, isso não soasse tão estranho. — Bocejei. — Não contei a ele que havia feito um strike.

— Fique acordada, Mack. Estamos quase chegando. E foi um strike contra mim ou Spencer?

— Você, é claro. Strike um: você é um Notável. Strike dois: Chelsea. E strike três: você pode ser bem legal.

Logan estacionou na entrada da garagem.

— Espere aí. Fui eliminado por ser *legal*. Que droga de motivo é esse?

Tentei pensar sobre o assunto, mas meu cérebro estava muito confuso.

— Bem, você é um Notável e nunca é desastrado ou feio. Nunca. Não é justo. Além de que, mesmo sem a Chelsea e os bebês

Notáveis, todo mundo se perguntaria: "O que ele está fazendo com *ela*?" E, então, você pensaria "Hmm, boa pergunta" e me daria um pé na bunda. Isso não seria nada legal.

— Então não gosta que eu seja popular e consiga andar sem tropeçar — disse ele, lentamente, a fim de me convencer de que eu estava sendo idiota. — Já ocorreu a você que talvez eu não cumprisse a parte do pé na bunda?

— Não — respondi honestamente. — Você gosta da Chelsea. Quer ouvir algo maluco?

— Claro.

— Eu quero odiá-la. *Realmente* quero odiá-la, porque ela faz com que eu me sinta *ridícula*. Mas ela está certa: eu sou. — Ergui as mãos em desgosto. — Você sabe quão patética eu era antes de aparecer no YouTube? Não sabia dizer não para ninguém. "Oi, Mackenzie, você pode dar uma olhada na minha redação?" "Claro, sem problemas." "Ótimo! Nós vamos fingir que você não existe a partir de... agora." — Suspirei. — Eu fui a fim do Patrick por quatro anos. QUATRO ANOS. E levei esse tempo todo para perceber que o cara de quem eu gostava *não existe* — confessei. Procurei meu cinto de segurança. — Não estou me sentindo bem.

Logan me tirou do carro e me colocou em tempo recorde cara a cara com os arbustos, onde meu corpo tentou se livrar de todo sal, tequila e limão ingeridos mais cedo.

— Desculpe — falei antes de mais uma onda de enjoo fazer eu me curvar novamente. Ainda me sentia desconectada do meu corpo, como se fosse outra garota pondo as tripas para fora; outra pessoa vomitando suas decisões ruins nos arbustos... um outro alguém menos inteligente.

— Está tudo bem, Mack — disse Logan. Ele segurou meu cabelo, mantendo-o para trás. — Você vai melhorar.

Minhas pernas tremiam, exaustas, e tudo o que eu queria era dormir até o mundo se endireitar.

— Você é muito legal.

— É — disse ele. — Você já mencionou isso.

— Ainda não me sinto bem.

Repousei a cabeça contra a sua jaqueta e tentei absorver seu calor.

— Só precisamos fazer com que você fique hidratada. Colocar uns eletrólitos aí dentro. — Ele me carregou até a porta. — Um Gatorade, um pouco de água... talvez comer alguma coisa. Você vai ficar bem. Só fique quieta, meus pais estão dormindo.

Ele destrancou a porta e a abriu enquanto eu me apoiava na parede. Em seguida, empurrou-me para a cozinha, que havia se tornado tão familiar. Sentei-me em um dos bancos diante do balcão e o observei encher um copo d'água, que me entregou antes de abrir a geladeira e olhar o que tinha dentro.

Tomei um gole.

— Por que você namorou Chelsea?

— Por alguns motivos. Beba.

— Além da beleza, quero dizer — adicionei antes de me focar obedientemente na água.

— Vamos conversar sobre isso em um outro momento. — Ele encontrou um Gatorade, abriu a garrafa e a passou para mim. — Termine a água e beba isso.

— Não — falei, vigorosamente. — Amanhã vou me sentir mal por me intrometer. Conte agora. — Olhei desconfiada para o Gatorade. — Se quiser que eu beba algo *azul*, então me deve umas respostas.

Ele riu.

— Eu devo. Certo. — Sentou-se ao meu lado. — Tudo bem. Eu conheci Chelsea no meu primeiro dia de ensino fundamental.

Ela veio até mim e se apresentou. Em um momento, eu estava memorizando o código do meu armário, e, no seguinte, aquela garota linda estava falando comigo. Beba.

Tomei um gole.

— Chelsea sempre corre atrás do que quer e não é burra. Pode não ser uma aluna exemplar, mas sabe como fazer uma situação virar a seu favor. Beba o Gatorade.

Logan se levantou para encher novamente o meu copo com água enquanto eu tentava beber o líquido azul brilhante à minha frente. Eu não me sentia muito melhor, mas fiquei quieta.

— Então por que vocês terminaram? Parece que tinham algo especial.

Pressionei a testa contra a superfície gelada de granito do balcão da cozinha.

— Acho que porque não tínhamos muito em comum. Chelsea gosta de ser o centro de tudo. Então, começamos a ir a festas juntos, e, a princípio, ela ficava tranquila quanto ao fato de eu ajudar pessoas bêbadas e ser o motorista da vez. Mas daí cansou de me ver passando todo o meu tempo com pessoas cobertas de vômito. Não posso culpá-la. Ela estava entediada, sozinha e irritada... e eu não sabia como dar um jeito em nada disso. Então, quando conheceu Jake, terminou comigo na hora. — Ele pareceu pensativo por um momento. — Eles pareciam se dar muito bem, fiquei surpreso quando não tentaram manter um relacionamento a distância. Mas, por outro lado, Chelsea gosta de ter opções.

— Foi um término ruim?

— Poderia ter sido pior. É claro, também poderia ter sido melhor. Não é muito legal ouvir que sua namorada está com outro cara... no dia seguinte ao baile do sétimo ano — disse. Ele deu de ombros e colocou a água atrás do Gatorade. — Quanto mais você beber, melhor vai se sentir amanhã.

— Tá. O mundo continua girando — informei. Fechei os olhos com força antes de abri-los novamente. — Não sei por que você está me contando essas coisas.

— Você perguntou... e agora sou eu que faço as perguntas. Gesticulei com tanta vontade que quase derrubei minha água.

— Eu sou um livro aberto.

— E eu sou disléxico.

Eu ri.

— Então, vamos, pergunta.

— Qual foi o real motivo de você dizer não ao Patrick hoje?

— Um montão de coisas.

— Como por exemplo...

— Eu ficava escrevendo suas falas.

Logan me olhou de maneira exasperada.

— E o que isso quer dizer?

— Mentalmente. Ficava inventando na minha cabeça tudo o que ele faria ou diria. Era como... como se, caso eu acreditasse com força o suficiente, ele pudesse ser o que eu estava procurando. E eu só, bem, quero... — Parei de falar quando a minha cabeça ficou confusa.

— Sim...? — disse Logan, tentando me fazer falar.

— Mais — continuei. — Eu não quero ter que escrever as falas dele! Quero ser surpreendida e desafiada e... *forçada* a ser mais do que Mackenzie Wellesley, a Rainha da Esquisitice. E não quero nunca servir de estepe. Patrick teria me largado assim que a minha popularidade acabasse. Não queria enxergar isso, mas não deixa de ser verdade. Não que eu esperasse um "para sempre", até porque a gente está no *ensino médio*, mas, quando ele disse que me amava, eu pude ver o nosso fim em alta definição. Eu estaria no chão do refeitório, igual ao que aconteceu quando

Alex Thompson me empurrou, e Patrick, parado na minha frente, diria: "Está tudo acabado entre nós, Mackenzie." E enquanto eu estivesse gaguejando, ele me daria o golpe final, algo como: "Se você acreditou nesse monte de baboseira, não deve ser tão inteligente quanto dizem." — Tomei outro gole. — Desculpa, qual tinha sido a pergunta mesmo?

— Você acabou de responder.

— Ah, Certo. Isso é bom. — Senti meu estômago se contrair. — Acho que vou vomitar de novo.

Logan me levou ao banheiro. Continuava dizendo coisas do tipo "Você vai ficar bem" enquanto o Gatorade deixava o toalete azul. E, no momento em que deslizei pela parede entre o vaso sanitário e a pia, ele trouxe mais água da cozinha.

— Você precisa se manter hidratada — disse, quando usei a água somente para enxaguar a boca antes de cuspi-la. — Vai ter uma ressaca das brabas amanhã.

Dei de ombros.

— Valeu a pena.

— Duvido muito.

— Não, é sério — insisti. — Achei que o cheiro fosse ser horrível, e o gosto, pior ainda. — Franzi o nariz. — Não posso dizer que curti o cheiro... mas o calorzinho é incrível. E agora eu sei como tudo isso funciona. — Minha voz diminuiu até se tornar um sussurro. — Isso é sempre pior: não saber como é. Porque aí você está preso a centenas de perguntas que ninguém pode responder.

— Bem, amanhã vai saber tudo sobre ressacas.

Não pude evitar sorrir.

— Você é divertido.

— E você, uma bagunça. — Logan me colocou de pé. — Preciso usar seu telefone.

— Por quê? Espere! Eu não deveria estar ligando para os outros enquanto estou bêbada? Faz parte da experiência, não faz?

— Agarrei minha bolsa, que ainda estava no balcão da cozinha.

— Isso é tão legal. Tá, para quem devo ligar... ou será que devo enviar uma mensagem?

Com um movimento rápido e certeiro, Logan tirou o celular da minha mão.

— Você não vai ligar para ninguém agora. Vai beber mais Gatorade enquanto eu digo ao seu irmão que você vai passar a noite aqui. Agora, *beba*.

— Isso parece bem mais divertido nos filmes.

— É assim que funciona com Hollywood. Oi, Dylan... não, ela está bem.

Tirei os meus sapatos e ri quando caíram no chão.

— Ela ainda está bêbada e vomitando, mas vai ficar bem. Vou deixá-la dormir por aqui. Diga para a sua mãe que ela teve uma festa de pijama surpresa ou algo do tipo...

Houve uma longa pausa.

— Tudo bem. Certo.

— Logan — sussurrei. — *Psst!* Logan!

Ele olhou para mim, com um lampejo de irritação que pude perceber.

— Fale para o Dylan que ele é o máximo. Dylan, você é o máximo! — exclamei em direção ao telefone.

— Ela está falando que você é o máximo — repetiu, provavelmente só para calar a minha boca. — Tudo bem, eu digo a ela. Certo. Valeu, cara.

— Bem — falei quando o vi desligar o celular —, o que ele disse?

— Que você deve avisá-lo na próxima vez que tentar destruir o seu fígado. Ele é um cara legal.

— Ele é o máximo. — Guardei o telefone de volta na bolsa.
— Eu... uau, tonta. — Relaxei a cabeça no seu ombro. — Posso dormir agora?

Logan passou o meu braço sobre seus ombros e me segurou com força pela cintura. Você deve estar pensando que, uma vez que continuava bêbada, havia acabado de vomitar e estava com o sono para lá de atrasado, eu não sentiria absolutamente nada com o toque dele. Mas senti. Apenas não tive energia suficiente para decifrar o que estava sentindo.

Logan pegou uma tigela de salada antes de me tirar da cozinha.

— Aonde estamos indo? — balbuciei perto do seu pescoço. — Não quero mais me mexer. Só dormir.

— É por isso que estamos indo para a cama.

Acho que nesse ponto eu estava tão cansada que ele poderia ter dito "É por isso que pretendo violentar você até de manhã" e, ainda assim, eu não teria nem piscado.

Álcool e eu... não formamos uma boa combinação.

Capítulo 30

Logan Beckett não tentou tirar vantagem de mim. Emprestou-me uma calça de moletom e uma camiseta e me deixou sozinha no quarto para que eu me trocasse. Até saiu novamente quando notei que a parte de cima estava do lado errado. Embora ele não devesse ter feito isso, porque me aproveitei da sua ausência. Rastejei na sua cama e estava quase em coma de tanto sono quando bateu na porta para verificar o meu progresso.

— Entre — murmurei. — Ah, oi. Você tem uma cama muito legal. Gostei.

— Fico feliz que tenha curtido. Agora sai daí que vou levar você para o quarto de hóspedes.

Eu me agarrei ao travesseiro com ainda mais força.

— De jeito nenhum.

Ele suspirou e colocou a tigela de salada do lado da cama.

— Tudo bem. Caso se sinta enjoada, use isso — disse. Andou pelo quarto até encontrar a garrafa d'água e a colocou ao lado da tigela. — E continue bebendo água. Vejo você pela manhã.

— Quê? — perguntei. — Aonde você vai?

— Para o quarto de hóspedes.

— Mas não pode fazer isso — protestei. — Você tem que ficar aqui e se assegurar de que não vou morrer.

— Realmente duvido que isso vá acontecer.

— Acho que vou sim — afirmei. Achava mesmo. Era como se eu tivesse pegado alguma doença muito ruim, como escorbuto ou malária. Bati com a mão no espaço ao meu lado na cama até que ele se sentasse, hesitante. — Vai ser como uma noite com Corey.

— Sim. Exceto pelo fato de que eu não sou gay.

— Mas, veja, ainda assim está tudo bem porque você não gosta de mim desse jeito. E não vai me beijar. Você provavelmente poderia. Até seria legal. Mas não vai. — Puxei Logan até que estivesse deitado por cima das cobertas. Ele caiu tão perto que seria capaz de fazer o beijo acontecer. — Me conta um segredo.

— Será que você pode calar a boca e dormir?

— Não. E sou mandona. Me conta um segredo.

— Além da dislexia?

Bufei no meu travesseiro, cética.

— Aposto que muita gente sabe disso.

— Perderia a aposta. Não saio por aí divulgando as minhas "dificuldades de aprendizado".

Dei um empurrão com o ombro:

— Ainda assim, esse não vale. Me conte um segredo.

Ele riu e então, de repente, ficou sério.

— Eu... — Hesitou. — Eu não entendo você de jeito nenhum.

— Isso também não vale.

— Tá. Aquele dia no Starbucks, quando você olhou para o Patrick, tipo, sei lá, como se ele tivesse sido o jogador da partida...

— Sido o quê? — interrompi.

— O jogador da partida. Como se tivesse feito três gols sozinho no jogo. Enfim, de todo modo, não gostei.

— Porque você queria ter marcados os gols?

Logan sorriu, e eu quis afastar sua franja dos olhos para ver se estavam mais para azuis ou acinzentados. Claro que, para fazer isso, eu precisaria parar de ver tudo em dobro.

— Não exatamente — respondeu. Havia um tom de humor na sua voz quando chegou mais perto e sussurrou. — Sabe, não é sequer um segredo. Você é a única que ainda não percebeu.

Eu devo ter desmaiado, pois, assim que abri os olhos, estava sozinha e muito confusa. Acordar em uma cama estranha, usando as roupas de outra pessoa, não eram hábitos meus. Sentei-me devagar. Minha cabeça latejava enquanto eu olhava sem foco para o quarto que, na noite anterior, eu estava cansada demais para examinar.

Estava limpo. Não havia nenhuma pilha gigante de roupas sujas pelo chão como no quarto de Dylan. Nenhum pôster sexy da Megan Fox na porta também. Em vez disso, havia um mapa-mundi enorme com alfinetes vermelhos e amarelos como se fosse um porco-espinho. Pôsteres de ondas radicais, de surfistas em plena ação, revestiam as paredes. Havia também um alvo de dardos com vários furos ao seu redor, como se alguém tivesse errado a pontaria diversas vezes. Logan tinha um pequeno aquário com um peixe-anjo nadando feliz. Parecia bem feliz, pelo menos. Obviamente, o meu cérebro estava nadando mais do que o peixe.

Levantei para olhar mais de perto os desenhos presos na escrivaninha. Meus pés estavam doloridos, e eu quase caí. Deixei escapar um gemido baixo e segurei a cabeça entre as mãos. Ah, sim, como me arrependi de usar o salto alto. Essa cultura patriarcal idiota com seus padrões idiotas de beleza... e fui idiota de resolver segui-la.

Lembrar-me dos saltos desencadeou uma série de memórias. Eu entrando na festa com Melanie e Dylan. Passando um tempo com o Spencer. Oficialmente assassinando a única chance de ter um namoro na escola com Patrick. Assistindo a Logan e Chelsea se beijarem no gazebo.

Fiquei enjoada e culpei a ressaca. Como eu podia ter sido tão burra? Quem é que vira para o carinha e diz "Desculpa, você está enganado" quando ele está se declarando? Não foi à toa ele ter sido tão babaca em seguida. Se realmente estivesse apaixonado por mim, eu o teria esmagado como a uma formiga, sem aviso algum.

Mas a minha apresentação de slides mental não havia terminado. Esfreguei a cabeça e murmurei "sal, tequila, limão", enojada. Vagamente lembrei de ter dançado com Kevin e... Amy? Eu devia estar muito bêbada.

Quanta elegância.

Minha primeira festa e eu precisei do meu irmão mais novo para me ajudar. Um pequeno fato que Dylan provavelmente jogaria na minha cara pelo resto da vida... principalmente quando precisasse de um favor.

Forcei-me a ficar de pé e andar até o aquário à medida que as lembranças da noite anterior se tornavam bastante confusas. Algo sobre Chelsea... e uma carona com Logan. Eu vomitei? Tenho certeza de que sim. Mas a pergunta que não queria calar era *onde*? Será que vomitei no carro?! Esfreguei os olhos e continuei caminhando até a escrivaninha. Havia uma tira de cortiça na parede, e todas as imagens aparentavam ser trabalho de Logan. Inclinei-me para ver mais de perto. Havia uma série inteira de desenhos que pareciam uma tirinha de gibi bem detalhada. No primeiro, uma menina desengonçada (eu?) estava em uma mesa de refeitório e declarava: "É a hora da revolução! Eu tenho direito de ser vista!"

O que era até bem legal, na verdade.

Só que, no quadro seguinte, Chelsea estava me olhando com desdém e pensando: "Eu estou te vendo. Já ouviu falar de maquiagem?"

Isso já não era tão legal.

Olhei para as calças de moletom e a camiseta lisa que eu estava usando e entrei em pânico. Como *exatamente* vim parar nessa roupa? Imaginei que consegui me vestir sozinha. Esfreguei os olhos novamente e desejei com força que as coisas tivessem acontecido dessa forma.

— Então... você conheceu Dog.

O meu batimento cardíaco se acelerou tanto que começou a ficar ritmado com o latejamento da minha cabeça. Virei-me a fim de olhar para Logan, que estava encostado no batente da porta, como se fosse natural que garotas acordassem no seu quarto.

— Q-quê? — gaguejei.

— Meu peixe.

— Você tem um peixe chamado "cão" em inglês — falei. Massageei a testa. — Ainda estou bêbada?

Ele riu.

— "Dog" é peixe em hebraico. E, como sou alérgico, é o mais próximo que vou chegar de ter um cachorro — disse, dando de ombros.

Assenti e então desejei não ter feito isso. Minha cabeça parecia querer rachar a qualquer momento.

— Como está se sentindo? — perguntou.

Logan sorriu enquanto eu o olhava com óbvio desconforto.

— Supimpa.

— Vamos fazer seu café da manhã e pegar um Advil para você tomar — disse ele, me empurrando para a cozinha.

Meu estômago se revirou só de pensar em comida.

— Que tal dois comprimidos de Advil e nada de café?

— Não foi exatamente nessa cozinha que você declarou há uma semana que conhecia os seus limites?

— Logan — resmunguei —, me faz um favor? Cala a boca.

Uma risadinha atrás de nós me fez girar. Seus pais haviam entrado na cozinha silenciosamente e ouvido cada palavra.

— Eu... eu sinto muito — desculpei-me de prontidão. Por qual motivo eu não tinha certeza. Talvez por dizer ao filho deles para calar a boca, por estar ali de ressaca, por vomitar no banheiro ou por passar a noite no quarto de Logan... talvez por tudo ao mesmo tempo.

— Ah, nós mandamos ele calar a boca o tempo todo — disse sua mãe. Ela se virou para mim. — Você está bem, Mackenzie?

— Ah, claro. Vou ficar.

Minha cabeça queria rachar.

O pai de Logan pegou um copo enorme de suco de laranja e o entregou a mim.

— Por que você não se senta e nos deixa preparar a cura para ressaca especial da família Beckett? — Ele piscou para mim. — Os médicos recomendam.

Eu me sentei em um dos bancos diante do balcão e tentei não sentir inveja de Logan por ter pais totalmente incríveis. O trabalho em equipe entre os dois era óbvio. Mexiam-se pela cozinha, picando pimentas e gratinando queijo sem nunca entrar um no caminho do outro. Imaginei se os meus pais já haviam sido assim algum dia, quando estiveram juntos... se meu pai alguma vez tinha rido e falado para a minha mãe parar de dizer a ele o que fazer na cozinha. Era provavelmente melhor não pensar nisso.

Bebi um gole do suco de laranja, agradeci Logan pelo Advil e me recostei enquanto a omelete fritava e uma fatia de pão pulava na torradeira.

— Precisam de ajuda com alguma coisa? — perguntei.

— Não, acho que damos conta de tudo. Por que não nos conta sobre a festa de ontem?

— Hmm, bem, acho que foi boa — respondi. Usei meu suco como desculpa para organizar e formular meus pensamentos. — Não tenho como comparar a nenhuma outra. — Esfreguei a testa, sentindo-me mal comigo mesma. — Não acredito que isso tenha acontecido, peço desculpas por dar trabalho. Ficar bêbada em festas... não faz nem um pouco o meu estilo.

— Bem — disse o pai —, você costuma ir a festas?

— Não — respondeu Logan no meu lugar.

Olhei para ele e suspirei.

— Verdade. Não mesmo.

— Então acho que você teria essa experiência mais cedo ou mais tarde.

Olhei para ele.

— Mas não deveria ter! Eu deveria entender os motivos disso ser um enorme clichê para as pessoas da minha idade e acordar na minha própria cama. Não *isso*.

Gesticulei à minha volta, exasperada.

A senhora Beckett riu.

— Parece que acabou acontecendo mais coisas do que você esperava — disse, entregando-me a torrada. — Bem, fico feliz de ver que tinha quem cuidasse de você. — Virou-se para o filho. — Deu bastante água para ela?

Ele a olhou de um jeito que provavelmente aperfeiçoara durante toda uma vida de respostas a perguntas óbvias.

— É claro que dei.
— Está bem, então. Coma isso e vai se sentir nova em folha.
— Obrigada — respondi. Sorri para todos. — Realmente estou agradecida por tudo.
— Sem problemas — disse o sr. Beckett, passando-me a pimenta e o sal. — Logan, por que não vai pegar o jornal?
Aquilo não foi uma pergunta. Sabíamos todos o que a ordem significava: eles queriam me dizer alguma coisa... em particular.
Assim que Logan saiu da cozinha, sua mãe disse:
— Sabe, Mackenzie, queríamos conversar com você já há alguns dias.
Assenti, porque não tinha nada mais a ser feito.
— Sabemos que a sua vida tem se tornado um pouco... complicada recentemente. Quando vimos o seu vídeo no YouTube, bem... — Seu sorriso ficou maior — achamos bastante engraçado. É claro, ficaríamos felizes em ensiná-la a fazer uma reanimação corretamente para que aquilo... — O sr. Beckett a cutucou para que voltasse ao assunto principal — Enfim, apesar de tudo, nunca esperamos que as coisas fossem ficar tão malucas para você.
— Nem eu — respondi sinceramente.
— Queremos que saiba que vamos entender se dar aulas particulares ao Logan for demais para você nesse momento. Cuidar de si mesma deve ser a sua prioridade.
Tentei processar tudo que ela estava me dizendo.
— Então... isso quer dizer que estou demitida?
Meu coração despencou de tristeza só de imaginar, e mordi meu pão para que eles não percebessem o quanto eu queria manter o emprego. Não tive a chance de tentar sequer uma das novas ideias que tive para Logan. Não havíamos assistido a nenhum filme de história ou feito piadas sobre as perucas da

época... nada. E era desesperador o quanto eu queria, de fato, passar um tempo com ele.

— Não, é claro que não — disse o pai dele, sorrindo. — Mas compreenderemos caso isso seja demais para você agora. Sabemos que Logan não é a pessoa mais fácil para se dar aulas.

— Por causa da dislexia — respondi.

Não sei por que eu disse isso. Talvez porque fosse parecer ridículo fingir que eu não sabia.

— Isso pode tornar as coisas mais difíceis — disse a mãe, sorrindo. — Mas, na verdade, eu estava pensando mais sobre a conduta de Logan em relação a trabalho. Ele tende a procrastinar. Foi por isso que ficamos tão surpresos quando sugeriu ter aulas particulares... não que no início ele estivesse muito entusiasmado com a ideia.

Pensei sobre a forma abrupta como Logan havia me contratado.

— Pois é, eu diria que estava menos que entusiasmado. Talvez até um pouco hostil.

— Bem, fico feliz por ele ter contado sobre a dislexia. Não é uma coisa sobre a qual ele goste de falar.

Assenti e tentei absorver todas aquelas informações novas. Havia muita coisa acontecendo ao mesmo tempo, e eu ainda nem tivera chance de processar todos os acontecimentos da noite anterior. Parte de mim não sabia se merecia que os Beckett fossem tão gentis comigo... não depois de voltar de uma festa somente para vomitar no banheiro todo.

Era tudo tão estranho.

Mas antes que eu pudesse dizer mais alguma coisa, Logan voltou segurando o jornal e parecendo irritado. A fonte de irritação ficou clara assim que ele bateu com o jornal na mesa bem na minha frente. A manchete dizia: *O Lado Selvagem de Wellesley!*

Para o caso de alguém estar imaginando que *tipo* de lado selvagem seria esse, havia uma foto enorme na qual eu aparecia com o meu vestido, um limão na mão e sorrindo para Kevin. Não percebi que houvera alguém tirando fotos na festa, mas naquele momento eu já havia bebido três doses de tequila e não estava notando muita coisa. Depois de me dar conta do sorriso bobo na minha cara e meus olhos quase fechados, que tinham mais a ver com o cansaço do que com a bebida, li o artigo.

Mackenzie Wellesley, 17, talvez só tenha alcançado a fama por conta dos seus dois vídeos no YouTube, mas suas demonstrações de notoriedade não aparentam estar em declínio. Em vez disso, a jovem continua a alimentar controvérsias através de seu comportamento recente, que inclui festas, bebidas e, segundo rumores, uso de drogas. Sua vida amorosa parece até mais desnorteada. Apesar dos relatos de que ela e Timothy Goff seriam "loucos um pelo outro" e de que "se falam frequentemente", a senhorita Wellesley foi a uma festa escolar em vez de sair com o seu suposto namorado, que estava em Portland. Na verdade, uma Wellesley embriagada deixou o local com um jovem desconhecido. Dada a sua meteórica ascensão diante das vistas do público, esse tipo de atitude implora que se questione: poderia a fama transformar uma boa menina em garota má?

— *Uso de drogas!* — berrei. — Nunca usei drogas na minha vida! — Ergui um braço na direção dos pais de Logan. — Eu juro! Podem investigar, fazer testes. Verão que sou limpa.

A mãe de Logan repousou sua mão sobre a minha.

— Não duvidamos de você.

— Não sei, não — disse o pai dele, em tom de brincadeira —, tem cara de viciada para mim.

Vire-me para Logan.

— Você herdou o senso de humor do seu pai.

— Putz.

— Tenho que ir para casa — anunciei. Fechei o jornal para não ter mais que olhar para a minha cara de idiota. — Preciso explicar isso tudo para a minha mãe.

— Claro — disse a senhora Beckett, concordando comigo. — Logan pode levar você.

— Ótimo. — Olhei para ele. — E, ahn, posso ir com as suas roupas? Prefiro não ter que usar aquele vestido.

— Sem problemas — respondeu enquanto caminhávamos até o carro.

Mas ele estava errado. Eu estava prestes a ter vários problemas.

Capítulo 31

Cinco minutos depois, Logan e eu estávamos sozinhos em seu carro... e eu estava mergulhando em uma série de lembranças muito confusas.

— Estacione — ordenei quando chegamos perto da escola fundamental. Fiquei aliviada por ele fazer o que pedi sem contestar.

— Eu... eu preciso me desculpar. Não me lembro exatamente do que fiz ou disse, mas sei que vomitei e fui irritante no geral. Você não precisava de uma garota bêbada estragando a sua noite de sexta. Então obrigada por ficar comigo. Agora, se puder esquecer tudo o que aconteceu, seria ótimo.

— Não sei, não... seu strip-tease foi bem inesquecível.

Engasguei.

— O meu o quê?

— Brincadeirinha.

— Não tem graça. Nenhuma.

— Ouça, não aconteceu nada. — Logan tirou o cinto de segurança e se virou para me olhar nos olhos. — Você tem o direito de relaxar pelo menos uma noite. Se quiser repetir a dose, recomendo que, antes de tudo, arrume alguém que possa dirigir depois.

— Eu sei — grunhi —, e eu não deveria ter ido para a sua casa. Aquilo foi irresponsável da minha parte. A maioria das vítimas de estupro conhece o autor do crime. Além do mais, dada a quantidade de álcool que consumi, duvido que eu pudesse apresentar qualquer resistência. Tenho sorte de ontem não ter sido pior.

Perceber isso fez com que eu me arrepiasse. Quando bebi a primeira dose na noite anterior, tudo em que pensava era: *Patrick me odeia e minha vida é uma porcaria. O que tenho a perder?*

A resposta era: um monte de coisa.

— Calma aí, não foi idiota entrar no carro. Você estava bêbada. Precisava de alguém para garantir que beberia água e que não se engasgaria com o próprio vômito. — Eu me contorci ao imaginar a cena. — Então, um amigo ajudou você.

— É isso o que você é? — questionei-me em voz alta. — Um amigo?

— Claro. Nós conversamos, passamos tempo juntos e temos amigos em comum. Sei que você é boa para um empréstimo e tenho ajudado você a sair de algumas encrencas. Para mim, parece que somos amigos.

Estava prestes a concordar. De verdade. Quase falei: "Ora, veja só. Eu tenho um amigo Notável." Mas, ah, não... eu tinha que estragar tudo.

— Então... de que tipo de encrenca você me ajudou a sair?

Logan fechou a boca de súbito, o que me fez ficar ainda mais curiosa.

— Vamos, Logan — ordenei.

— Não foi nada de mais Spencer e eu tivemos uma conversinha com Alex depois que ele empurrou você no refeitório. Deixamos claro que era para ele deixá-la em paz. Problema resolvido.

Olhei para ele.

— Você é louco? Problema NÃO resolvido! Eu lidei com o que aconteceu, certo. *Eu* disse para ele me deixar em paz. Não preciso de você mandando as pessoas se afastarem de mim. Acha que só porque é, o quê, o capitão do time de hóquei que tem direito de interferir?

— Não, fui obrigado a interferir. Ele derrubou você no chão, Mack, e ameaçou fazer novamente. Você precisava de ajuda.

— Eu sei exatamente o que ele fez. — Minha voz soava fria. — Como disse, lidei com o que aconteceu. Posso cuidar de mim mesma. E deveria ter perguntado antes de você e o seu amiguinho decidirem brincar de justiceiros com a *minha vida*.

Seus olhos congelaram.

— Não foi assim.

— Claro que foi! O que esperava que eu fosse dizer? Obrigada, Logan, por ser meu protetor? — zombei. — Tenho me virado muito bem sem carinha nenhum me defendendo desse mundo grande e malvado.

— Você está me confundindo com o seu pai, Mack. Isso é idiota. Pare de ser patética e de se achar o máximo.

— Meu pai não tem nada a ver com isso. Estou falando sobre barreiras e limites e espaço pessoal — falei, precipitadamente.

Logan bufou.

— Certo. Então quando você se meteu na minha dislexia e começou a perguntar sobre Chelsea, estava apenas interessada em limites.

— Eu estava bêbada!

— Não durante a última semana. Não quando resolveu tornar sua missão me desvendar.

E foi aí que me dei conta... a epifania não poderia tem vindo em pior momento: estava completamente louca por Logan Beckett. Ele estava certo. Desde que fomos andar de patins no gelo, eu estive tentando desvendá-lo. Não porque quisesse me intrometer em sua vida, mas porque o achava interessante. E então ele começou a me chamar de Mack, e eu gostei. Aquilo deveria ter me alertado na hora, porque *odeio* que me chamem de Mack... ou pelo menos *odiava* até aquele momento. Talvez eu até gostasse dele um pouco antes. Talvez isso tivesse começado no Starbucks, quando ele disse que tinha gostado do meu comentário sobre café, moeda e etc.

Eu com certeza sou a garota mais lerda do planeta.

Você deve estar pensando que esse tipo de revelação significaria alguma coisa, certo? Em vez de discutir sobre algo tão pequeno e insignificante como quem alertara Alex Thompson, eu diria algo do tipo: "Ouça, Logan. Essa sou eu sendo terrivelmente burra e insegura. Desculpa. Estarei normal de novo em um segundo. Gostaria de sair comigo em um encontro quando eu não estiver mais nessa ressaca infernal?"

Era exatamente isso que eu deveria ter dito.

Mas é claro que não disse.

Gostaria de ressaltar que essa descoberta não poderia ter acontecido em pior momento e não era nem um pouco bem-vinda. Eu dissera a mim mesma, antes ainda de começar a nossa primeira aula particular, que isso não poderia acontecer. Eu não poderia ser que nem todas as garotas da Smith High School e ter uma paixonite por Logan Beckett. Eu tinha mil motivos para isso também... não apenas os três que vagamente me lembrava de ter dado a ele na noite anterior. Jamais daria certo. Nós jamais daríamos certo... pelo simples fato de por que um cara (um Notável) namoraria uma patética como eu quando poderia muito bem estar com a superconfiante, ultramaravilhosa Chelsea Halloway? Ele teria que ser louco.

Assim, entrei em pânico. Depois da cena com Patrick, acho que mereço algum crédito por não ter começado a chorar que nem uma criancinha. Eu gostava de Logan Beckett, e, pela segunda vez em menos de vinte e quatro horas, meu coração estava prestes a ser esmagado.

— Talvez não devêssemos fazer isso. — Ouvi-me dizendo essas palavras e, no entanto, não acreditava que as tivesse falado. Eu havia perdido o controle. Meus reflexos de "ou vai, ou racha" estavam à flor da pele, e cada célula do meu corpo gritava: "Você é uma Invisível idiota para ele, lembra? Sai daqui antes que ele se dê conta de quão patética você é." — Você não quer que eu me meta, tudo bem. Faz sentido. Não faço parte do seu mundo de qualquer jeito. Vai ficar melhor com uma professora que não seja esquisita e *patética*. Talvez Chelsea possa ajudar. Vocês pareciam bem confortáveis no gazebo ontem à noite — falei. Lembrar aquilo fez com que meu estômago se contorcesse. — Vocês fazem um casal bem mais bonito.

— Você estava *me espionando* — disse Logan, encarando-me incrédulo. Soltei o meu cinto de segurança, pronta para recuar.

— Não! — gritei. Nem lembro quando comecei a falar alto, mas certamente estava aproveitando a chance ao máximo. — Não estava espionando! Não é *minha* culpa se estavam se agarrando em público. Só um conselho: se não quer que as pessoas vejam você enfiar a língua na goela de alguém, tente ir para algum lugar com paredes!

— Você estava me espionando — repetiu, como se eu não tivesse dito absolutamente nada.

— Não fique aí se sentido o máximo. Ah, quer saber? Pode achar isso mesmo. Eu estava espionando você. É, me pegou. Em segredo, estou totalmente, loucamente, cegamente apaixonada por você. Ah, querido, ah, querido — falei essa última parte cheia de sarcasmo. — Que tipo de idiota você acha que eu sou?

Seu maxilar se contraiu.

— Porque só uma idiota seria capaz de se apaixonar por um brutamontes como eu.

— Só uma idiota seria capaz de se deixar envolver e enganar por alguém que está mais interessado em popularidade do que nas pessoas.

Não sei de onde veio aquilo. Talvez fosse algum resíduo de raiva do Patrick, mas eu estava muito irritada, com muito medo e extremamente magoada para pensar sobre o que eu tinha dito.

— Nunca enganei você, Mack — disse ele, baixo e com um tom forte de finalização. — Você me usou para ganhar alguns trocados... e está tudo bem. Queria o trabalho para comprar o seu precioso MacBook. Eu entendo. Mas ninguém forçou você a nada. Poderia ter dito não para as aulas, e não precisava ter cantado com o ReadySet. Também não devia ter bebido tequila na festa ontem ou mesmo aparecer por lá. Você escolheu fazer tudo isso. Então não me acuse de ter enganado você quando é a única a criar as regras.

Ele recolocou o cinto de segurança e deu partida no carro. Observei a escola fundamental desaparecer enquanto absorvia suas palavras em silêncio. Eu não fazia ideia de como a conversa e meu pedido de desculpas haviam ido tão completamente por água abaixo.

— Mackenzie — falei. Minha voz estava rouca quando eu pronunciei meu nome, e eu sabia que tinha que sair do carro, ir para longe de Logan e de volta para as minhas roupas normais, pré-grifes, antes que virasse uma imbecil patética e chorona. Endireitei as costas e olhei pela janela, parecendo que alguém havia colocado meu coração em um liquidificador e feito uma polpa dele. Tudo o que me restava era o meu orgulho. — Mackenzie, não Mack.

— Claro — foi tudo o que ele disse. — Mackenzie, não Mack.

E de alguma forma, o fato dele concordar com aquilo foi o que mais me afetou.

Capítulo 32

Corri para o segundo andar, abri a porta do meu quarto e fui direto para a cama, querendo cobrir minha cabeça com as cobertas que nem fizera quando o vídeo idiota fora parar na internet, mudando tudo na minha vida. Queria voltar ao tempo em que as coisas eram mais simples. Ao tempo em que eu tinha uma paixonite por Logan Beckett, mas não sabia. Ao tempo que precedeu as péssimas decisões que me colocaram em risco. Ou para quando o meu maior dilema era assistir a um episódio de *Glee* ou de *The Office* durante uma pausa nos estudos.

Queria desesperadamente voltar ao tempo em que eu não era responsável por tornar a minha vida um lixo. Porque se havia uma coisa sobre a qual Logan estava certo era que eu deveria admitir que tudo que vinha acontecendo era por minha escolha. Talvez, com o primeiro vídeo do YouTube, a minha fama tivesse ficado fora de controle, mas isso não significava que as minhas atitudes não desencadearam os acontecimentos seguintes. Se eu não tivesse ido com tanta sede ao pote, usado aquelas roupas de marca, convencido a mim mesma de que poderia ser uma imitação barata de um Notável, nada disso teria acontecido.

Eu precisava de um tempo sozinha no meu quarto para entender tudo que estava se passando. Mas até isso estava fora do meu alcance. Minha cama estava ocupada.

— Ah, oi. Você voltou — disse Melanie enquanto afastava os cabelos dos olhos. — Como está se sentindo?

Não sabia como responder. *Bem, não sinto mais vontade de vomitar tequila. Agora é a minha própria imbecilidade que me faz passar mal.* Pois é, isso não ia dar certo.

Sentei aos pés da cama e abracei um travesseiro. Era estranhamente confortável.

— Posso perguntar uma coisa? — indaguei.

— Claro.

— Por que você quis se sentar com a gente? Quer dizer, o meu vídeo estava por todo canto do YouTube, e a escola inteira, rindo de mim. Almoçar na mesma mesa que eu poderia ter sido um suicídio social. Então por que fez isso?

Melanie se sentou na cama.

— Quer a verdade?

— Acho que consigo aguentar.

— Eu assisti ao vídeo e pensei: "Essa menina está pagando um tremendo mico com essa massagem cardíaca." — Estremeci. — Mas em seguida pensei: "Isso foi bem legal da parte dela." Todo mundo sabe que o Alex é um grosseirão, mas você, ainda assim, estava chamando uma enfermeira e pressionando seu peito. — Melanie encolheu os ombros. — Foi por isso que me juntei a vocês.

— Não foi por causa das roupas ou... nada do tipo?

Ela riu.

— Não preciso de amigos por causa de roupas. Todo o restante é legal, mas não valeria a pena sentar com vocês se fossem chatos.

Eu podia ter afastado de mim o cara de quem eu costumava gostar *e* o cara de quem eu gostava atualmente, mas, de alguma forma, havia feito uma ótima amiga.

— Agora me deixe perguntar algo — disse Melanie. — O que fez com que pensasse que só me aproximei de você por conta de regalias?

Ela me pegou nessa, e nós duas sabíamos. Agarrei o travesseiro ainda mais forte.

— Não sei. Patrick estava interessado apenas nisso.

Melanie me lançou um olhar cético.

— E daí você presumiu que todos fossem assim? Acho que não. Vamos lá, Mackenzie. Diga a verdade.

— Ouça, para mim fazia bastante sentido, tá? — Comecei a me balançar para a frente e para trás. — Eu sou nerd e chata, não consigo caminhar sem tropeçar e, quando estou nervosa, acabo dizendo coisas aleatórias. Mesmo sabendo disso tudo, não consigo mudar. Portanto, não, não entendo o motivo das pessoas quererem andar comigo.

— Mackenzie — disse ela, gentilmente —, você é incrível. É engraçada e só um pouquinho imprevisível. Além do mais, nunca precisei me preocupar com a possibilidade de você zombar de mim caso eu diga algo errado. Vocês podem brincar ou implicar um pouco comigo, mas nada cruel. É por isso que as pessoas gostam de você. Pode meter um pouco de medo durante as aulas, mas, se alguém pedir a sua ajuda, sei que estará lá.

— Mas é essa a questão: eu nunca digo não! Estou sempre ali, esperando que me deem as costas.

— Estou ficando cheia desse papo de sentir pena de si mesma — disse ela com um sorrisinho no rosto para amenizar suas palavras. — Mackenzie, você tem um monte de coisas a seu favor. Tem beleza, uma voz ótima, um cérebro ridiculamente genial,

mas se não acredita em si mesma, não importa o que eu penso.
— Suspirou e esfregou os olhos. — Entendeu?
— Sim.
E mesmo que a minha vida ainda estivesse tão bagunçada quanto antes, nossa conversa havia feito com que eu me sentisse um pouco melhor.
— Ótimo. Por que não toma um banho enquanto eu troco de roupa? — Melanie bocejou. — Em seguida, vou fuçar sua geladeira. Estou faminta.
Ri.
— Claro. Sinta-se à vontade.
E foi exatamente o que ela fez. Quando desci as escadas usando o meu jeans largo de segunda mão e uma camiseta marrom sem graça, Melanie estava comendo cereal na cozinha com Dylan. O que achei bem engraçado, porque era quase onze da manhã e ele já devia ter comido havia muito tempo. Mas lá estava o meu irmão, devorando outra tigela de cereal com Melanie. Alguém estava apaixonado... e muito.
— Já estava na hora de chegar em casa — disse Dylan ao me ver. — Liguei e mandei várias mensagens.
Deve ter sido aquilo que me acordou na cama de Logan, mas o som fora abafado pela minha bolsa e eu estava muito desorientada para reconhecer o som.
— Ah, me desculpa. Não me dei conta — respondi, não muito certa de como proceder. — Então, como foi a festa depois que fui embora?
— Ótima — disse Melanie.
Dylan deu de ombros, indiferente.
— Foi bem legal. Basicamente ajudamos o Spencer a lidar com os bêbados. Ele estava com a equipe desfalcada, já que Logan tinha ido para casa servir como sua babá.

Tentei me lembrar do fato de que, sendo o meu irmão mais novo, Dylan tinha passe livre para dar algumas tiradas sarcásticas. Ele tinha sido incrível na noite anterior quando precisei, e provavelmente não foi tão divertido assim assistir à irmã mais velha ficar bêbada em uma festa. Então, deixei passar a parte da "babá".

— Já estava tudo sob controle quando Corey passou para nos buscar. Ele disse para você entrar em contato assim que possível.

Assenti e peguei um copo d'água. Então me lembrei de Logan me mandando beber o Gatorade. Larguei o copo como se tivesse me queimado.

— Claro, vou fazer isso já, já. O que, hmm, mamãe disse sobre... mim?

Dylan sorriu.

— Está me devendo muito, Mackenzie, e quero dizer *muito mesmo* por te acobertar. Eu disse que você estava com uma amiga, que ela passaria a noite aqui e que provavelmente já estavam dormindo. Ela não conferiu antes de sair para o trabalho, então, até onde ela sabe, você não ficou bêbada nem passou a noite na casa do Logan. — Ele me lançou um olhar sagaz, do tipo que dá quando acha que vou mentir e quer me pegar no ato. — Tudo certo por lá?

— Sim, tudo correu bem.

Disse a mim mesma que aquilo não era uma mentira. Enquanto estive na casa de Logan, tudo entre nós se manteve bem. Conversamos, ele segurou o meu cabelo para trás enquanto eu vomitava e havia sido tão legal que no carro quase concordei que éramos amigos.

Não queria pensar sobre o quanto eu tinha estragado tudo.

— Tive que rezar para os deuses da porcelana — disse, casualmente, como se o tempo que passara com a cabeça dentro do vaso sanitário (e de um arbusto) fosse apenas uma brincadeira —, mas estou bem.

Dylan me examinou um pouco mais e voltou sua atenção para Melanie. Acho que foi uma grande prova de amor de irmão ele conseguir se concentrar em mim por tanto tempo enquanto ela estava no mesmo cômodo.

— Vai ficar mais um pouco por aqui? — perguntou ele enquanto Melanie se levantava para colocar sua tigela de cereal na máquina de lavar louça.

O leve rubor nas suas bochechas me mostrou que a resposta era importante para ele. Mas não acho que ela tenha notado.

— Vou ter que ir embora já, já — respondeu. Ela sorriu para mim. — Acho que Mackenzie vai preferir ter seu espaço só para ela.

Melanie estava certa. Muito certa. Mesmo gostando muito dela, e começando a vê-la como uma extensão da amizade que tenho com Jane e Corey, eu precisava do meu espaço. Talvez a minha vida devesse ter ficado mais simples agora que havia perdido o emprego, mas, em vez disso, as coisas tinham tomado uma proporção muito mais complexa. Eu precisava rever minhas prioridades... e checar a minha conta no banco. Queria saber quantas horas teria que trabalhar como babá antes que o laptop fosse meu.

Então a abracei.

— Fico muito feliz que tenha vindo, Melanie. Desculpa não ter sido uma boa anfitriã. Vou fazer melhor da próxima vez. E passarei a noite aqui também, prometo!

Ela riu.

— Não se preocupe. Diga a Corey que mandei um "alô".

E em seguida pegou a bolsa que trouxera na noite anterior.

— Seus pais vêm te buscar? — perguntou Dylan.

— Não — respondeu ela, casualmente, e me perguntei se havia alguma coisa por trás daquilo. — Acho que vou caminhar. Está um dia bonito.

— Vou com você — disse ele, de uma forma que não era exatamente uma oferta... e mais uma afirmação. — Assim Mackenzie poderá ter a casa só para ela.

Melanie pareceu surpresa, mas se recuperou rapidamente.

— Tudo bem — concordou. — Pode carregar isso aqui, então.

— Melanie lhe entregou a bolsa. — Vemos você mais tarde, Mackenzie. Agora conta para mim os momentos mais embaraçosos da vida da sua irmã — pediu ao entrelaçar seu braço no dele.

— Se contar para ela você vai morrer! — gritei para eles. Na verdade, não temia que ele dissesse algo superconfidencial. Sei que ele é melhor do que eu quando se trata de manter a boca fechada.

Enquanto os dois viravam a esquina, não pude deixar de pensar que jamais teria jogado a minha bolsa em outra pessoa para que ela carregasse. Se Logan e eu estivéssemos caminhando até sua casa para uma aula, eu a teria carregado — quase trinta quilos em livros — o caminho inteiro. Não teria passado pela minha cabeça pedir ajudar porque, alô, meu corpo funciona direitinho.

Mas então me dei conta, ao observar Dylan carregando sua bolsa, que continha vestido, par de sapatos de salto alto e nécessaire com cosméticos, de que não cogitei que Melanie não fosse muito forte. Não fiquei tentada a revirar os olhos nem pensei: "Lá vai mais uma garota incorporando a expectativa cultural de que mulheres são frágeis e precisam de assistência masculina." Achei apenas bonitinho.

E foi naquele momento que percebi que, para alguém que se orgulhava de ter a mente aberta sobre coisas como direitos dos gays e igualdade de gênero, eu tinha uma visão extremamente limitada.

Ter um garoto carregando algo ou pedir ajuda não faz magicamente uma garota tornar-se uma donzela indefesa. Assim como usar o meu vestido vermelho e decotado não dava direito ao Patrick de me chamar de oportunista. Odeio admitir, mas a minha mãe estava certa: os termos "prostituta" e "vadia" eram péssimos. Horríveis. Especialmente porque o meu nível de "promiscuidade sexual" não é algo que se possa julgar por um vestido.

Eu estava tão certa de que a minha rápida passagem pela fama não mudaria quem sou, de que sob as luzes dos holofotes, dentro do jeans de marca e usando gloss labial eu continuaria sendo a Mackenzie Wellesley de sempre. Mas estava errada. Assim que coloquei aquele primeiro par de sapatos de salto alto, eu havia mudado... e não tinha certeza de que seria possível reverter a situação. Não havia botão para rebobinar a minha vida. Poderia doar tudo que ganhei para a Cruz Vermelha e, ainda assim, não conseguiria mais ser a Invisível Mackenzie Wellesley.

E talvez isso não fosse tão ruim. Era fácil me sentir orgulhosa do meu guarda-roupa barato e me enaltecer por ser indiferente ao materialismo... mas isso era mentira. Eu havia gostado de ter roupas novas. Receber todos aqueles pacotes, cheios de peças lindas, fora avassalador, claro, mas adorei tudo. Talvez fosse uma fraqueza minha depender tanto de roupas para me sentir corajosa, mas havia precisado de trajes escandalosamente bonitos para entrar em um palco, para dizer "não" a Chelsea e para ir à minha primeira festa da escola. As roupas podiam não fazer a garota, mas era bem mais fácil me sentir bem comigo mesma quando usava marcas famosas. Isso me havia feito acreditar que, talvez, eu não fosse tão nerd, sem graça e com tão pouco traquejo social quanto pensava.

Logan estava certo: eu, de fato, tinha o poder de escolha sobre as minhas atitudes. Só não tivera coragem para defender a minha posição.

Enojada comigo mesma, voltei para a cozinha, arranquei uma página de um bloco amarelo e comecei a fazer algo que sempre dera certo antigamente: uma lista.

Coisas que Mackenzie Wellesley precisa superar:

1. Baixa autoestima. Sério, o que está acontecendo comigo? Tenho amigos maravilhosos que jamais gastariam o seu tempo com uma perdedora. Hora de ser menos rígida comigo mesma.
2. O lance da hierarquia entre Notáveis e Invisíveis. Patrick me mostrou na noite passada que esse argumento não só é falso e ofensivo como também capaz de fazer você parecer babaca.
3. Qualquer resíduo de problemas com o meu pai. Ele nos deixou há 12 anos. Supere isso, garota!
4. Minha esquisitice (observar item 1). Enrolar-se com as palavras nunca matou ninguém... Acho.
5. Medo de rejeição (observar item 3). Só porque o meu pai nos abandonou não quer dizer que todo cara está destinado a me tratar como lixo.
6. Minha obsessão com dinheiro e faculdade. Alguma instituição vai me querer. E me dará assistência com os custos. Não tenho que me matar de estudar matérias eletivas nem de dar aulas particulares para provar do que sou capaz.
7. Medo de ser o centro das atenções. Os jornais podem escrever o que bem entenderem: a minha mãe continuará me amando,

o meu irmão continuará me irritando e os meus amigos continuarão rindo de mim e comigo. E é exatamente assim que quero que as coisas permaneçam.
8. Preocupação com o que os outros pensam de mim (observar item 7). Tenho que parar com essa mania de me importar com a imagem que Chelsea, Patrick, Falsificada, Cozida ou qualquer outro ser humano que leia esses jornais de quinta categoria possa ter da minha pessoa.
9. Tirar conclusões precipitadas. Até onde eu sei, Chelsea e Logan estavam se beijando apenas para relembrar os velhos tempos. Duvido muito, mas possível. E até que eu saiba de algo concreto, não tenho que ficar presumindo o pior.
10. Logan (?)

Bati com a caneta nos lábios enquanto considerava o último item da lista. O resto parecia brincadeira de criança se comparado a esse. Provavelmente seria mais esperto riscar o ponto de interrogação e seguir em frente com a minha vida. Arquivá-lo na minha pasta crescente de Garotos dos quais Mackenzie Wellesley Havia Gostado. Lembrei da expressão dura no seu rosto quando desci do carro... Melhor deixar assim. Mas, enquanto olhava para seu nome, lembrei-me de como ele havia cedido (contra vontade) sua cama para mim e de como estivera ao meu lado quando desmaiei.

Ele foi o primeiro garoto desde Corey a conhecer a real Mackenzie. A garota que a maioria das pessoas não enxergava por conta da gagueira, dos comentários aleatórios e da esquisitice. Isso queria dizer que, se me rejeitasse, eu não poderia me referir a ele como apenas um atleta idiota que não saberia reconhecer uma garota de qualidade mesmo que ela passasse por ele gritando "EU! ESCOLHA A MIM!". Por outro lado, se havia uma chance, por menor que fosse, de ele gostar de mim e ter se atracado com Chelsea só porque... Bem, por alguma *outra* razão que não voltarem a namorar, evitá-lo pelo restante do ano poderia ser o meu maior erro até então.

Balançando a cabeça, deixei um espaço em branco e dei início a uma outra lista.

Coisas que Mackenzie Wellesley precisa fazer:

1. Controlar toda essa loucura do YouTube.
2. Confiar nos próprios instintos.
3. Agarrar a vida que quer ter com todas as forças.

Estava prestes a reescrever o item 3 de uma forma menos cafona quando o telefone tocou. Estava tão preocupada com as minhas listas que atendi a ligação no segundo toque enquanto pensava no que mais deveria entrar como item para melhorar a minha vida.

— Alô?

— Alô. Estou falando com Mackenzie Wellesley?

O tom corporativo me chamou atenção.

— Hmm, sim.

— Ótimo. Aqui é Mary Connelly. Eu sou uma das produtoras do programa da Ellen DeGeneres. Queremos que ela a entreviste na segunda e que, em seguida, você se apresente com o ReadySet. O que acha?

Ela falou bem rápido como se a ligação estivesse prestes a cair a qualquer segundo. Podia jurar ter ouvido alguém dizer "um frappuccino de chocolate pequeno" ao fundo.

— Espere. Você quer que *eu* me apresente no programa da *Ellen*?

— É por isso que estou ligando.

Olhei para a minha lista. Controlar a mídia, confiar nos meus instintos e agarrar a minha vida. Parecia que, em breve, eu seria testada.

— Tudo bem. Aceito — respondi. Todo o meu corpo ficou dormente em choque, mas mantive o telefone grudado na orelha. — É a Ellen, então tudo certo. Ah, meu deus, não acredito que vou fazer isso.

— Isso é ótimo, querida. Nós pagamos, para você e seu acompanhante, as passagens, a hospedagem e a segurança, e vai receber uma quantia para comida. Precisamos de você, pronta, no estúdio na segunda-feira, logo pela manhã.

— Desculpa, meu o quê?

— Você tem menos de dezoito anos, certo? Todos os menores viajam com alguém que seja maior de idade. E precisa de consentimento dos pais. Posso enviar esses formulários agora. Qual é o seu e-mail?

Passei o meu endereço de e-mail para ela enquanto absorvia todas as informações.

— Você pode me dar o seu número? Retorno assim que tiver tudo confirmado. Preciso checar a permissão antes.

— Faça isso, querida. Informe-se e entre em contato comigo assim que souber a resposta. Pensamos em marcar com a Lady Gaga para terça-feira, mas, se não me retornar logo, ela vai tomar o seu lugar.

Era tão estranho ouvir o meu nome e o da Lady Gaga sendo usados na mesma frase.

— Entendido. — Anotei o número que ela me passou. — Obrigada, Mary. Pela... uau. Pela proposta.
— Sem problema, querida. Só faça isso acontecer.
Ela desligou e eu estava sozinha em casa tentando formular o meu primeiro plano de ataque.

Capítulo 33

Talvez estivesse sendo muito otimista, mas eu já estava com as malas arrumadas quando a minha mãe chegou em casa para o almoço. Não que tenha sido fácil, pois fazer as malas não era mais um procedimento simples. Eu havia corrido pelo quarto, tentando tomar decisões rápidas sobre quais itens do meu closet de grife refletiam de fato a minha personalidade... e quais precisavam encontrar um novo lar — talvez no eBay. Propositalmente enfiei o meu vestido vermelho em uma gaveta e a fechei com força. Não teria que dar de cara com nada disso por alguns dias se tudo saísse conforme planejado.

— Mackenzie? — chamou minha mãe, gritando nas escadas.
— O que você está fazendo em casa? Não deveria estar dando aula agora?

Deixei a mala de lado e desci.

— Tenho o dia livre. Mãe, você jamais vai adivinhar quem acabou de me ligar! A *produtora* do programa de televisão da Ellen DeGeneres! Eles querem que eu voe para Los Angeles, e, contanto que eu tenha a sua permissão e você vá comigo, está fechado.

Depois de falar com Mary, notei o quanto eu necessitava dessa viagem. Tinha que sair de Oregon, mesmo que fosse por um dia apenas, e já estava mais do que na hora de eu estar no controle da imprensa.

— Espere, querida — disse a minha mãe. Sua mão estava em riste, pedindo por silêncio. — Precisamos conversar. Eu sei que disse a você para ser uma adolescente, mas tudo tem limite. Você não pode sair para festas todas as noites, voar para Los Angeles e abandonar suas responsabilidades aqui. E temos que falar sobre isso... — completou, segurando uma cópia do jornal.

— Mãe, não foi como estão fazendo parecer — interrompi. — Nunca usei nenhum tipo de droga, juro! Bebi demais e me sinto realmente mal por isso. Mas Dylan e meus amigos se asseguraram de que nada acontecesse comigo. Estou bem, sério. E prometo que nunca mais vou beber antes de ser maior de idade... e talvez nem depois disso.

Ela me lançou um de seus olhares maternais fulminantes.

— Por que você não me *ligou* ontem à noite? Eu teria ido buscar você. Preferia ser acordada por conta disso do que por uma ligação do hospital.

— Desculpa — falei, de fato arrependida. — Devia ter ligado. Mas eu não estava tão em apuros quanto parece. Peguei uma carona com o motorista da festa, que estava totalmente sóbrio, juro. Então pensei que estivesse tudo bem. Juro, se acontecer de novo... o que não vai... eu ligo para você.

— Ótimo. Agora me conta sobre esse telefonema.

— Certo. Então, a produtora quer que eu esteja lá na segunda-feira de manhã, o que quer dizer que precisamos ir, tipo, *agora*. Hospedagem e passagens serão por conta deles, e ainda teremos direito a uma grana para a comida ou algo do gênero.

— Não posso ir.

Fiquei boquiaberta.

— Mãe, é da *Ellen* que estamos falando.

— Eu sei sobre quem estamos falando, Mackenzie. Não posso viajar assim sem aviso. Teria que arrumar alguém para cobrir o meu turno no trabalho e, como Darlene pegou um baita resfriado, não acho que isso seja possível. Desculpe, querida.

Afundei no sofá. Todos os meus planos estavam destruídos. Nada de mãe, nada de viagem ou de descanso da minha vida normal para que eu pudesse ter alguma perspectiva. Não sei o que estava prestes a dizer... "Não se preocupe, mãe. Não era grande coisa. Estarei no meu quarto desfazendo as malas caso precise de mim." Independentemente do que fosse dizer, o meu celular me impediu.

"I Need A Hero" interrompeu o silêncio da cozinha.

Atendi.

— Oi, Corey. Como foi o seu encontro?

— Incrível! — respondeu. Sua voz borbulhava como sopa sobre um fogão em chamas. — Melhor primeiro encontro da história dos primeiros encontros.

— Ah, Corey, estou tão feliz por você!

E com um pouco de inveja também, disse uma vozinha chata na minha cabeça. Mas, principalmente, feliz.

— Sim, ele me ligou para contar novidades escandalosas! Tim disse que seu agente telefonou e eles querem que você participe com a banda no programa da Ellen. Soube disso?

— Soube, já recebi a ligação.

— Certo, antes de você arrumar tudo, me escute. Tim disse que tem espaço no ônibus da turnê para nós dois. Poderíamos ir com eles, voar de volta de Los Angeles na terça de manhã e voltar para a escola na quarta-feira, no máximo. Perfeito, não é?

— Você quer que a gente viaje até Los Angeles com um bando de astros do rock... por dois dias. Seus pais estariam tranquilos com isso?

Corey riu.

— Você ainda deve estar meio fora de si por causa de ontem. Estamos falando sobre os *meus* pais, lembra? Disse a eles que era uma oportunidade de ganhar uma nova perspectiva sobre a indústria do entretenimento. E então mencionei que eu era indispensável, já que a sua mãe jamais concordaria em deixar você ir de ônibus até lá com três garotos desconhecidos se eu não estivesse junto.

Emiti um assobio de surpresa à medida que absorvia as informações.

— Você é bom. Poderia dar aulas sobre como conseguir o que se quer.

— Prefiro me focar em Discurso e debate. Agora, temos que *agilizar*. Tim, Dominic e Chris querem estar na estrada em uma hora, então garanta sua permissão, arrume as malas e vamos sair daqui!

Olhei para a minha mãe com cautela enquanto ela fatiava queijo para o seu sanduíche de peru.

— Ligo para você já já.

— Mas...

— Já ligo — repeti e desliguei. — Mãe, era o Corey.

Seu rosto ficou cautelosamente inexpressivo.

— Presumi. Imagino que ele tenha vindo com algum esquema alternativo para a sua viagem.

Sentei-me à mesa e cruzei as mãos.

— Estaria tudo bem se nos dois viajássemos no... — Minha voz se tornou mais doce e hesitante. — No ônibus da turnê do ReadySet? Por favor?

Minha mãe me encarou.

— Nunca mais direi para você agir como uma adolescente. Mackenzie, não pode largar suas responsabilidades e sair por aí com uma banda de garotos que você não conhece. E a escola? E as aulas particulares?

— Eu os conheço, mãe — protestei. — Eles são bem legais, e eu iria com o Corey. Vou ficar bem. Além disso, recebi uma folga das aulas particulares.

Não mencionei o fato dessa "folga" talvez ser permanente.

Ela pressionou os lábios, e meu coração pareceu estar se afogando. Ela estava transmitindo a Linguagem Corporal de Mãe que significava *Eu acho que não, mocinha.*

— Você foi à uma festa ontem à noite e a um show anteontem. Já teve sua diversão. Não acho irracional esperar que fique em casa pelo resto do fim de semana.

Assenti.

— Não é irracional. Esse é um pedido de última hora, e eu sei que o meu *timing* não podia ser pior. Fiquei bêbada na festa ontem à noite e entendo que confiar em mim no momento não pareça a melhor ideia. Mas, mãe, sou eu. Você me conhece e sabe que pode confiar em mim. Eu realmente preciso dar essa entrevista. Preciso provar para mim mesma que posso dar conta disso de uma vez por todas. Há quanto tempo você vem tentando me tirar da minha bolha? Bem, eu estou pronta para sair dela, mãe.

Ela pensou sobre isso por um instante.

— Se seguir algumas condições... pode ir.

Pulei da minha cadeira e a envolvi em um enorme abraço.

— Diga quais são.

— Espere. Eu quero telefonemas. Muitos deles enquanto estiver na estrada. Você vai atender todas as vezes que eu ligar, quando eu ligar. Nada de bebidas. Nada de drogas. Nada de festas. Estou confiando em você, Mackenzie — disse ela, a última parte bem devagar, dando ênfase a cada palavra para ter certeza de que eu havia entendido.

— Combinado e combinado — respondi. Corri até a sala do computador para imprimir o formulário de permissão. — Apenas assine nas linhas pontilhadas.

Era basicamente disso que precisava. Uma assinatura e alguns telefonemas depois, eu estava entrando em um ônibus de turnê com minha mala, meu melhor amigo e minha banda de rock preferida.

E eu não pude evitar pensar: *Hollywood, mostre-me do que você é capaz. Eu dou conta do recado.*

Capítulo 34

Os meninos eram incríveis. Não sei se Tim convencera os outros a limpar tudo antes que chegássemos, mas o ônibus estava totalmente apresentável quando Corey e eu entramos com nossas coisas. Nenhuma revista Playboy ou cuecas sujas largadas pelos cantos.

O que era um alívio, na verdade, porque, com dois novos passageiros, o ônibus estava bem cheio. Não que nenhum de nós parecesse se importar. O minibar estava cheio de refrigerantes, portanto pude me recostar em um sofá de couro superconfortável, abrir uma latinha e me divertir com quatro garotos bem legais. E o momento em que Tim e Corey deram as mãos foi uma demonstração pública de afeto tão bonitinha que ninguém disse sequer uma palavra com medo de acabar com a beleza do instante.

— Então, Mackenzie, ainda não soube como foi a festa.

As palavras de Corey fizeram com que a atenção de todos se voltasse para mim.

Dei um gole na minha Coca e tentei pensar em um jeito de sair pela tangente.

— Estou confusa sobre algumas partes também.

Dominic riu.

— Álcool demais?

— Sim, tequila. Nunca mais.
Tim deu um sorriso.
— A culpa é do álcool.
Todos sorriram ao identificar a referência musical que Tim usou: "Blame It On The Alcohol", do Jamie Foxx.
— A noite de ontem foi... complicada. Patrick disse... juro que não estou inventando isso... que só me interesso em caras por seu dinheiro e popularidade.
Corey ficou tenso e seus olhos brilharam de raiva.
— Que imbecil!
— E então vi Logan se agarrando com Chelsea.
Não foi minha intenção dizer aquilo. Ia guardar para mim mesma. O que acontece de noite em um gazebo deve permanecer privado. É claro, eles deveriam ter encontrado um lugar melhor para a sessão de amassos se quisessem que fosse segredo. Foi assim que justifiquei o fato de ter deixado a informação escapar na primeira oportunidade que apareceu.
— Quem é Logan? — perguntou Tim.
Corey respondeu antes de mim.
— É um cara bem legal com quem a Mackenzie *quer* sair, mas é muito cabeça dura para admitir.
— Eu não... Tá, é verdade — confessei. Coloquei minha cabeça entre as mãos. Como era que Corey conseguia ver as coisas com clareza tão antes de mim? Não era justo. — E fica pior.
Dominic, Chris e Tim trocaram risinhos e se recostaram em seus assentos como se o que mais gostassem de fazer fosse assistir a uma crise emocional.
— Primeiro comecei a beber — relatei. Corey se contorceu. — É, eu sei. Má ideia. Então Logan me levou para a casa dele uma vez que era um tanto óbvio que eu precisava sair da festa o mais rápido possível.

— Eu teria buscado você — disse Corey, com cara de emburrado. — Você sabe que eu teria buscado você.

— Não queria estragar a sua noite — respondi, incluindo Tim em meu sorriso. — Vocês dois não precisavam de uma idiota feito eu arruinando o encontro. De qualquer forma, Logan me levou para a casa dele.

Dominic se levantou para pegar outra lata de refrigerante.

— Para a casa dele. Que aconchegante.

— Aquilo não significou nada. — Essa era a parte realmente ruim. — Ele estava trabalhando como motorista antes... Bem, não é essa a questão. Em seguida eu vomitei, e ele me contou tudo sobre Chelsea. — Parei para pensar. Notei que estava procurando por detalhes que não estavam muito claros. — Alguma coisa sobre quão confiante ela é. Ele disse que ela deu o fora nele logo depois de alguma superfesta.

— Então qual é o problema? — indagou Tim.

— Isso aconteceu há um tempão, antes de ela começar a flertar e ele olhar para o seu decote na minha frente e eles se agarrarem em um gazebo.

— Certo, o que mais? — perguntou Corey. — Você não está contando tudo. Eu sei que não.

— Ele foi ótimo. Fez com que eu bebesse bastante água. Emprestou roupas para eu dormir. E, não, não me ajudou a trocá-las — falei, sabendo que Corey estava prestes a perguntar. — Tudo foi incrível. Ele me contou um segredo ou algo do tipo, e aí eu dormi.

— E qual era o segredo? — questionou Chris, entrando na conversa. Em seguida olhou para todo mundo em defensiva enquanto todos nós o encarávamos. — O quê? Eu quero saber o segredo.

— Não era bem um segredo. Era algo sobre não ter gostado do jeito que eu olhara para Patrick em um determinado momento.

As mãos de Corey se enrijeceram, apertando as de Tim em sinal de animação.

— Ele disse isso!

— Sim, alguma coisa do tipo. Então ele disse que nos éramos amigos e eu pensei: *Certo, talvez não seja EXATAMENTE o que quero, mas poderia ser pior.* E as coisas estavam bem entre a gente até que ele deixou escapar um segredo *de verdade*. Aparentemente, quando aconteceu aquela confusão toda com Alex Thompson, ele decidiu tomar as minhas dores e foi ameaçá-lo.

Senti a minha indignação voltar com força total.

— Espere, quem é Alex? — perguntou Tim.

— O babaca que estava enchendo o saco da Mackenzie.

— Ah — disse ele, absorvendo a informação. — Então por que nos importamos com o fato de Logan tê-lo ameaçado?

— Porque ele não pediu a minha permissão para fazer isso! Foi coisa de garoto metido a machão, e não preciso desse tipo de porcaria na minha vida.

— Espera aí — interrompeu Corey. — Desde quando as pessoas têm que pedir permissão para você antes de prestar auxílio? Ele queria que Alex deixasse você em paz e fez com que isso acontecesse.

— *Eu* fiz com que isso acontecesse!

— Então o problema, na verdade, é que ele pisou no seu orgulho.

— Bem — considerei. Eu tinha que pensar sobre aquilo. — Talvez...

— Aqui vai uma pergunta para você: e se tivesse sido eu?

— Você o quê?

— E se eu disser para você que Alex ficava me perturbando no banheiro masculino e fazendo piadinhas sobre gays para me atingir. Qual vai ser sua reação?

Minhas mãos se enroscaram em punhos fechados, e eu podia sentir a raiva borbulhando dentro de mim.

— Ele realmente fez isso com você, Corey? Deu queixa dele para o diretor Taylor?

— O bom e velho Taylor, cuja vida gira em torno dos atletas da nossa escola, não vai fazer nada que possa prejudicar a estrela de seu time. O que você faria? — Havia amargura em sua voz.

— Eu... eu... droga, eu arrumaria uma briga com ele — respondi. Olhei para as minhas mãos cerradas. — Seria espancada, mas valeria a pena.

— Interessante, não? Você não precisou pedir a minha permissão.

— É completamente diferente — protestei.

— Não sei como. Você quer dar um soco nele, e isso não tem nada a ver com pensar que sou fraco. Tem tudo a ver com o fato de eu ser o seu melhor amigo, e ele um extremista homofóbico. Quando achamos que um amigo precisa da gente, nem sempre pensamos com clareza. — Sorriu. — E nós teríamos que limpar os seus restos mortais do chão do refeitório.

— Ei! — falei, na defensiva. — Eu mandaria bem.

— O que quero dizer é que talvez você não goste dos métodos de Logan, mas o que quer que ele tenha feito, deu certo. E eu, no papel de seu melhor amigo, fico feliz que ele tenha tomado providências. Eu gostaria de ter feito isso por conta própria, na verdade.

— Corey, isso não faz a menor diferença agora. Ele parou de perturbar *você*?

Ele sorriu.

— Ouça, eu dei um jeito nisso, então não há necessidade de nocauteá-lo com um livro, certo? Depois que Taylor me mandou passear, prestei queixa ao centro de orientação. Eles chamaram a todos para uma "conversa" — respondeu. Seu sorriso estava repleto de bom humor. — Meus pais usaram suas camisetas de arco-íris que dizem: "Qual parte de igualdade você não entendeu?" Tenho muita sorte de receber tanto apoio. Muitas pessoas não podem contar com isso. — Sua expressão se tornou séria. — Eu só espero que ele não tenha ido atrás de você para me atingir.

Eu ri.

— Não, tenho certeza de que ele me odeia o suficiente sem você na equação. Só queria que tivesse me dito isso antes.

O sorriso voltou ao seu rosto.

— Não quis que fizesse nada idiota. Então... o que aconteceu depois do seu chilique?

— Eu não tenho chiliques — falei, calmamente. — Eu tenho discussões acaloradas.

— Certo. O que aconteceu depois?

Era estranho ter que fazer força para lembrar de coisas que haviam sido ditas apenas algumas horas antes. Eu culpava a tequila.

— Eu estava tentando impor limites, ou algo do tipo... foi estranho. De qualquer forma, acabei largando o emprego de professora particular e o deixando fulo da vida comigo — respondi. Dei de ombros como se não me importasse com o que Logan pensa de mim, mesmo que não fosse verdade, é claro. — Talvez eu tenha dito alguma coisa sobre ele e Chelsea serem perfeitos um para o outro. Você precisava estar lá.

Olhei para os rostos incrédulos dos garotos que estavam comigo no ônibus da turnê.

— O que foi?

— Isso é melhor do que TV a cabo — disse Chris.

Dominic balançou a cabeça.

— Ela é tipo um acidente no canto da estrada. Não consigo parar de olhar.

— Não sou tão ruim assim! — insisti. Virei-me para Corey em busca de confirmação. — Certo?

— Você é pior. Por que não enfiou um lápis número dois nele enquanto podia?

Olhei para Corey, confusa. Eu entendo de livros e posso compreender as aulas de história, mas pessoas de verdade... Bem, queria que elas viessem com manuais de instrução e legendas.

— Do que você está falando?

— Ele gosta de você. Ou pelo menos *gostava*.

Corey se virou para os outros três garotos em busca de suas opiniões.

— Sim.

— Parece que ele estava a fim de você.

— Com certeza.

Aquilo só mostrou o quanto a minha vida havia se tornado estranha a ponto de parecer normal ter um júri formado por astros do rock discutindo os meus relacionamentos amorosos.

— De jeito nenhum.

Corey sacudiu a cabeça.

— Pense um pouquinho.

E foi o que eu fiz. Recostei na minha poltrona de couro enquanto os garotos conversavam entre si e pensei sobre Logan Beckett. Dessa vez fingi ser uma observadora imparcial... uma cientista examinando um catálogo de demonstrações de interesse por parte de adolescentes do ensino médio.

Aquela imparcialidade não funcionou muito bem quando me lembrei de como ele havia desviado a conversa de mim, sentado ao lado de Jane e dedicado um tempo para ouvi-la. Dei de ombros mentalmente. Até onde eu sabia, talvez estivesse interessado nela. Ou talvez estivesse apenas sendo um cara legal dotado de habilidades sociais. Nada daquilo demonstrava que ele gostava de mim.

Mas enquanto eu repassava o nosso quase encontro no shopping, no primeiro dia em que os paparazzi nos perseguiram, pensei que Corey talvez estivesse certo. O jeito como ele havia sorrido para mim ao comer frango, antes de me contar sobre sua dislexia, podia significar qualquer coisa. Mas juntando isso com todo o resto...

— Ah, merda!

Corey assentiu.

— Meus sentimentos exatamente.

Eles me deixaram quieta pensando em como, exatamente, eu não percebera que Logan, o mais notável dos Notáveis, estava interessado em mim não somente por minhas aulas.

E agora eu tinha que arranjar um jeito de consertar tudo.

Capítulo 35

Telefonei para a minha mãe umas dez vezes da estrada, o que parecia um pouco excessivo aos garotos, mas eu sabia que a deixaria feliz. Além disso, pensei que ela gostaria das mensagens que deixei quando saísse do trabalho e checasse sua caixa de correio de voz.
Mensagens como:

Eu: Oi, mãe! Sou eu ligando de novo. Nós estamos passando por... Corey, onde estamos? Certo, bem, ele acha que devemos estar perto de Ashland ou Medford... ou algo do tipo. Ele não tem certeza. Mas o motorista sabe exatamente a nossa localização, então está tudo bem. Obrigada de novo por me deixar fazer isso. Tenho que ir agora porque o Tim está me perturbando para tentar uma de suas músicas novas como um dueto. Talvez você consiga ouvir a guitarra ao fundo. É ele. Sim, eu sei, Tim! Estou no telefone! Certo, eu realmente tenho que ir. Ligo mais tarde. Amo você!

Click.
    Corey e eu também ligamos para Jane durante a viagem. Ela disse que ficava feliz por estarmos nos divertindo, que faria

questão de ver a Ellen me entrevistar e que deveríamos tentar adiantar o dever de casa no ônibus porque senão jamais conseguiríamos ficar em dia com nossas obrigações. Era exatamente isso que precisávamos ouvir para abrirmos os livros que trouxemos conosco. Jane pode ser um pouco obcecada com estudos, levar tudo muito a sério, mas é a melhor pessoa a se procurar quando se necessita de um choque de realidade. Mesmo que ela dissesse alguns "Ah, Kenzie".

Então fiz boa parte dos meus deveres, o que teria sido superdifícil para qualquer adolescente que se encontrasse em um ônibus de turnê com os membros lindíssimos de uma banda rock. Nem falo sobre problemas em me concentrar. Trabalhei o máximo que consegui e depois tive que lidar com Dylan. Ele telefonou apenas para descobrir se "sim, eu estava bem" e "não, eu não pediria uma cópia autografada do último álbum para Chris, Tim e Dominic".

Irmãos mais novos. Mesmo quando estão preocupados com o seu bem-estar, podem ser extremamente irritantes.

Mas mesmo com as ligações e o dever de casa para me distrair, passei a maior parte da viagem me divertindo e conversando, o que me deu mais tempo que o suficiente para conhecer os meninos.

Aposto que você quer saber de tudo.

Que pena.

Vai ter que assistir ao *Por Trás da Música* do VH1, assim como todo mundo.

Posso dizer que realizamos algumas sessões musicais enquanto passávamos pela Interestadual 5... e que mandamos muito bem. Pensei que talvez aquele vídeo do YouTube sobre cantar-no-palco-com-Tim tivesse sido um golpe de sorte. Achei que fosse contribuir nos vocais apenas para ouvi-los gritar: "Pare! Pare! Você está desafinando! Dói nos ouvidos!"

Mas, em vez disso, Tim continuava a dizer coisas como: "Vamos tentar fazer com que você entre duas batidas antes, para que comece antes de mim. Certo, está ótimo. Agora se você..."
Foi assim durante muito mais de três horas. No final, a música estava superincrível. Era como se todos os vocais se sobrepusessem para criar essa textura sensacional. Como um mil-folhas: doce e delicioso, cheio de camadas e macio... e, quando terminamos, a minha voz estava tão entrelaçada na música que a considerava minha também. Ficaria boa também caso eu não tivesse participado... mas fui responsável pelo toque de mel que fazia com que as camadas se unissem.

Isso aí: toque de mel.

Então, quando a produtora do programa da Ellen telefonou novamente, perguntando se eu cantaria com o ReadySet, aceitei de prontidão. A música precisava de mim... e foi exatamente isso o que Timothy Goff disse. Na verdade, Tim já havia arranjado um tempo para que fôssemos a um estúdio de gravação depois da entrevista. Não me permiti pensar sobre o assunto. Tinha o suficiente com que me preocupar apenas levando em consideração a entrevista com a Ellen. A velha Mackenzie estaria em pânico, hiperventilando, com a cara enfiada em um saco de papel e implorando que Tim ligasse para quem quer que fosse para *me tirar daquela enrascada!* Mas toda vez que sentia meu nível de medo aumentar e chegar perto da zona de perigo, eu me lembrava de que estava no controle. Eu estava tomando todas as decisões. Até cheguei a curtir a sensação. Podia sentir a rápida mudança nos meus batimentos cardíacos, e isso me fazia sentir tão *viva*.

Era aquela sensação que faltava na minha vida antiga. Eu estava confortável, invisível e, na maior parte do tempo, contente. Mas nunca havia me sentido tão viva... tão maravilhosa e terrivelmente vulnerável desde, bem, nunca.

Quanto mais o ônibus se aproximava do destino, mais elétrica eu ficava. Era como se tivesse um miniderrame. Ria de uma piada, relaxando enquanto comia um lanche comprado em algum restaurante gorduroso de fast-food, e então pensava: *Em menos de doze horas, estarei no set do programa da* Ellen*!* Cada músculo, tecido e fibra do meu corpo ficava tenso, e eu me perguntava se estava sonhando com aquilo tudo. A qualquer segundo, eu acordaria e seria somente a professora particular chata de Logan, os meninos do ReadySet jamais teriam ouvido falar de mim e eu nunca seria convidada para um programa de televisão. Tudo isso fazia muito mais sentido como um produto de uma imaginação hiperativa ou como um sonho muito esquisito.

No entanto, quando Dominic me acordou depois da segunda noite dormindo no sofá de couro, tudo parecia real demais ao meu ver para ter sido imaginado. Mesmo após devorar um pão de banana com o meu frappuccino, tive problemas em acreditar que em breve iríamos ao estúdio, beberíamos alguma coisa e, então, teríamos estagiários nos arrastando para os camarins para ficarmos prontos para as câmeras.

Consegui agarrar a mão de Corey antes de ser abduzida por uma mulher que vociferava coisas em seu ponto de escuta como: "Nós precisamos de maquiagem e figurino prontos! Greg, os microfones foram testados? Verifique isso, por favor." Ela sorria enquanto nos guiava por corredores que mais pareciam labirintos, cheios de adereços, equipamentos e pessoas.

— Estamos tão animados com o programa de hoje. Fizeram uma boa viagem?

Antes que pudéssemos responder, chegamos à sala de maquiagem.

— Ótimo. Certo, chegamos. Peço desculpas por não termos tempo para conversar. As coisas estão meio loucas no momento — disse, então pressionou o ponto de escuta. — Cynthia, eu disse que faríamos isso semana que vem, querida. Sim, sim — respondeu, revirando os olhos. — Tudo bem, você precisa fazer isso funcionar.

Ela cortou qualquer resposta que Corey ou eu pudéssemos dar com um sorriso rápido, porém distante.

— A Charlene aqui vai fazer vocês ficarem maravilhosos. — Deu um tapinha rápido no meu ombro. — Boa sorte, docinho.

E então a mulher saiu afobada pelo mesmo caminho que havia nos trazido e ordenou à Bryant que a mantivesse atualizada.

— Acha que todo mundo em Hollywood usam tratamentos de animal de estimação uns com os outros? — sussurrei nervosa para Corey enquanto Charlene chegava com um carrinho enorme, cheio de cosméticos.

— É claro que sim, princesa. É assim que eles se viram quando esquecem os nomes das pessoas.

Charlene riu, sua risada de um tom rico, baixo e tranquilizante.

— Michelle é sempre um pouquinho intensa, mas faz com que tudo dê certo — disse ela. Em um movimento que demonstrava tanto graça quanto anos de prática, Charlene abriu diversas paletas de sombras. — A maioria das pessoas aqui funciona na base da cafeína e determinação. Inclusive eu. Agora, permita-me deixá-la linda, queridinha.

Ela olhou para o meu rosto como se o estivesse estudando intensamente, como se cada poro precisasse de um olhar clínico.

— Sua pele é perfeita — elogiou enquanto pegava um de seus pincéis. — Não precisa de nenhum tipo de corretivo ou base — balançou a cabeça. — Provavelmente nunca teve uma espinha sequer, estou certa?

Eu não sabia o que dizer.

— Hmm, é verdade. Nunca tive esse problema.

Charlene deu outra risadinha.

— Algumas pessoas têm essa sorte. Bem, você está tornando o meu trabalho mais fácil. Feche os olhos, por favor.

Foi estranho me ouvir sendo descrita como sortuda. Passei tantos anos pensando que tudo sobre mim (com algumas exceções, como minha mãe, meu irmão e meus amigos) era produto do azar. Nunca me considerei sortuda com a minha aparência. Era tudo muito sem graça. Cabelos castanhos, olhos castanhos e a pele que ficava da cor de um tomate maduro quando eu ficava envergonhada.

Charlene manteve uma conversa constante enquanto me maquiava.

— Michael dará um jeito em seu cabelo assim que eu terminar. Ele saberá exatamente como combinar com o vestido que está usando. É maravilhoso. Onde conseguiu?

Dei de ombros, o que notei ter sido um erro quando ela chiou e retraiu a mão antes que qualquer coisa que estivesse sendo aplicada no meu rosto borrasse. Eu sabia que estava usando os trajes certos. Na noite passada, não me senti tão casual enquanto revirava as roupas que havia enfiado dentro na mala em uma tentativa desesperada de encontrar algo para vestir. Quando vi o vestido, o de um tom azul forte que me fizera perder o fôlego só de segurá-lo no quarto naquele primeiro dia quando os pacotes começaram a chegar, sabia que estivera aguardando uma oportunidade como essa. O vestido esteve esperando até que eu me desse conta de que era a sua simplicidade, a forma como o drapeado se moldava nas curvas do corpo, discreta, mas cheia de estilo, que me convencera. Enquanto o vestido frente única vermelho que eu havia usado para a festa era divertido e chamativo, não combinava comigo do mesmo jeito que esse.

Talvez fosse idiota, mas escolher o vestido sozinha me pareceu um avanço... e dos grandes. Mesmo estando feliz por Corey ter assentido em sinal de aprovação, após uma avaliação muito crítica, e pelos outros meninos terem uivado como lobos, eu o teria usado mesmo que dissessem: "Sabe, Mackenzie, é legal, mas acho que podemos fazer melhor do que isso." Eu sabia que era o vestido certo e, pela primeira vez, somente aquilo importava.

— BCBG Max Azria.

Parecia estranho para mim lembrar a marca assim.

— Bem, é maravilhoso — continuou Charlene. — Faz com que sua pele pareça sedosa e evidencia o castanho dos seus olhos.

Eu não fazia ideia do que ela estava falando. Quero dizer, meus olhos são tão claramente castanhos que duvido precisar de um vestido para fazê-los parecer mais castanhos ainda. Mas aparentemente ela havia aprovado, então mantive a minha boca sabiamente fechada.

— Sabe com quem você se parece? — perguntou, pensando, enquanto aplicava mais uma camada de alguma coisa nas minhas pálpebras. Realmente queria que estivesse terminando. — Anne Hathaway. Ela não parece a Anne Hathaway mais nova? Logo depois de *O diário da princesa*, por aí.

— Sim, é verdade.

Notei a diversão na voz de Corey e quase arrisquei irritar Charlene para olhar para ele. Então lembrei que ela estava aplicando delineador em meus olhos e os fechei de novo rapidamente.

— Ela poderia até fazer um estilo Keira Knightley — disse Charlene. Terminou meus olhos e foi para a minha boca, e senti que cobriu meus lábios com algo que ardia, mas de um jeito bom. — Ela é linda, mas muito magra, na minha opinião. Parece que poderia se beneficiar de refeições caseiras por toda uma semana. Dizem que não existe isso de ser muito magra em Hollywood, mas acredita em mim, querida, não é verdade. Não vá passar fome a partir de agora. Pressiona os lábios nesse papel.

— Não passarei fome — prometi enquanto seguia suas ordens.

— Ótimo — respondeu. Ela aplicou cuidadosamente o rímel nos meus cílios. Tive que ficar me lembrando de que deveria confiar na profissional enquanto o pincel se aproximava do meu olho cada vez mais. Foi difícil não piscar. — Agora você está pronta para ir até o Michael, querida. — Ela fechou a maleta de maquiagem com um estalo satisfatório. — Apenas seja você mesma, e dará tudo certo.

O conselho era muito bom; fiquei repetindo-o mentalmente enquanto Michael, Corey e eu conversávamos sobre o programa e as celebridades cujos cabelos passaram por sua mão. Na verdade, tornei as palavras de Charlene o meu mantra pessoal. Ser eu mesma. Apenas ser eu mesma. A mim mesma, ser verdadeira.

Foi no que fiquei pensando, seguido por *Ah, meu Deus, eu realmente vou fazer isso!* em um círculo vicioso enquanto, em uma coxia, aguardava ouvir meu nome ser chamado, a música ser tocada e a minha deixa ser dada.

Então, era a hora do show.

Capítulo 36

Ellen DeGeneres exibiu o vídeo do YouTube antes da minha apresentação... bem, os últimos vinte segundos ou algo assim. O suficiente para a plateia ver a minha expressão frenética e o rosto de Alex em choque enquanto eu pressionava seu peito em minha tentativa de reanimá-lo. Minha bateria de perguntas (SERÁ QUE ESTOU MATANDO ELE?) ecoou, a fim de divertir todos que estavam presentes. Assim, quando adentrei o palco com as pernas bambas, foi ao som de aplausos e risadas das pessoas que me assistiram.

Sorri para a plateia, que estava girando ao som de um dos maiores hits do ReadySet enquanto eu mantinha o foco em dar um passo de cada vez. De repente, estava recebendo um abraço amigável de Ellen, que é mais bonita ainda pessoalmente do que na TV. Seu cabelo louro e curto e seus olhos azuis brilhavam sob a luz do set. Imaginei se alguém como Charlene corria atrás dela onde quer que fosse nos bastidores. Duvidei. Ela parecia muito casual para aquilo, principalmente porque estava usando um jeans básico, tênis, camisa branca e um colete. Não é qualquer pessoa que pode se dar ao luxo de ficar bem com um colete, mas Ellen estava surpreendentemente bonita.

— Olá, Mackenzie — disse, soltando-me do abraço para que pudéssemos nos sentar nas poltronas supermacias.

— Olá. Obrigada por me receber no programa.

Ótimo. Palavras estavam saindo da minha boca. Era um sinal muito positivo.

— Obrigada por estar conosco. Então, sobre aquele vídeo do YouTube...

Eu ri, consciente de mim mesma.

— Pois é. Aquilo foi bem embaraçoso.

— É hilário. É, de fato, uma das coisas mais engraçadas que já vi na vida. Quando ele começou a se contorcer e você o empurrou de volta para o chão... — Riu. — Realmente não sabia que o rapaz estava bem?

Balancei a cabeça.

— Preferia que tivesse sido tudo encenado, mas o vídeo não estava nos meus planos. Não sou uma boa atriz. Jamais seria convincente se não estivesse realmente em pânico.

— Já considerou fazer um curso de primeiros socorros?

Sorri para ela, mesmo que aquela pergunta tivesse me perseguido pelos corredores da Smith High School. Na verdade, o que eu mais ouvia eram piadinhas do tipo: "Ei, Mackenzie! Quer praticar boca a boca?", mas dava quase no mesmo. Aquilo fez com que eu imaginasse se Logan e Spencer haviam falado com alguém mais na escola em meu nome. Forcei-me a me concentrar novamente na pergunta. O único momento que tinha em rede nacional não era para passar obcecada por algum garoto. Ainda que fosse Logan.

— Sem planos para isso atualmente... E, depois dessa experiência, decidi apagar medicina da minha lista de possíveis carreiras.

— Então, me conta sobre esse vídeo. Quem o filmou? A imagem está bastante firme.

— Sabe de uma coisa? Realmente não faço ideia. É um dos mistérios que ainda não decifrei. Apenas cheguei em casa e encontrei meu irmão mais novo, Dylan, tendo um ataque por conta disso.

Ellen sorriu.

— O que ele disse?

— Bem, ele ficou gritando sobre eu estar em todos os cantos da internet. Depois mencionou me despachar para algum lugar distante até que o constrangimento passasse. Acho que ele queria me deserdar.

— Bem, isso é que é atitude de irmão.

A cara de pau de Ellen fez com que todos rissem.

— Não, ele foi incrível. Talvez não no começo, mas minha família e amigos vêm sendo fantásticos com tudo isso. Não tem sido fácil para eles também. Quando você ouve que eu fiquei famosa por conta do YouTube, parece que a minha vida se resumiu a astros do rock e roupas de marca. Essa é uma parte, com certeza, mas tem sido bem mais complicado que isso. Estou falando de *multidões* tirando fotos e paparazzi me perseguindo... e isso é só o óbvio. Rumores malucos de todo o tipo tem circulado por aí.

— Rumores sobre o quê?

— Sexo... drogas... rock and roll.

— Falando em rock and roll — disse Ellen logo em seguida, e a plateia riu, sabendo exatamente o que estava por vir com sua deixa —, soubemos que você tem se tornado cada vez mais próxima de um certo astro.

E daí o telão atrás de Ellen começou a exibir uma cópia do show em que Tim e eu estávamos no palco. Com um zoom de trezentos por cento, você podia realmente ver a expressão pasma e apática do meu rosto, que tinha mais a ver com cantar em público do que estar apaixonada... mas ninguém sabia daquilo.

— Hmm, sim — respondi. — Aquele é o Tim.

— Ah, você o chama de Tim. Tem algum outro nome? Como, por exemplo, "meu namorado"?

Não pude evitar cair na gargalhada. O que deve ter sido sensual na televisão, mas aquilo tudo era simplesmente ridículo. Ouvir a Ellen tentando adivinhar sobre a minha vida amorosa (bem, a vida amorosa de Tim) me deixou tentada a responder: "Não, Ellen, veja bem, ele está saindo com o meu melhor amigo, Corey." Então Corey acenaria da plateia, sem graça, para a câmera. Mas, mesmo sabendo que ela adoraria isso, eu não podia *tornar público* o romance do meu melhor amigo e seu novo namorado, astro do rock, em rede nacional.

Então, em vez disso, respondi:

— Não, Ellen. Tim é só um amigo. Ele é um cara incrível, mas não tem nada desse tipo acontecendo entre a gente. Na verdade, ele está envolvido com outra pessoa no momento.

A plateia deixou escapar um suspiro, que provavelmente incluía decepção por parte de seu fã-clube feminino. Ah, se elas soubessem...

— E ele é bem legal para dar conselhos sobre relacionamento... assim como os outros rapazes da banda, na verdade.

Talvez eu devesse ter esperado Ellen fazer uma próxima pergunta.

— Você se tornou próxima dos outros membros da banda?

— Hmm, Chris e Dominic? Claro. Vim para cá com todos eles no ônibus de sua turnê.
— Parece que você esteve cercada de jovens bastante atraentes.
Eu não sabia como responder.
— Hmm, sim. Acho que estive. Mas não foi grande coisa. Eles são incríveis.
— Ah, aposto que sim.
Tentei segurar outra gargalhada.
— Não nesse sentido. Esses garotos realmente se tornaram meus amigos, o que aconteceu surpreendentemente rápido. Acho que quando você passa dois dias juntos na estrada, isso acontece.
— Então você passou dois dias na estrada com um grupo de astros do rock. Sobre o que conversaram?
— Foi engraçado, na verdade. Meu amigo Corey fez perguntas sobre a minha vida amorosa, então, de repente, todos eles estavam tentando me ajudar a traduzir a linguagem dos garotos.
— Ah, a linguagem dos garotos. É tipo a Língua do P, não é?
Ellen tornava tudo mais engraçado. Embora esse seja o seu trabalho, então ela meio que deve ser obrigada a isso.
— Sim. Sabe, garotos não fazem o menor sentido para mim. Então eles passaram o tempo todo tentando me dar conselhos sobre namoro. O que me faz ser bastante agradecida a eles.
Os olhos de Ellen brilharam com alegria.
— Jura? Sua vida amorosa é tão complicada assim?
— Ah, é.
— Conte mais a respeito.
— Bem, tem dois garotos... Não acredito que estou falando sobre isso em rede nacional!
— Agora não pode mais parar.

Mas talvez eu devesse ter parado.

— Bem, eu acho que estava interessada em ambos, só que não havia percebido. E os dois mal sabiam que eu existia, logo isso não parecia tão importante. Até que os vídeos apareceram no YouTube, e eles começaram a falar comigo.

— Ahhh — disse Ellen. — Estou gostando.

— Sim. Aparentemente, quando nos tornamos famosos, as pessoas passam a nos notar. De qualquer forma, fui a uma festa... onde *eu não usei drogas*. Estava apenas tentando não ser tão nerd, porque foi a primeira vez que havia sido convidada, quando os dois apareceram.

Eu podia sentir todos os olhos vidrados em mim e sabia que a história estaria sendo comentada por toda a escola no dia seguinte, mas não dei a mínima. Eu estava no controle.

— Ops.

— Exato. Então um deles me levou para fora da casa, comigo tentando não tropeçar nos meus saltos, que nunca tinha usado antes, e, àquela altura, já estavam cortando a minha circulação.

— Ai — disse Ellen, sendo solidária. — É por isso que uso tênis.

— Isso teria sido bem melhor. De qualquer forma, estávamos do lado de fora, a noite estava linda, e ele olhava profundamente em meus olhos. — Virei-me na direção de Ellen e abri os olhos um pouco mais para imitar Patrick. — Tipo assim. E eu estava superanimada por ele saber meu nome... quando me confessou que estava apaixonado por mim.

Fiz uma careta para mostrar a todos que a declaração de Patrick não me convencera. O estranho era que, mesmo sabendo que deveria definitivamente manter a boca fechada, considerei justo. Ele havia me acusado de estar apenas atrás de fama, e eu, fazendo com que se arrependesse daquelas palavras de uma forma bem real. Era mais do que divertido assistir ao carma entrando em ação.

— Que absurdo! Dizer que está apaixonado. Que coisa horrorosa de se fazer. — Ellen não conseguia ficar séria.

— Para ser sincera, minha reação foi ruim. Muito ruim. Ele disse que me amava, e tudo que consegui responder foi: "Não ama, não."

A plateia vibrou e riu.

— É sério. E enquanto estávamos naquele impasse de "Sim, eu amo", "Não, não ama", vi o outro cara se agarrando com a garota mais popular da escola.

Todo mundo emitiu um som de compaixão, o que, de fato, fez com que me sentisse melhor sobre aquilo tudo. Não fazia ideia de que discutir a minha vida pessoal na televisão seria tão... terapêutico.

— Então foi por isso que ter um grupo de garotos me aconselhando foi tão legal.

— Desculpar-se pode funcionar — disse Ellen. Ela virou-se para uma câmera. — Ela não fez por querer, Garoto Apaixonado!

— Bem, na verdade fiz sim.

— Estou confusa. O que tinha de errado com o Garoto Apaixonado?

— Nada, sério. Foi só... Tá, ele é do tipo que compraria flores para a garota no dia dos namorados. O que aparentemente é ótimo. Não há nada de errado com flores. Mas mesmo que você desse dicas explícitas sobre o que *realmente* gostaria de ganhar, tipo uma alcachofra com um laço cor-de-rosa, ele ainda compraria as flores genéricas. E para mim...

— Você quer uma alcachofra.

Ellen fez aquilo soar ridículo, mas não de uma forma ruim. Foi bem engraçado.

— Sim, eu quero uma alcachofra.

Colocando daquela forma, minha vida fez muito mais sentido. Logan era uma alcachofra. Com várias camadas e um pouco espinhoso, mas também desafiador, divertido e diferente. Eu deveria ter reconhecido antes, mas acho que passei muito tempo me sentindo intimidada pelos Notáveis.

— Bem, aposto que não terá problema algum em recebê-las agora. Então, depois desse primeiro sucesso no YouTube, você se tornou uma cantora. Tem uma voz muito bonita. Por que não nos conta mais sobre isso?

— Tim me enviou um convite para o seu show em Portland, e eu levei dois amigos meus para os bastidores. Daí, Corey e Jane... — Pausei e acenei para a câmera com um sorriso tímido. — Oi, Jane!

Ellen acenou também.

— Olá, Jane.

— Ela vai adorar isso. Daí nós três fomos para o show e, depois de eu parar de gritar mentalmente por estar perto deles, tivemos a oportunidade de conhecê-los. Quando Tim me convidou para o palco, meu amigo Corey... aquele é o Corey, aliás. — Apontei, e ele sorriu, surpreso, para a câmera que se virou para mostrá-lo. — Ele achou que seria legal se eu aparecesse no palco. Aquilo me assustou para caramba, porque não sou lá muito segura das minhas habilidades como dançarina.

Aquilo foi justamente a coisa mais errada para se dizer na frente da Ellen. Ela sorriu.

— É fácil saber. Vamos ver alguns dos seus passos.

Como ela estava de pé, longe da cadeira, e dançando ao som da música que começou a tocar instantaneamente, eu não podia negar o pedido. Além disso, a plateia estava batendo palmas. Foi assim que eu acabei dançando no *The Ellen DeGeneres Show* mesmo depois de prometer a mim mesma que não faria aquilo.

Ainda bem que foi por pouco tempo, e, enquanto voltávamos para os nossos assentos, ela me lançou um sorriso carinhoso e divertido.

— Você foi bem.

— Ah. Obrigada. Gentileza sua. Mas quando estava no show, eu congelei, daí Corey entrou correndo no palco para ser o meu parceiro. Depois Tim achou que seria engraçado me chamar para cantar com ele... e o resto está no YouTube.

— Bem, você foi ótima. Tem algum plano de se tornar cantora?

— Sabe, na verdade, não. Fico feliz de as pessoas terem gostado do clipe, mas sei que não tenho a energia necessária para entrar nesse mercado. Durante a viagem, eu e os meninos brincamos um pouco...

— Aha!

— Musicalmente! — Ri. — Trabalhamos juntos em uma canção que acho que tocaremos para você. E, se ninguém arremessar tomates, vou gravá-la com eles... mas é só isso. Depois é seguir com os estudos para as provas e dar aulas particulares.

Embora talvez eu não devesse ter mencionado as aulas, uma vez que as coisas não estavam muito bem com Logan.

— Bem, mal podemos esperar para ouvir a canção. Mas, antes disso, tenho algo para você.

Ajeitei-me na poltrona.

— Ah, não precisava. De verdade, Ellen, só o fato de estar aqui já me deixa mais do que feliz.

— Então, nós encontramos algo que toda garota estudiosa e esquisita precisa. Principalmente se ela precisa manter contato com seu "amigo" que é um astro do rock.

Ela me entregou um pacote retangular que tinha um peso considerável. Rasguei o papel de presente com movimentos rápidos para revelar algo que fez com que meu coração começasse a palpitar com força.

Era um laptop. Um MacBook novinho em folha. Eu tinha certeza disso quando senti a capa macia. Claro que o rosto da Ellen estava estampado por toda a frente e vinha escrito Ellen-Book... mas isso só o tornava muito mais legal.

Não gritei. Isso por si só já era um milagre considerando o jeito como Ellen me dera o que eu mais queria havia meses. Havia perdido muito tempo calculando quantas horas de aulas eu deveria dar, se deveria trabalhar como babá durante o final de semana, quantos meses iria gastar juntando dinheiro até conseguir comprar um laptop. Todo aquele esforço, e eu havia ganhado o computador sem mais nem menos e sem precisar me comprometer com nada.

Lembrei-me da acusação de Logan: que eu o estava usando apenas para conseguir um laptop... e eu sabia que no início talvez estivesse certo. Na época, eu me importava em fazer o trabalho, em ser responsável, em ganhar o meu salário, mas não com ele exatamente. Agora aquilo havia mudado. Se eu voltasse a dar aulas particulares, Logan saberia que não teria nada a ver com o computador.

Porque agora o laptop era meu... e não tinha nada a ver com ele. Agarrei-me ao presente sem acreditar.

— Ai, meu Deus — suspirei. — Muito obrigada! Eu adorei!

Ellen escancarou um sorriso.

— Fico feliz que tenha gostado. A talentosa banda ReadySet estará conosco após os comerciais. Não saia daí.

E, foi com isso, o programa saiu do ar para um comercial.

Capítulo 37

Antes que eu pudesse respirar, Tim, Chris e Dominic estavam no palco prontos para entrar em ação. Ao lado de Tim, havia um microfone vazio esperando por mim — o que era louco, pois o que eu dissera para Ellen era verdade: eu tinha uma voz normal. Ênfase em normal. Jamais entraria para o *American Idol*.

— Nervosa? — perguntou ela, embora a resposta fosse óbvia.

— Morrendo de medo, para ser sincera.

— Você vai mandar bem.

Eu precisava ouvi-la dizer aquilo mais vezes do que gostaria de admitir.

— Realmente agradeço por tudo isso — falei, sinalizando o computador. — Parece surreal, mas... obrigada. — Passei a mão pelos cabelos e rezei para não estragar acidentalmente o visual criado com tanto esforço por Michael. — É que nunca estive em evidência antes. Nunca quis estar! Sempre fui a garota esquisita que as pessoas só notam quando precisam de ajuda com o dever de casa. E agora estou aqui, divulgando a minha vida pessoal para todos no país e prestes a cantar com uma banda de rock famosa... É tudo muito louco!

Ellen ouviu o meu desabafo. Acho que é por isso que ela é tão boa no que faz. Ela realmente sabe ouvir.

— Você não precisa ser ninguém além de si mesma.
Sorri.
— Eu sei! Quero dizer, é isso que as pessoas me dizem. Mas não é tão fácil assim, sabe? E se eu simplesmente for sem graça?
Ela deu de ombros.
— Você se acha sem graça?
Eu ri e olhei para o microfone.
— Não no momento.
— Então não acho que precise se preocupar com isso. Você me parece bem interessante. Vai se dar bem.
— Ellen, estamos voltando em cinco, quatro, três, dois... — anunciou alto um dos operadores de câmera.
— Olá, estamos de volta com Mackenzie Wellesley e a banda ReadySet. Está pronta, Mackenzie?
Sorri.
— Acho que sim.

E, pela primeira vez durante as duas últimas semanas, tive certeza do que fazer. Havia praticado no ônibus com esses garotos por horas a fio. Se eu tivesse me saído mal, eles teriam dito. Então, me posicionei entre eles antes de assentir para Tim.

A banda começou a tocar, cheia de vida, e eu estava no seu coração. Aquilo era melhor até do que o que acontecera em Rose Garden, em Portland. Pelo menos, dessa vez eu sabia exatamente o que Tim esperava; ele havia praticado comigo por tempo suficiente no ônibus. Ainda sentia a adrenalina e o pânico em minhas veias, mas me controlei. Parte de mim dizia: *Essa é a sua primeira e última performance, Mackenzie! Faça valer a pena!*

Movimentei-me no ritmo da música. Mantive meus olhos em Corey, que estava na plateia, e cantei em voz alta como se estivesse em meu quarto. O legal de cantar é que, quando você o faz, não precisa dançar. Dessa forma, Tim e eu demos o nosso melhor nos vocais, e Corey provavelmente diria que cantei com atitude no microfone. Era como se a minha própria Sasha Fierce (o alter ego da Beyoncé) tivesse se libertado e tomado conta da situação. Eu me sentia bem. Mais do que isso, sentia-me corajosa.

A coisa toda terminou tão rápido quanto começara. Fui expulsa do palco antes que a Ellen começasse uma entrevista com uma celebridade de verdade (acho que era o Robert Pattinson promovendo seu novo filme). Não que eu me importasse, porque, assim que chegamos aos bastidores, fui envolvida em um abraço apertado dos meninos. Tim não parava de dizer: "Você ouviu aquilo? Mandamos muito bem, bem pra caramba!"

Só que ele não disse "caramba", e eu não fiz nenhum comentário sobre seu palavreado.

— Aquilo foi incrível! — exclamei assim que recuperei a voz.

Tim pegou seu celular.

— Vou ver se consigo arrumar um horário mais cedo no estúdio. Quero lançar essa música o mais rápido possível — disse ele, lançando o sorriso mais charmoso do mundo. — Você foi sensacional. Caraca, Mackenzie. Foi perfeita. Não pode voltar agora para Oregon. Precisamos de você nos vocais.

Tim também não disse "caraca", mas eu estava mais distraída com o jeito que Chris e Dominic concordavam balançando a cabeça como se fossem dois cachorrinhos sincronizados.

Permiti-me pensar por um momento em como seria a minha vida como integrante do ReadySet. Passar o tempo todo na estrada e em estúdios gravando, indo a eventos como os do Grammy e conversando nas festas com pessoas como Robert Pattinson sobre Ellen e outros amigos em comum. Parecia bem legal. Só que...

— Preciso ir para casa, assim como precisei vir para cá. Tive que provar para mim mesma que poderia dar conta da imprensa e encará-la. Mas agora — dei de ombros — estou pronta para dizer adeus para o mundo da música e sair das vistas do público.

Tim ficou boquiaberto.

— Está brincando! Achei que isso fosse só o começo de uma história! Não pode *largar tudo*. Você se divertiu tanto no palco!

Imaginei Jane e Melanie almoçando juntas com outras calouras durante a minha ausência.

— Vou me divertir em casa também. Gravarei a música, e, se algum de vocês estiver perto de Portland, sempre poderá ficar na minha casa. Vou sentir saudades, meninos. — Dei um abraço em Chris e, em seguida, em Dominic. — Porém, por mais que eu deteste isto, ainda não terminei o ensino médio.

Tim não conseguia aceitar. Passou o resto do dia tentando me convencer a mudar de ideia ou, em suas palavras, "parar de ser idiota". Não me senti ofendida. Na verdade, foi bom me sentir benquista enquanto gravávamos os meus vocais no estúdio... mesmo que o processo todo parecesse demorar uma eternidade. Precisamos pedir pizza, porque o tempo estava passando tão rápido que o nosso voo de volta para Portland já era na manhã seguinte. Até tivemos camas trazidas para o estúdio, para que pudéssemos tirar um cochilo enquanto os técnicos editavam o som nos equipamentos. Aparentemente é assim que os astros do rock passam muitas de suas noites. Quando a minha parte da gravação ficou pronta, estávamos tão exaustos que só tínhamos energia suficiente para desejarmos uns aos outros uma boa noite. Tim me fez prometer que manteria contato mesmo que eu insistisse em "ignorar uma oportunidade única na vida". E, mesmo sabendo que não estava cometendo um erro, até em meu estado necessitado de sono, sabia que sentiria saudades deles.

Dominic, Chris e eu fomos chamar um táxi para que Tim e Corey pudessem ter um pouco de privacidade durante a despedida. Tirando o brilho nos olhos de Corey, eles haviam definitivamente passado da fase de somente ficar de mãos dadas. Bem, isso e o fato do meu amigo ter passado o caminho todo até o aeroporto, assim como o voo inteiro até Portland, falando sobre as probabilidades de um relacionamento à distância dar certo. Eu o ouvi tentar se convencer de que o tempo passaria rápido como um estalo. Mais tarde, tive que fazer barulhos indicando o quão fofo tudo aquilo era enquanto ele me mostrava cada mensagem trocada entre os dois.

Realmente espero nunca ter sido tão insistente assim com as minhas questões amorosas.

A coisa toda era fofa até demais. Especialmente porque, quanto mais perto estávamos de aterrissar em Portland, mais nervosa eu ficava. No que eu estivera pensando ao contar tudo aquilo sobre a minha vida pessoal no programa da Ellen? Eu *tinha* que começar a falar sem parar, não era? Só que dessa vez havia sido bem pior do que um comentário aleatório qualquer. O "Garoto Apaixonado" iria querer me ver morta. Provavelmente não seria o único também. Considerei brevemente começar uma lista de pessoas que tinham motivos para me odiar.

Patrick. Alex. Chelsea. Logan.

Lentamente me dei conta de que havia mencionado Logan em rede nacional... e, pior, admitido gostar dele. Esperava de verdade que todo aquele lance de se agarrar com Chelsea não fosse um segredo, porque a essa altura não era mais. Spencer iria me detestar também... se já não detestasse.

Parecia ter à minha frente uma longa estrada de humilhação.

Então eu estava perdida em meus pensamentos quando os pais de Corey nos buscaram no aeroporto. Graças a Deus, eles eram os únicos a nos receber. Aparentemente, a minha entrevista bastante pública tinha feito o que me esconder não fizera: acabar com a insistência da imprensa. Tim me dissera na noite anterior que, como eu havia deixado claro que não estávamos namorando, eu pertencia oficialmente à lista das sub-sub-celebridades. Pelo menos alguma coisa tinha que estar ao meu favor. Não precisei dizer nada no carro, porque Corey estava falando tão rápido que eu não conseguia nenhuma brecha... o que me permitiu seguir com a minha vida em paz.

Minha situação financeira era diferente agora. Ainda não havia sequer começado a processar o quão legal era gravar uma música quando o agente de Tim me entregou toda a papelada de royalties da faixa na qual eu estava participando. É isso mesmo: royalties.

Provavelmente deveria ter imaginado que isso fosse acontecer, mas, para ser sincera, fiz todo o lance da gravação como um favor. Depois de todo o trabalho que tivemos para aperfeiçoar a música no ônibus, não tinha como desistir de ir para o estúdio. Honestamente, porém, nunca me ocorreu que eu seria paga. Mesmo que, de acordo com Tim, fosse apenas uma fração ínfima do que eu poderia ganhar caso permanecesse com eles.

Aqueles royalties haviam mudado tudo. Claro, era somente uma música, mas assim que o álbum fosse lançado (e com certeza ganharia o disco de platina. Afinal, estamos falando do *Ready-Set!*), eu receberia os cheques via correio. A coisa toda era insana, principalmente sabendo que milhões de pessoas comprariam a canção via iTunes. Mesmo que eu só ganhasse cinco centavos por cada download... ainda assim seriam muitos centavos.

E não, não iria dar pra subitamente comprar uma casa melhor para a minha mãe, mas pagar pela faculdade sem um monte de empréstimos não parecia mais tão impossível. Sem mencionar que agora eu tinha um tema incrível para a minha redação de inscrição.

Tudo o que eu havia precisado fazer para realizar os meus sonhos foi pagar mico na internet.

Bem, para realizar a maioria deles.

Talvez alguns desses sonhos, como ter Patrick interessado em mim ou chamar a atenção do meu pai, tivessem sido horríveis... mas pelo menos a minha família continuava intacta.

Mas alguns dos meus desejos, como expandir o meu grupo social além de Corey e Jane, haviam se saído surpreendentemente bem.

Fui corajosa também. Depois de anos me escondendo nas coxias, havia finalmente conquistado o palco principal. Havia até sido mais notável que os Notáveis, mas ainda me considerava a mesma pessoa de antes. Se pudesse dar conta de tudo isso, poderia até dar conta Chelsea Halloway... ainda que preferisse não ter que fazer isso.

Agora eu só precisava descobrir se conseguiria me desculpar com alguém que provavelmente gostaria de me ver morta.

Capítulo 38

Fiz apenas algumas paradas entre a minha casa e o rinque de hóquei. Os pais de Corey me levaram, e deixei as bagagens no meu quarto, telefonei para minha mãe para não a preocupar e tomei um banho para me livrar do suor que me acometeu durante o voo em um avião minúsculo, sentada entre Corey e uma mulher obesa.

A chance de conseguir chegar à escola e assistir às aulas era nula. Claro, *tecnicamente* eu poderia ter ido para pegar alguns deveres, mas isso podia esperar mais um dia. Então, de olho no relógio, coloquei uma roupa mais casual, uns jeans, sapatilhas e uma camisa de xadrez larga por cima de uma regata lisa e uma jaqueta. Nada chamativo. Nada que clamasse por atenção, roupas normais que me faziam sentir como eu mesma.

Quando fiquei pronta, peguei minha bolsa de pano, um par de patins antigos de Dylan e meu iPod. Eu tinha que agir rápido antes que perdesse a coragem. Passei o tempo todo do voo pensando em vários cenários de "e se", mas só havia um jeito de descobrir. Então, coloquei a música mais feliz, a mais enérgica, e tentei curtir a caminhada.

O clima estava surpreendentemente gostoso para dezembro em Forest Grove. Ainda havia nuvens pesadas — estar nublado em Oregon é quase um pré-requisito para o clima —, mas alguns trechos de céu azul começavam a despontar. E haviam luzinhas penduradas nos prédios e árvores, capazes de iluminar lindamente o tedioso centro da cidade. O ar frio passava uma boa sensação em seu contato com a minha pele, fazendo-me apreciar ainda mais o calor do banco quando entrei para fazer o meu primeiro saque depois de anos de depósitos.

Era estranho ter dinheiro no bolso. Nem ao menos pensei em trazer uma carteira, porque nunca precisara de uma antes. Apressei o passo, entrei em uma Blockbuster e tentei não pensar demais sobre a minha situação. *Confie em seus instintos*, disse a mim mesma, *como uma leoa ou algo do gênero*.

Balançando a cabeça por conta da péssima metáfora, parei apenas para colocar na minha bolsa, que estava ao lado dos patins, a compra bem pensada e nada impulsiva que fiz. Enquanto me aproximava do rinque, dizia a mim mesma que estava fazendo o que era certo. Aquilo era bem melhor do que enviar uma mensagem de texto impessoal dizendo: "Hmm, oi, Logan. Sou eu, Mackenzie. Hmm... então, isso é estranho. Será que a gente pode se encontrar e conversar?"

Tentei me convencer de que me encontrar com ele no rinque de hóquei não era exatamente *perseguição*. Não era minha culpa saber sua agenda de cor. Se ele não quisesse que eu soubesse onde estaria, jamais teria me contratado, em primeiro lugar. Não era como se seus compromissos tivessem sido apagados da minha memória agora que não era mais sua professora particular.

Seria melhor esse confronto em particular *não* ser na escola. Pisei no gelo do rinque enquanto o frio irradiava. Fechei a jaqueta e senti uma onda de adrenalina ser descarregada em meu sistema.

Acalme-se, garota, disse a mim mesma. *Você conseguiu ir ao programa da* Ellen. *Vai dar conta disso.*

Eu me acomodei na cabine, só que, em vez de pegar livros para fingir estar estudando enquanto observava secretamente os garotos, puxei meus patins e comecei a colocá-los.

Esperei ansiosamente o treino acabar. Fiquei de pé quando o técnico soprou o apito e me aproximei enquanto todo mundo prestava atenção em seus conselhos para o jogo ou o que quer que estivesse sendo dito.

Eu estava de pé ao lado da entrada para o gelo quando os garotos começaram a ir embora. A maioria deles olhava para mim de um jeito curioso, mas continuava a passar direto para o vestiário. Eu podia ouvir a vozinha na minha cabeça gritando: *PERIGO! PERIGO! ABORTAR A MISSÃO! ABORTAR!!!*

Se eu dei ouvidos? É claro que não.

— Hmm, oi, Patrick — disse enquanto ele passava por mim. — Tudo bem?

Burra. Burra.

Ele olhou para mim de uma forma tão calorosa quanto o gelo do qual acabara de sair.

— Bem.

— Que bom.

Ele assentiu e foi embora, deixando-me estranhamente feliz por termos conseguido nos falar breve e civilizadamente.

Talvez ele não me odiasse tanto assim. Isso já era alguma coisa.

Spencer me lançou um sorriso amigável quando me viu parada ali. Estava tendo uma conversa com Logan e o técnico, e então o vi cotovelar Logan e apontar com a cabeça discretamente para onde eu estava.

Olhei enquanto Logan perscrutava com os olhos a área que Spencer havia indicado antes que seus olhos enfim me encontrassem. Houve uma longa pausa na qual não consegui me mover.

Ele estava a cinco metros de mim, ouvindo o que o técnico dizia e olhando diretamente para meu rosto. Spencer sussurrou algo que não consegui ouvir, mas o dar de ombros desinteressado de Logan não precisava de tradução.

Lutei contra a vontade louca de ir embora, lembrando-me de que não poderia fugir toda vez que me sentisse desconfortável, envergonhada ou magoada. Além do mais, eu realmente não conseguiria correr ou me mover com graça por conta dos patins. No máximo conseguiria me balançar até a cabine e tentar colocar de volta os tênis antes que Logan pudesse me alcançar... mas daí eu pareceria uma covarde. Assim, ajeitei a postura e, segurando a minha bolsa de boa sorte, caminhei sobre o gelo fino... metafórica e literalmente.

O técnico, um homem careca e gorducho usando uma jaqueta térmica, repousou a mão sobre o ombro de Logan e, após dizer algo sobre observar a defesa, saiu patinando. Deslizei lentamente sobre o gelo em direção aos garotos. Parecia um pesadelo horroroso no qual toda vez que você está prestes a cruzar a linha de chegada, ela se afasta por mais seis metros. Com cautela, adaptei-me ao gelo sob os meus pés e me encaminhei até eles.

— Hmm, oi — disse e me virei para Spencer primeiro porque olhar para ele seria mais fácil do que ver o total desinteresse de Logan. — Desculpa por... você sabe, ficar bêbada na sua festa. Não foi o meu melhor momento.

Ele riu.

— Da próxima vez, só deixaremos você beber Coca-Cola.

Aquilo me fez sentir uma pontinha de esperança porque ele havia dito "próxima vez". Como se eu pudesse voltar mesmo depois de ter me humilhado na primeira vez. Talvez não estivesse tão mal quanto pensara. Olhei para Logan para ver o que havia achado daquela coisa de "próxima vez", mas ele só me parecia entediado.

Então as coisas estavam, de fato, ruins.

— Parece bom — respondi.

— Só colocaremos um pouquinho de rum na sua bebida — completou Spencer. Seu sorriso foi rápido e bem-humorado. — Tenho que ir. Vejo você mais tarde, cara.

Ele disse isso para Logan enquanto ia embora, movendo-se em direção à saída com a velocidade confiante que ostentava após um longo treino.

Spencer deixou o local vazio, exceto por mim e Logan. O que não era intimidador ou assustador de jeito algum. Ah, não, espere... sim, claro que era.

— Então... — comecei a dizer me sentindo estranha. — precisamos conversar.

— Certo. Pode falar.

Ele não iria tornar as coisas fáceis para mim. Determinada a ser tão casual quanto ele sobre isso tudo, comecei a patinar em círculos e não me surpreendi ao vê-lo alcançar o meu ritmo sem o menor esforço.

— Devo desculpas a você. Foi muito legal da sua parte ter me ajudado a sair da festa. Você não tinha obrigação nenhuma de fazer aquilo, e sou grata por isso.

Ele deu de ombros e ainda parecia entediado.

— É isso?

— Não — respondi. Endireitei a postura em sinal de irritação. — Desculpa ter gritado com você quando falamos sobre o assunto do Alex. Estou acostumada a lidar com as coisas sozinha. Na verdade, prefiro assim, mas foi legal da sua parte dizer a ele para se afastar, mesmo que eu não tenha sido muito fã da forma como fez isso.

— Certo.

Balancei a cabeça incrédula e me perguntei por que estava perdendo o meu tempo e energia com um cara como Logan Beckett. Lá estava eu, fazendo a coisa certa e tentando melhorar a situação, enquanto ele parecia estar ouvindo o ciclo de vida de uma centopeia. A qualquer momento, entraria em coma de tanto tédio.

— Quer saber? É isso. Esses são os únicos pedidos de desculpas que vai receber. Aceite ou vá embora. — Indignação me pareceu bem melhor do que a ansiedade que acometia o meu estômago. Enfiei a mão no bolso e puxei uma nota de cinquenta dólares.

— Tome — entreguei a ele com a raiva pulsando em meu corpo. Logan pegou a nota por instinto e então a amassou em sua mão, cerrada em punho. — Agora estamos quites.

— Não estamos nem perto disso — respondeu. — Por que está fazendo isso, Mackenzie? Dylan me contou que você foi para Los Angeles ao programa da Ellen. Precisa instigar a mídia ainda mais? Foi por isso que me espionou desde o início? Ou está aqui por outro motivo?

Seus olhos brilharam de raiva e, por um segundo, ele parecia tão esquisito quanto eu. E, então, isso acabou.

— Estou fazendo isso apenas para remediar a situação — falei, mas não consegui parar de me questionar se isso era verdade.

Foi a razão que eu tinha dado a mim mesma para vê-lo, mas parte de mim, a parte idiota, havia esperado uma reconciliação entre nós. Pensei que eu poderia voltar a ser sua professora particular, Chelsea daria um fora nele novamente, e poderíamos ficar juntos. Burra. Muito burra.

— E eu não estava espionando você! — Ergui a voz. — Quantas vezes vou ter que dizer isso? Eu estava do lado de fora e acabei vendo vocês dois se agarrando, certo? Grande coisa. Quero dizer: eu entendo. Vocês têm uma história, e ela está se repetindo. E não é da minha conta se você resolveu beijá-la de novo. Não vou mais falar sobre isso.

Decidi não contar para ele que havia dito tudo aquilo no programa da Ellen. Ele descobriria mais cedo ou mais tarde. E, se assistiu à minha entrevista, viu o quanto eu gostava dele. Eu jamais deveria ter contado todos aqueles detalhes na televisão. Mas agora era tarde demais. Tarde demais para argumentar que ele ficaria melhor com alguém inteligente e doce e, tá, esquisita do que com Chelsea. Alguém como, ah, não sei, *eu!*

— Eu não a beijei — disse Logan.

— Do que está falando? Eu estava lá. Vi vocês dois se beijarem.

— Não, você viu a Chelsea me beijando. É bem diferente.

Meu coração pareceu dar um pulo que eu tentei com muita força ignorar.

— Você não me pareceu tentar bloqueá-la com um bastão.

— Não, não bloqueei. Ela me beijou, e eu expliquei que nada mais iria acontecer entre nós. — Ele sorriu friamente. — Satisfeita?

— Ah — respondi, me sentindo uma idiota. — Bem, hmm. Bom saber. Não que isso seja da minha conta, sabe.

Ai, inferno, eu estava prestes a começar a gaguejar.

— Tá. Olha, vamos esquecer isso. Não tem a menor importância.

Ele se virou no gelo de um jeito suave e começou a ir em direção à saída.

— Espere! — pedi. Quase fui com a cara no chão quando tentei segui-lo. — Eu... eu tenho algo para você.

Pude ver a surpresa em seus olhos azul-escuros enquanto se virava para olhar para mim.

— Você tem uma coisa. Para mim — repetiu, lentamente.

— Comprei no impulso. — Sorri e senti meu coração dar mais um daqueles pulos fortes enquanto remexia em minha bolsa, pegando o que procurava. — Você sabe, para melhorar a situação, acho. Tome.

Entreguei o presente e fiquei olhando enquanto ele o virava nas mãos para ver o que era e olhava para mim.

— John Adams?

— Sim. A HBO fez essas minisséries sobre ele há um tempo; eu nunca assisti, mas ouvi dizer que são boas. — Dei de ombros, nervosa. — Vou entender se não aceitar. Apenas pensei que seria legal, sabe, assistir. Com você.

Fiquei surpresa ao notar que conseguia falar. Minha boca estava seca, e minhas mãos, completamente suadas.

A verdade é que existe algo muito mais assustador do que cantar em público, responder perguntas sobre sua vida amorosa em rede nacional ou ser perseguida por paparazzi. É confessar os seus sentimentos ao cara (ou à garota) de quem se gosta. Sinceramente, depois disso, eu encaro qualquer programa da Ellen.

Mas era justamente por isso que eu precisava encarar a situação.

— Então — disse Logan, desviando o olhar de mim para as caixas de DVD e me encarando de novo —, quer voltar a ser minha professora particular?

— Bem, sim e não — respondi. Respirei bem fundo um ar superfrio por conta do gelo do rinque. Eu realmente esperava não estar cometendo outro erro e, enquanto hesitava por mais um segundo, me lembrei do segredo que Logan havia me contado.

Aquele que achara que eu estaria muito bêbada para lembrar na manhã seguinte. Sobre a forma como eu havia olhado para Patrick naquele dia no Starbucks... e como ele não havia gostado nem um pouco.

— Pensei-que-poderia-ser-um-encontro — falei. As palavras saíram tão rápido que pareceram se misturar umas com as outras. — Ou não. Tudo bem. E não teria que ser grande coisa. Só um filme com pipoca. Ou, você sabe...

Mas nenhum de nós soube sobre o que eu iria começar a tagarelar porque Logan agarrou minha jaqueta para que eu deslizasse no gelo e meu corpo fosse de encontro ao seu. Só que ele não se importou. Pelo menos não foi isso que pareceu quando sua boca cobriu a minha em um beijo.

E eu gostaria de dizer: uau.

Se alguém me perguntasse o nome do segundo presidente dos Estados Unidos (John Adams, claro), eu não seria capaz de responder... porque, quando Logan Beckett me beijou, meu cérebro pareceu desligar. Todos os pensamentos na minha cabeça, as preocupações, o estresse, tudo ficou tão calmo e parado quanto o rinque de hóquei à nossa volta. Tudo o que pude sentir foram seus lábios nos meus. Ah, e meu coração não estava mais dando somente um pulo. Agora, batia forte e quente.

E eu estava retribuindo o beijo de Logan Beckett.

— Então — falei, buscando um pouco de ar. — Vou encarar isso como um sim para o nosso encontro.

Pressionados um contra o outro, pude ver cada detalhe em seus olhos, pude ver a boca que acabara de me beijar, que me deixara sem ação, se abrir em um sorriso. Um sorriso convencido e confiante que eu nunca pensei que pudessem dar a mim. Mas, até esse momento, eu duvidava que Logan me visse como algo além de uma professora particular e uma nerd. Acho que isso mostra quão rápido as coisas podem mudar.

— É um sim, Mack — respondeu. Ele colocou uma mecha do meu cabelo atrás de minha orelha. — Sabe, acho que encontramos uma coisa na qual você não é nem um pouco esquisita — disse, enquanto passava suavemente seus lábios nos meus.

— Beijos?

— Aham.

Meu cérebro quase entrou em curto-circuito quando ele usou os dedos para levantar o meu queixo.

— Então acho que devemos continuar fazendo isso.

E foi exatamente isso que fizemos.

Impresso no Brasil pelo
Sistema Cameron da Divisão Gráfica da
DISTRIBUIDORA RECORD DE SERVIÇOS DE IMPRENSA S.A.
Rua Argentina, 171 – Rio de Janeiro, RJ – 20921-380 – Tel.: (21)2585-2000